# 憤死

フィクションの楽しみ

# 憤死

エドゥアール・グリッサン
星埜守之訳

水声社

# 目次

## 波乱



## 日付

## 言葉

良いこと以外なら、ニグロはなんでもできる。

――今世紀初頭の有色プチ・ブルジョワの婦人、アデライド・セニュールのお気に入りの格言

## 主な登場人物

**ドゥラン**……失業者、後に新興宗教の布教者として登場する。
**メデリュス**……失業者、「農地改革」を構想する。
**シラシエ**……失業者、山刀を隠しもつ。
以上三人は、マルティニック社会の三つの「斜面」ともされる。

**セレスタン**……豚を飼っているセラファン・コラントロックの息子。
**ボーシャン（ボートン）**……憲兵隊に追われる殺人者にして反逆者。
**オディベール**……パラン農園の会計係。ボートンを撃つ。
**エピファーヌ**……放浪者、ボートンの行跡を追う。
**オトゥーヌ**……市長。
**レスプリ氏**……市長の秘書官。
**ナンフォル**……オトゥーヌの政敵。
**パパ・ロングエ**……歴史の語り部。前作『第四世紀』の中心人物。
**ベレム、ラネック、ケベック、シャダン**……それぞれ高校教師。
**チガンバ**……警官、後に憲兵隊長。

# 波乱

ドゥランはある遺体降ろしの運び屋。
ドゥラン・メデリュス・シラシエはコラントロックの豚と戦う。
メデリュス・シラシエは逃亡者ボーシャンと逃げた男オディベールを探す。
〈否定者〉が邦に見たもの、ドゥラン・メデリュス・シラシエがそこに見るもの。
レスプリ氏の選挙への挑戦、それをシラシエが裁定した。
シラシエは十一馬力で**ジェルボー**から**カルバッシエ**まで七分半。
銃殺されて終わることなく倒れては起き上がる者たちの光景。
オトゥーヌ夫人は大天使を見、メデリュスは財宝を発掘する。
メデリュスとラネック氏、言葉と沈黙であいまみえる。
自動車道での競争――ドゥランはなぜか説教師に。
秩序も記憶もない事どもや人々の幽霊。
メデリュスは農地改革を歌い上げ、そしてSOMIVAGに行き当たる。
シラシエは〈敵〉を夢見て山刀をかき抱く。

日付

# （一九四〇）

「やつは踊ってる！」と叫ぶドゥランは、運び手たちに沿って水の流れに身を任せるように漂い歩き、自分の番を待ちながら、自分だけのために「こいつは仕事さ、こいつは仕事さ」と歌っている。輪舞のように突っ走る。泥道の岩という岩、ぺしゃんこの赤のなかの緑の曲がり角、水たまりに尾根、踵に沁みだす水、イカコの実る坂道、斜面を運ばれる遺体の傾ぎ。そして葬列に沿って転び続けた、呼ばれるのを待ちながら。転び続けた。（突っ張った脚で動きを立て直しても、慎みを知らない身体が――あるいは心が――、こんな類の〈高＝台〉を見下ろすように、心＝身ともども自分から飛び出して引き裂かれた空気のテラスに晒される。挙句の果てに――崖の崩れたあたりで――もう一方の脚が、もとのプラズマからもぎ離された重たい産物になって、身体を別の斜面に放り出す仕儀になり、もうひとつの山脈の快楽が空を舞う。）転び転げて。

「やつは踊ってる！」と引き取る同伴連中は、これもまた緑なす驟雨のように、自分たちが形作る葬列の岸辺を川と流れ、一人ひとりが無秩序のなかで登ったり下りたりするさまたるや、隊列の揺れ動く身体が同じ取り返しのつかないかたまり具合で前進し、スロープはそのかけらの上で押しやられ、収縮する胴体は真ん中の、ハンモックが二人の運び手のあいだで揺れているあたりに保たれつつ、各人はこの無秩序のなかで、芋虫もどきの避けがたい本能とでもいったやり方で、前進の掟が別の命令を発する前の少なくとも二、三百メートルの間はそこにいなければならない位置——前、横、後——を知っているというわけなのだ。
「やつは踊ってる、やつは踊ってると言ってるんだ！」そう朗誦する運び手たちは、なにかの流体と対にでもなったように、マオの縄で縛った黒い覆いの布を屋根といただく共有の遺体を空間に推しだし、その全体は縄でできた高い鉢巻〔頭に荷物を載せるときに使うクッションのことと思われる〕の上にのった頭部からほど遠いところを指す矢印となり（ということは、この場合、ハンモックでもないし、ましてや日に焼けた紐で括った箱でもない、とわかった）、そしてこの唯一の遺体は道を駆け下りるのを助ける本当のダンスのリズムで揺れ、かつまた、夢想のダンスを思い描きもさせてくれるのであって、この時の二人の運び手は、とつぜん同じ疲労の忘我状態に駆られて、（これから実際に引き継いでくれるはずの二人にというよりも）地平線の向こうにいるはずの補充要員に向けて、周りじゅうに叫んでいた——「やつは運んでくれと言ってる、やつは運んでくれと言ってるんだ！」

　竹のなかのトンネル、肌の上でもっと近くに感じられる生暖かい夜、泥の真綿のなかの石の刃、ざらつくグアバの実に囲まれたサヴァンナ沿いを流れる滝、岩の架け橋に次々と現れる曲がりくねった平場、鞭のように打つ枝々のあいだのただひと溝だけの小径、丘肌の「横断」、坂があまりにも急なときの「歩行」、岩から岩へと跳ぶときの「通過」、地面がいいときの「リズム」、それに、本当になにも文句が言いようのない場所での、なんとも楽しい「カラス歩き」。
　ドゥランは自信満々だ——こうやってあっさりと雇われたし、わざわざもってきた鉢巻を、なんだか自分が証明書つきの運び屋だったとでもいうように、本物の証と受けとってくれたんだし。そう、自分の鉢巻、それを他のやつらに触らせないように護っている振りをしなければならなかったし、村ではそいつを隠している振りをしなければならなかった（他のやつらだったら本当に隠したかもしれないが）――それでも気になるのは、なにやら秘密の奉仕結社の類を作っているかのスタイルをもったこの運び屋連中が本当にお代を支払われているかで、天使みたいな諦めとともに、心のなかではほとんどこう認めていた、今回ばかりは探す振りをしたけれど、やっとのことで手に入れたこの仕事は、本当の利益の元なんぞなんにも約束してくれやしないし、きりもなく「こいつは仕事さ」と自分に言い聞かせているのも、たぶん気を紛らわすためなんだと。

眩暈のような下り坂の亀裂なくつづく土地の慄きは、木の葉も木の実も説き明かすことなく、切り分けたり、平行する精神の印だったり、見つけることなくただ探していたりする、言葉による例の教えや働きについての例の分類の数々を振りかざすこともなく、――頭のなかにどんな名前も保つことのない、長い歩みの酩酊ぶり、

呪師《カンブワズール》の息子の肉桂もお香もなく、カタバミの実もルクー〔ベニノキ〕の実もなく、ただ大地をこそげとるひと跳びのみ、そして一歩一歩がひとつの単語で、単語がおまえを無理やり移送しおまえは転ぶ「しかしどうやって話すのか、あの必要なすべての話を」、ドゥランが言いたかったのは歩みを歩き、歩みを踊ることだった、そう、運び手たちが暑さの一撃に捉えられたように交代の呼びかけを発して、自分の向きを変え自分を遠回りして頭に大きな鉢巻を巻き、鉢巻の上にマオの蔓の縄で縛った死に装束を固定して、カラス歩きの知られざる言語を一気に打ち立てなければ、いや、蒸留しなければならなくなるはずの時に。

「やつはぐらついてる、おまえら、やつはおいらの上でぐらついてる」と運び手は呼び声をあげ、平場をいいことに交代を求める、すると隊列は「やつは運んでほしがってる、ほしがってる」と叫び、先導役は「歩みを替えろ、歩みを替えろ」と歌い、光と暑さのままにいきなり停止した不動の旋回のなかでみんながわかっていたように、遺体を替える、というか、もちろん運び手を替えることが問題で、踊りの内側で、回りに回りながら彼らは間隙も震えもなくこの交替を実行することになるだろう（もしかするとゆくゆくはわかることだけれど、「言葉を替えろ」と理解しなければならず、震えも区切りもなく新品の——どんな？——言語を試みなければならず、やっとの思いと汗と苦しみをもって、それに下降に酔いしれながら両側の草のなかで構文を整えなければならないのだった）——

　陰影も起伏もない地平線からくる地面のぐらつきのような名もない行進（言葉を身につけ正面切っておまえは新品の言語の最初の剥き出しの大胆さを茫漠とした震えのなかで口ごもる）「決して、決して、決して、ああ、どうやって、だってどうやって」そして酔っぱらったドゥランはいつのまにか屍衣の下でしっかり位置につき、先頭になって、誰もまねできないようなカラス歩きをゆらゆらと歩き、学びなおしたこの知識にやたらとでっかい気持ちになって、この運び屋稼業の括弧のなかで賃仕事探しも一気に削除とあいなった（少なくとも砂埃に埋もれたトンチン互助会まではそうだけれど、そこに着いてから、架台に支えられたすわりの悪い板の上の箱のなか、黒いリボンを巻いた獣脂ロウソクのあいだに置かれることになるのは、ある人の思い出という以上に、この言語の夢でありこの闘いの煙だろう）。

　あの棗の実のなかに紛れ込んだ苦いオレンジでもなく、棗の実でも目の詰んだ篩にかかって高く立ち上がったマホガニーに引かれた幾多の線でもなく、（アーモンドの木を偽った）司祭帽の木〔マルティニックに自生する樹木のひとつ〕でもなく、狂った速度で溢れる濃密な伝説の終わるところでの（おまえが狩人たちの硫黄の匂いに混ぜ込まれた夜と恐れを集めてゆく高み、登れば極めつけの密林で心臓がひっくり返る山なき山）味気ない平坦さで、単語から単語へと翻弄されながら（「どうやって、ああ、どうやって、この話をまるごと」）、永久に短く刈られた赤茶けた草のあいだによこたわり、ところどころ一線の水によって切られているかと思うと、水は丸い池のなかに消えてゆき、大地の感嘆の声を賛美する。
（エピファーヌは、腐った紐で結んだバナナの葉の湿布に脚を締め付けられながら、それでも躊躇うことなく池に飛び込んで、古いぼろシャツを十字路で拾った杏子の実のまわりに巻き、堰を作っては熱心に食事用のザリガニの行く手を塞いでいた――彼は運び手、付添、歌い手の早足の一団が通り過ぎるのを見つめ、背後の山々のほうへ身を傾けて、ランビ貝の鈍い響きを手掛かりに、通り過ぎてゆくのがひとりの男なのか、それとも女なのかを知ろうと、少なくとも努めてはみた。）

　通りの入り口あたりのトンチン互助会までゆくのだけれど、この互助会っていうのは畑の縁に植えられた背高《せいたか》フィラオ〔モクマオウ〕の木々でもあるまいし、最初に目に入る家なんぞではなくて、他の家々に隠されている家、最後の小山を降りてきたやつらを蠟燭一本分のひととき迎え入れるためだけに開かれる家で、だから集落の入り口から数えて三軒目か、たぶん四軒目の家というわけで、朝の息苦しいほどの空っぽぶりと、黒いタールの煤で粗塗りされた格子窓のところどころにあの世のアルファベット、でなければたぶん、死がその釣果を遠慮なく浚ってゆく網が描かれているのを別にすれば普通の家――お馴染みの重々しい使用のおかげでありふれたトンチン互助会になっているけれど、まさにそのメンバーではない（ある重たい午後にその束の間の店子のことを思い描くようにはできていない）、だから毎日曜日に掛け金を支払っていない――その週の分を帳簿につけてもらっていない――まさにそんな人々は口をそろえて「死者たちの家」と呼んでいた。つまり、竹の小割りに乗ったり、ハンモックで運ばれたり、縄で巻かれた箱に入れられたりしてはやってこないはずの死者たち。

踵に踏み固められた埃のいまや重たくなった震えは、どこかのアカシアの木に呼ばれてはところどころで流れだし、あそこではゆるゆると積み重なって絶対的な沈黙の安置所に目張りをし、影がつくるあのいくらかの星が特産の暑さのなかでか弱く閃き、つまり振動する影の円柱の数々に彩られたあの平場の上では、一日の終わりが来るのを感じてそれを嘆いている誰かさんみたいな、より一層あわただしい拍子を帯びた旋回と、この空中離脱のますます頻度をます交換（変換）だ――降下は声をかすれさせ、そして村落の怖気を抱かせる周辺部にあるこの平場の上で、歌われた言葉は、ぐるぐる回る足取りの、輪舞の、運搬の一種の陶酔に、ほんとうに形を変えていたのだ（誰一人として、髪に真珠のような干からびた汗を滴らせながらも、「どうやって、ああ、どうやって」などとは訊かなかった――なぜならこの仕掛け――終わりもがくんとくる動きもやり直しもないこの接触と上空飛行と滑走の仕掛けのなかで、すべてが反復され――とはいえ前進していたから）、

しまいには、酔った薫香の予感のうちに体を撓めながら、全身が震える時がくる、そう、荷を腕の先に持ち、時間が中断したかと思うと、結局その荷を太い獣脂蠟燭のあいだにおかれた箱に滑り込ませ、そうしてから（司祭がもう前に進み出て、終わりの終わりまで荷を引き取ることを告げ知らせているにしても）、取り返しのつかないことが不安げに動くなかで、ありえたかもしれない無音の言葉を知りつつも、空っぽになってそこに立ちつくさなければならない時が。

（それは目的なのか、目的でなければ、やり方なのか？　丘を下るための別の流儀、別の仕草はないのか？　下らなければならないのか――上の方にあるぎゅう詰めの夜は、けちくさいマカダム舗装の縞目のはいったこの平べったい埃よりも、永遠の小屋という小屋でいっぱいになっていないか？　おまえの頭のなかで眠るはずの大地はどこにある？

腹からおまえを吐き出すはずの大地はどこにある、遠く地表で——無限において——おまえの握りしめた手が草をかきむしり、同時に下の方では首枷のなかでおまえの体が膨らむその時？

みんな、やつの額の上に水を流してくれ、やつが大地の乾きのなかで眠るように。

駄目だ、駄目だ、俺を上の方の俺の雲たち、俺の嵐たちのところに放っておいてくれ、仮借ないどしゃ降りですべてが紫色になったあの場所に。

おまえらのトンチン互助会は怖がりな何かの財布だ。俺は怖くない。ドゥランのやつは生きているのか？　やつは村への下降のなかで永遠に生きているさ。生きているのか？　海と緑の水平線の上にいつまでも生きているさ。

一生モノのみじめな下着を腹の上に括り付け、あのカンナの葉を幾枚か額に載せて、こんな風に二つの枝に挟まれて運ばれるのを、おまえは受け入れられるのか？

膨れ上がった両手の周りにとうとう屍衣を縫い付けられて、こんな風に下降させられることを、おまえは受け入れられるのか？

やつは身動きしてる、言っとくが身動きしてる。降りてゆきたくないんだ。下の方の埃をやつは拒んでいる。下着ひとつつけないで、埃のなか裸で黒い体をして、あれだけ何度もやつは横たえられた。死につつ生きつつ。やつは身動きしてる、言っとくが身動きしてる。

旅立つ者とそいつを歌で送るやつらを結び合わせるために、なにか別の仕草はないのか？　おまえは自分の死の主人ではないのか、自分の死の主人でさえないのか？）

侍祭が助任司祭に炭を差し出し、午後の太陽のなかで火は灰色に変わる。肩衣が練り歩く。板がぶつかり合う。三匹のはげちょろ犬が足で追い払われている。日没のあの空っぽの時刻じゅう、四角い箱の縁で手が急に震えているのがなぜかもわからないままに。

それから教会の孕んだ地面の上の甘豆《プワドウ》の木。甘豆に目のないスズメバチたち。助手の誰一人、孤独と名付けるすべを知らなかったはずのなにかを守護する樹、その樹が侵略される。大樹の影は、よその邦の合図。濡れたクッションを胸に当て、首には熱い露の汗。知らずに踏みにじるその樹の実。樹の香は、教会の歌のように、合唱をなしてねっとりと。

ホザンナ――俺は昨日の通夜でラムを飲みすぎた。降下が霧と消えてよかった。俺たちはこうして、魂を休めるために集っている。流された水が流れ去ってよかった。ドゥラン夫人は決して信じようとはしないだろう。あの御仁はサイコロ者だった。もっていない二フランの代わりに、あいつの手のひらにサイコロ玉が芽吹いたんだ。そして彼女は未亡人の初日のように泣き崩れる。ホザンナ――昨夜俺はどれだけ刈り取ったんだ。俺たちは魂を休めるために集っている。あんたはどこだ、メデリュスさん、あんたはどこだ、シラシエさん、おいでよ、死者への祈り《リベラ》のために、いいからおいでよ。

すると下降を仕切った男、運び手の親方で、とにかく発声の任を負ったその男が、ドゥランへの敬意でいかにも礼儀正しく、仄めかしや、でなければたぶん感謝のニュアンスの入った長さや抑揚を込めて、彼にこう囁く――「ムシュー、あんたが高い方の連中の仲間なのかは知らないが、俺が知ることができるのは、あんたがダンスのステップを知ってるってことだ」。

# （一九四一）

土地。
逃げてゆくほんの小さな土地。少しばかりの空間を得るために海を耕さなければならない、そんな水の土地。およそ不可視なもののなかでも不可視なままに。

われわれ（撓んだ脚の上で貧血になり、どこかの道の曲がり角で空腹よりも固いあの杏子の実が誘惑したエピファーヌ。黄色がかった縞模様の目をして、肉付きよく流れゆく日々に記憶を熱狂させているコラントロック。攻略しがたい市役所の秘書官、率直な物言いの心優しき男にして、投票箱のテクニシャン、レスプリ氏。あるいはまた、飢餓の底からいきなり出現した一匹の豚。さもなければ、遠い戦争の八月のあの朝に、閉じた海のまえでほんの少しの塩とキャッサバを待っていた、名もなき者たちの行列。それに、ひとりの弟子がマンドリンを弾いている間に、床屋のサロンの欠け落ちた鏡のなかにいる彼に目をつけた（ということは、眼差しを不意打ちにした）年老いた呪医《カンブワズール》の養子、マチウ。それに、今のところ一体不可分のドゥラン・メデリュス・シラシエ）はまるで、ちっぽけな蟻塚を歩む蟻となって、茫然としたまま、きっとそれが自分たち自身であるはずのあれを引き寄せる儚い動きを目で追っているようで、匍匐前進しながら無理やり認めさせられたのは、われわれが上から、あの、われわれの上の方から、あんなに蒼ざめあんなに縺れた言葉（土地、土地）を値踏みしに、それどころか、その言葉が指している物、ありそうもない、吊るされた、重くのしかかり、現実離れした物を測りにきていることだった。――みんなこう問いかけながら――「じゃあ、何をするのか？　どんなふうにやるのか？　何をするべきなのか？」――とはいえ、この三人、ドゥラン・シラシエ・メデリュスは別で、連中ときたら問いかけなどちっともせずに、百年前からひたすら、窮地を切り抜けることばかりに夢中になり、それが少なくとも彼らを、もう明日になったとでもいうように、きょう一日のなかに持ちこたえさせるようなのだ――そして、闘いの隅っこのあたりにいる部隊みたいに、同じところをぐるぐる回っているありさまだ――武器もなく弾もなく自分の周りばかりで奮戦しつつ、けれども時には、他者のあまりに現実的な弾丸に斃れた味方の死者たちを片付けながら――そして、自分の涙を、白い死を吸う自分たちの丸刈りの頭蓋を笑って満足しているありさまだ。

するとわれわれ（サトウキビの前線で白い死を吸う者、後ろの方で叫んだり鼻歌を歌っている者、薬局にはもう来てほしくはないラガン＝レテル、そしてなんとも英語を教えるのがうまいケベック氏）にはこう思えるのだ、結局のところ、この三人でいいんじゃないか、だって、ほら、太陽とならんですっくと立っているじゃないかと、それから、こうも思える、「われわれ」（まだ分化せず、手つかずで、辱められ、物であり魂であるそれ）が森に逃げ込み、たぶんなにが自分を押しやっているのかも知らず、けれども、決してそれ以上になることはないほど生き生きとし、熱く死んで勝者となるときに、また、「われわれ」（夜に微笑むことなく船の薄暗がりにうずくまっていた他のみんなにとって、ただ一人の）が切り刻まれて、我、と言うことを、我、と考えることを学び、その無限の集まりを、その極小の全体性を開始する（継続する？）ことを学んでいたときに、そう、犬たちを前にした速さの、酔いの、夜の、最初の回転から出発して、巨大な夢が継続する（始まる？）のでなければならないだろうと――つまりは、結局のところ、この三人でいいんじゃないか、連中自身もわれわれで、連中自身も愚か者だし、だって、ほら、突然太陽に向かって屹立し、ひとつふたつの小銭を探し、あの豚が引き起こした大渦巻のなかで静かに消え入り、あたりでお互いに、呼べば答える完璧な連帯ぶりで歌をぶちかまし、賃仕事《ジョブ》の半フランなりとも見つけ嗅ぎつけでもしなければ（けれども、本当に何にもやることはないのだ）「どんなふうにやる」なんてことはどうでもいいわけだから――それに、ほら、きっとそうだけれど、連中はわれわれの、われわれがそこに来ているあのちっぽけな何かの、中心なのだから。

つまり、この日はまずはお愉しみに過ぎなかったのだから――せいぜいラム酒でも一杯やろうくらいの場合だったのだし、コラントロックは単純に、連中に感謝するか、せいぜい、いつかの日曜に招待するくらいのはずだったのだ。それにだいたい、連中がそこに居合わせたのは偶然でしかなく、いや、運命か、とにかく声が届くところまで来てみると、あの豚がまるで燃える蔓のようにその場をくるくる回り始めていて――やつはドゥランのガキ以上にひどい叫び声をあげ、どこともなぜとも言えないままに、そこら中に、まさにそこら中に突っ込んでいたのだ

連中（ドゥラン・シラシエ・メデリュス）は、コラントロックが豚を飼っているからと言って責めたりなんかはしなかったはずで、たしかにそこを通りかかったのは、（そんなに期待はしていなかったけれど）少しばかりでも石炭の荷下ろしでもしようかと思っていたからに過ぎない

ところがいまや、この豚ときたら本当のところ、四つ足の獣ではなくて、なんだか風の中の風のようで、サイクロンの孫、付け足しの災害といった具合で

それにいまや、この豚は狂いまわり、溢れ出る怒りに任せて連中に切り傷を負わせていた――突然こ

の生に――この死に――嫌気がさしたみたいに。
連中（ドゥラン・シラシエ・メデリュス）は、取り乱し、泥だらけになり、身もふたもない言葉を口走っていたが、その言葉を連中はでっかいパンのように分け合っていて、
連中の周りには上の方の邦の平和、漆喰塗りの空気、でっぷりと膨らんだ胴体、泥の中のビロード、それに加えて、錯乱と叫び声を曳航して拡散してゆく木魂が響き、
（三人は）豚の蒸発する同じ臭気のなかで連帯の絆に結ばれ、あそこでは相変わらず風の王様領主さまとなっているあの渦巻から沖に出て、ぐるぐる回る腕や頭や爪や歯になり下がりながらも互いを呼びあい

**こいつが賃仕事かって？　そいつは違う！　言っとくが泥は豚にお似合いでひとかどの男のもんじゃねえ**
**たった一発かましてやれば後は痩せっぽちのあいつを切り刻んでやるだけさ**
**辛抱辛抱よつ足と満月よりもでかい頭と風の丘《モルヌ・オ・ヴァン》に残した筋みたいに後ろに引きずってる二つの玉しかありゃしない**
**言わせてもらうけど、あんたらに言ったけど、辛抱よりも用心、用心の中に辛抱さ。で、何が何だか、コラントロックさんはこの獣を隠し、今日の日はあれは呼ばれればどこへでも走ってゆくわけだだから豚が俺たちをバルバドスまで走らせかねないと思うなら辛抱だ**
**たった一発ああ**
**いいや、でもそんなことがおまえら二人に何になる？　ズボンがひとつ、というか、ボロボロなまでに犠牲になったズボンがひとつ。で、女はけっして俺を信じようとしないだろう。女はあそこにいながらおまえを見つめ、すると水水水、つまり女は泉のなかに立っていて、泉は女の眼から落ちてきたわけだ**

**おまえら二人、おまえら二人、泣く代わりにどうしてそうしなきゃならないのか、罰当たりめ、あの獣はまだ行くぞ、食い止めろ、食い止めろ**

けれども獣はドゥランにフェイントをかけ、彼の両腕の弧に滑り込み（彼ときたら、びっくり仰天、泥の縞をつけ、丸まって唖然と、というより、大樽のたがみたいにぎゅっと締め付け）、獣の方はサトイモ畑の若芽のなかにひっくり返り、二本の前脚、弓なりの背中、二本の後ろ脚ってな具合でしばらくそうしていたから、狂ってしまったのか、肉厚の葉が茂る畑の狂った踊り子になってしまったのかと思われるほどで、感心したメデリュスはそのダンスの拍子をとってやろうかと、おとなしいようなさもなくば気難しいような指揮者みたいに立てた指を揺り動かして、すると獣のやつ、地所の前の土の山めがけて弾け飛び、本当に水平の軌跡を描いて、脚のしたには粘土が飛び散り、それから（パン屋のオーブンの板みたいにぺしゃんこな黒豚は、速度の錯乱で目が静かに据わり、興奮するでも取り乱すでもなく、ただ頑固で単純なまま）水が泥の中を流れる小さな庭を横切るようにすっ飛んで、（家の中を一掃する体で）通り道にあった箱や椅子や小机を押しのけ、釘の抜けた床を横滑りして、反対側から出てきてベランダの竹を吹き飛ばし（その間、そこにやってきたメデリュスは叫びに叫んだが、それは追いかけっこをやめさせるのではもはやなく、さらに伴奏を付け加えるようなもので、叫びの背後ではこれほどの爆発力を呆気にとられて鑑賞するしかなかった——その間、シラシエは手を貪るように前に出し、豚の右往左往にはお構いなしに、理想的なラインを辿ることに拘りながら前進することに集中していたが、このラインは獣の滅茶苦茶な動きのコースとどうしたって交わり、それゆえ、いま空間や事物を荒らし回っている四つ足の砲弾をこの取り返しのつかない交点で捕まえられると確信していたわけだ——その間、ドゥランはうずくまって丸くなり、いわばサトイモ畑の一点に影を落としていて、つまりそこは、獣が一本の苗の上を触れもせずに飛び越したところで、苗は廃墟の中で無傷のまま平穏を保っていた）、とにかくこのベランダを、樹皮みたいに背骨が出っ張っている刺々しい背中に乗せてゆき、家の前の泥の中に石を嵌め込んで作ったステップの上、一メートルには少し足りない高さで一回りし（舞い飛び）、カカオ林のなかに霧と消えてゆき、荒らされた空間に残されたのはこの虚ろな叫びだけだった

**逃げやがって罰当たりめ、来年のクリスマスもここで待ってるからな！**

**ああマン・ドゥランは決して信じようとはしないだろうさ！　ピッチで、あの旦那は、クイ〔ヒョウタン〕がユダの顔みたいに空っぽだっていうのに、ピッチで雄鶏に持ってもいない銭をつぎ込んでたのさ（それでやつの両眼があそこで、十字架の下の聖母様みたいに涙を流してるのが見えるだろう）。**

**　でもやつには運のいいことに、俺は山刀を置いてきちまった、おいおい山刀なしではどうしたって駄目さ！**

**　そうさそうさ獣を隠してた、コラントロックさんがあんなにでかくて痩せた豚を飼ってたなんて誰が言ってくれたろう、だいたい、何が何だか、今日の今日まで隠していたのに獣は嫌がったんだ、で、クリスマス、クリスマス、あの豚はクリスマスまで行くどころか、谷を下り街道を曲がって、おさらばとばかりにサン＝マルタン島まで行っちまうだろう！**


　そして彼ら（三人）は峡谷を下っていった。コラントロックに言った言葉を違えるつもりはないから——それに、豚が自分たちをこんな風に泥の中に引きずり込んでボロボロにし、踏みつけたりするなんて、こっちときたら自分たちを汚したり攻撃したりする豚に応戦して立ち向かうくらいのことしかできなかったなんて、ありえないと自らに言い聞かせるためだ。

周りには、あちらで木の根すれすれに編み合わされる葉叢のおとなしく単調な言葉（震えるカカオ、ヤム芋の巻きひげ、分厚くて平らなサトイモの葉、下の方では耕作地の黄土のうえで日々伸びてゆくサトウキビ）が聞こえないとすればの話だが、単調で音もない谷底と高みとの静かなうねりが、それに、鎮まった地滑りがあり、それらによって、地面はとぐろを巻くように身を丸くしていた——包囲から、有限性から、そして、大地のただなかにいてもそれを推し量りそれに苦しまざるを得ない、あの海の全体から逃れるためだ——、周りには、囲まれ、縛られ、不安げではないが注意深い諸々の事物がつくるあの重たい平和があり、たぶん、そこに無秩序と戦争を持ち込むことができるのは豚だけで、また、この平和を通じてコラントロックは唯々、通過していったサイクロンの爪痕を辿り、剥がれた台所の哀れな板に手を触れたり、自分の家具と呼ぶことができたはずのあれこれのものの破片を積み上げたり、一本だけ残った竹の足の上で揺れている素人づくりのベランダに静かにさわってみたりしていた——そして、末っ子の男の子をもの思わし気に見つめていたが、灯油缶に腰かけた男の子は目の前のありさまをひどく軽蔑し、拳か親指か、少なくとも手の三本の指をメロディアスで単調な音を立ててしゃぶっていたのだ。

赤い！　ああ月が赤い、そして、ゴロゴロと滝みたいに地面に落ちた太陽の傍らには、その錯乱のうちに転生して絶対者になった火山のような豚が遠くから、坂なのか崖なのか、とにかくこの三つの斜面を遠くから導いていて、そこからマグマみたいな体躯以上に、カーニヴァルの王国を押し付け、それでもって周囲を不安のどん底に叩き込んでいた。

活発で丸い斜面では、茫然自失と配慮とが柔らかくて分厚い溶岩を競い合っていた（そいつはドゥランだ）。もうひとつのくっきりとして暗い斜面では、噴石が夜の落ち着きをもって落下していた（シラシエ）。まだ慎重であったけれどやはり猛り狂った斜面（メデリュス）では、言葉の大風が来るべき火のための場所を空けているようだった――三つの斜面を備えたこの火山は、災厄を司る計り知れない法則によってまたもや運ばれて、遠ざかっていた――聞こえていたのは（コラントロック、その妻、子どもたち、末っ子のガキを除いて耳の中ではっきりと）火山がその方向のあとに筋のように残していった騒動と侵略の円弧が遠くで大きくなってゆくさまと、

　溶岩の流れが渓谷の出口で目詰まりから解き放たれ、傾いた地面を進んでゆき、その川床を抱きしめてゆくさまで、けれども膨張したコラントロックの脳みその中ではたぶんもっとくっきりとして致命的だった**やつはロメの大将のウサギたちのなかにいやがって箱を壊したものだからこんどはウサギたちまで追いかけなけりゃならないしイジドールの五本のバナナの木に分け入りやがってラ・クロワのところで曲がってじゃなくてテレーズさんの地所にまた昇っていってまた降りてきて満足してるのさ水の穴**〔地盤の浸食などによってできた穴に水がたまった地形のことか〕**を飛び越えてやつは**

　それは――溶岩はここまで来た道を戻って然るべく火口に帰り、円環は閉じていまや家の前の取り返しのつかない火の中に、

　そしてさらに余計な気紛れから、きっと自分の沸騰の鎮圧を確認するために、まるで偉ぶった諦めの鳥もちに捕えられたかのように、子どもの足許にはまり込む、――

　お互いに幸せそうに落ち着いた眼差しを交わしている、豚と、左手の三本の指を口に突っ込んでしゃぶっている子ども

　始動し続ける機械のような優しい音をちゅうちゅうたてながら、――その時、荒廃の足跡を追いかけることをしなかった（その代わり、信仰に引き留められて、一人で円弧の内側で密猟を決め込んでい

た）シラシエは駆け出し、
獣を抑えつける、抵抗されるのかとびくびくもので、思いがけない可能性に怒り心頭で、こんなくつろいだ態度に腹をたてながら――ところが見ると、背骨は力が抜けて、三角形の分厚い鼻面は彼の顔の近くを優雅に滑り、かたや、白い毛に縁どられた眼は、黒い泥の荒れ地のなかの島々よろしく、子どもに優し気に笑いかけていた――

その時
この震源も魂も、そして今や未来もなく、豚の無気力によって地面に釘付けになったこの大渦の上に
赤い大災害が爆発していた――険しくたぎる怒り、血と涙の錯乱――コラントロックは
歯止めが利かなくなったように
心の中の栓を抜いたような憎しみの眩い穴から一本のナイフを出現させると、
こう叫んだ――「マン・カイ・チュエ＝イ、マン・カイ・チュエ＝イ〔殺してやる、殺してやる〕」、けれども、内心にたぎり立つ悪夢から解き放たれるために獣の喉を掻き切りたいのか、男に切りかかりたいのかはわからない、
そして地面に結ばれた肉の山をめがけて思いきり切りかかったが、まあまあの距離を置いてのことで、というのも、メデリュスとドゥランと妻と子どもたち（灯油缶に乗っかっているスフィンクス小僧は別で、左手の真ん中の三本指に終わることなく問いかけている）がしがみついたまま、身振り手振りを交えて這いつくばり、懇願していたのだ
（妻と子どもたちは考えた、この黒い痩せ豚の喉を掻き切りでもしたら飢餓に災厄を重ねた突然死みたいなもので、なにしろせっかく苦労してこいつを養い、というより自分たちの乏しい食糧から追い払っ

てきたおかげで、
ちょっぴりだけでも太ったならの話だが、いつかその肉の切れっぱしなりと味見してみる希望が詰まっていたからだ——丸ごと食べてしまうよりももっと濃密な希望なので、そんなナイフの一撃で根こそぎにするわけにはいかない）

**山刀だ！　山刀だ！……　この豚はちっちゃなナイフにゃ手ごわすぎる**
**こいつは仕事じゃない〈絶望〉〈絶望〉だ……**

そしてみんなは振りかざしたナイフの前で口から涎を流しああ身体は屈みこみ心はひっくり返りつつ宙に浮いたままだった——豚はシラシエをゆすぶった、ちょうど少しばかりの澄みすぎた水を振り払うように（みんなには今や沈黙が聞こえていた、獣はだいぶ前から皮を抓られた鳴き声で空気を引き裂くこともなかったので）——神妙に、巨大な頭の後ろで痩せた体を波打たせながら、踏み固められた地面を横切って、反対側に寝ころび、平べったい身体の下に何とか脚をしまい込もうとしていた——そして例の子どもを相変わらず見つめていた。コラントロックのため息が聞こえていた。
そしてこの狼狽ぶり。獣から目をそらし、というより、怒りと不安と激しい憎しみから冷めやると、みんなは近隣の物言わぬ隣人たちが周りにいるのに気づくのだった——腕に何匹もの気紛れウサギを持ち運んでいるロメ、家に引っ込んで陶製のパイプをふかす女、近所からやってきた三頭の子ヤギに混じって、白黒のぶちの弱々しい子豚なんぞで、この子豚、いつかはもうひとつの腹ペコ火山になって手に負えない噴火とくるだろう。子ヤギの一頭は、目を閉じて空っぽの口をもぐもぐさせている。

土地。

宙ぶらりんの土地。沈みゆき丘の腕に無為に退いてゆく太陽の斜線は、みんなのために、豚たち、人々、獣や枝々のために、その黄色い平和をふんだんに降りかける。音を聞き飽きてじっと黙り込む男たち。

彼らは最初からやり直すべきだった、少なくともどういうわけでこの騒ぎに立ち至ったのかを知ろうとするために。コラントロックは一人ひとりの相手をして、破片や破壊の跡や家の壊れた一翼や例の子どもまで（きっとこんなひ弱で無垢な存在のいるところであの豚があんな騒ぎあんな無秩序の火をつけるべきじゃなかったなどと言い張るためだ）いちいち見せて回って、獣の前にしゃがみ込み、しげしげと眺めた。そして、他の連中を横目で見るのだった。

彼は言う、この豚なんだ、そう、今や池の水よりも静かに地面に横になっている御覧の通りのぺしゃんこ袋のやつさ——まずは夜が明ける前から落ち着きがないもんだから、マン・コラントロック〔コラントロック夫人の意〕はすぐに言ったんだ——セラファン、この豚、あんたに大舞踏会を催してくれるよ、って。俺はやつに言ったさ、息子よ、じゃあ、俺には何ができる？　俺はじっと佇んでやつを見つめ、やつも俺を見つめる——神様がくださったこの一週間ってもの、おまえはパンの実の皮を食ってないな。でも俺は何を食べたっていうんだい？　一週間じゅうパンの実さ。それでもってちょうど水曜日には、目もくれずバケツ三杯も掻き込んだよな。毎日ちょっとずつ食べたほうがよくないか？　だって、俺もマン・コラントロックも知っての通り、月曜、火曜にはおまえは舞踏会騒ぎさ。で、今日の月曜日には、金の鶏がコケコッコーと歌う前から、おまえはもうチェロを一発かませる気でいたんだ。この獣は、腹が減ると必ず目が回って訳が分からなくなるのさ。で、そのあとは、ご覧の通り、いまや司教様よりも真面目になってるわけだ。ああ、俺はもうわかってるから、四方に向かって叫んでも、あいにく誰も呼んだわけじゃない。このお歴々が来てくれたのはご親切なことだが、誰に声を掛けたのでもない。いやいや、叫びまわったのは気合を入れるためさ、煙が風に叫ぶみたいなもんだ。

「けれど、あいにく、稲妻よりはっきりと助けを求めるのが聞こえたよ」、とドゥランが言う。

「いやいや。習慣なんだ。この獣のやつが太鼓騒ぎをやらかしたら、それにあわせて声をあげるのさ、ただただ、おまえが主人じゃない、俺だっておまえくらいの大音声で叫べるんだと、わからせて確認するためにな」

「でもやつを止めたのはシラシエさん一人なんだから結局のところここにいる俺たち三人のおかげってことさ」、とドゥランが言う。

「ああ、わが友人たちよ！　やつには仕掛けがあって、二本足で歩くやつは誰だって、何でやつが走り、何で止まるのかはわかりゃしないし、もしかすると空と大地、星々と天空の神様だって、何でこのぺしゃんこ野郎がぺしゃんこのままでいようとするのか、何で月曜日と火曜日に、って言うか、どちらかというと月曜日で時には火曜日に、やつが三本の紐も数ある柵もお構いなしに、渓谷を一回りして、ここらあたりの土地じゅうに身体で跡を残すのかはわからないんだ」

「でも俺は長ズボンをはいてたのに、その名残をご覧あれだ、何が何だか？　シラシエさんやメデリュスさんのことは抜きにしても」、とドゥランが言う。

するとドゥランは突然、もう一つの世界に投げ出されたようになった。やっとのことで話の流れを遡り、探していた言葉を見つけた。そこで顎を空に向かって突き出し、丸い頭を汗であばたにして、死んだ目をして、祈った——**星たちよ星たちよ……**

「いやいやああ、このお歴々はこう考えてる——コラントロック＝俺＝コラントロックは豚を一匹飼っていて、ロメの大将はあんなにウサギを飼っていて、それどころかあっちこっちに小さな獣がいるなんて、誰が言ったんだ？　いやはやまったく肉は貴重だしさらに肉は死んでるとさえ言ってもいいし、首都にはやたらと船乗りがいる――なら、ニグロの爺さんが口を空いて寝ていたって不思議はない。でも、不具合な架台みたいな豚はいったい何なんだ？　お分かりのように、こいつに備わってるものといえば、前の方の端っこの頭を外して、後ろの端の二個のボルトをとってしまえば、たった一人の開いた口を満たすのにも足りない。だからわが友人諸氏よ、一人にパンの実三個ということで、ご勘弁を」

「熟れたパンの実がいいな、だって、青いパンの実なら大昔から食べてるし」、とメデリュスが言う。

「バター付きパンみたいなパンの実さ」、とコラントロックは歌った。

こんな風に取引が決まると、ロメが進み出て結論付けた――「獣は自分から動きを止めたんだ」。で、誰も何にも付け加えることはなかったろうが（メデリュスはこのロメなる魔術師が、草むらに逃げ込んだ四、五匹のウサギをどうやってこんなに早く捕まえられたのかを推し量っていて、――相変わらず恍惚状態のドゥランは天界を航行していた）、ただ、あらゆる権威の敵シラシエだけが、豚に放り出された場所に横になったまま、挑発するように仕上げの一言を言った――「パンの実三個に加えて、ラム酒を一杯」。この悪戯っぽい申し出に脱帽したロメはこれに賛成し、コラントロックは妻の方を向いた――妻はラムを取りに走った。三人は亜鉛のコップで飲み、喜びに腕を大きく回しながら口を擦った。ドゥランは自分の分を飲み干した。星たちはこの雲だらけの青空のどこにあるのか？　一人また一人と立ち去った。彼ら（三人）は灯油缶のそばにとどまった。豚は穏やかに見つめていた。乾いて軽い午後。低い空。波打つ汗。じっと見守るメデリュスとシラシエ。ドゥランは神妙に子どもの顔を見つめた。

「わかるだろ」、と彼は言う。

「星たちさ」、と彼は言う。「それで、星たちは、おまえが付き合うともなく毎日会いに来てるこの豚の中にあるんだ。おまえは星たちを見た。子どもには見えるのさ。地面のなかと地面の上には何がある？　獣と、育ってゆく子どもさ。豚が叫ぶとき、そいつは星でいっぱいなのがわかるだろ。豚が走らなければ、大人には星は見えない。子どもには見える。獣がぐるぐる回らなきゃならない、どこもかしこも速さとなって、すると大人にも、子どもに見えたものが見える。で、何が何だか、そいつは星を見たんだ」

　木々を詰め込んだ空の鉛色の下で穏やかに憩う肉と星たちの重たい関係、貧相な獣がおそらくは高いところにいる青豚の皮に植え込まれた艶やかな毛から推し量ったものすべて、そして、最初の日から逃亡奴隷となったり文明化されたりした豚たちが、ときにその幾たりかが熟れすぎた正午のようにただちに燃え上がる光の中に落ちているあの毛についておそらくは思い巡らせたものすべて。

「なぜって」、と彼は言う、「横に歩けないときには、上に向かって歩くんだ。おまえはゆくゆくは星と出会うし、自分の手を食べようとか、一番美味いちっちゃな骨をしゃぶろうとかしたところで、ほら、今そこにパン・ドゥ〔「甘いパン」の意。アンティル諸島で作られるスパイス入りのシフォンケーキの類〕よりも穏やかにしているこの豚を俺たちが四週間とたっぷり六カ月も捕まえようとしてきたけれど、おまえはゆくゆくは何かが目の前を転がるのに出くわすのさ、そしてそいつを両手の中で反り返らせる羽目になり、結果、レスプリさんの車の古いエンジンの代わりをやってみるのはやめて（——あれはジュヴァキャトル〔ルノー社が一九三七年から一九六〇年までに製造した車種〕さ、とシラシエが言う）そう、ジュヴァキャトルよりおまえのほうが早く始動するだろうから、この缶から降りて、おまえはそこでたぶんこれからやってくる夜を過ごすだろうっていう話で、だからおまえはその何かを両手の中で温めるんだ、何が何だか、そいつは星なのさ」

「そうなると」、と彼は言う、「おまえは宇宙で雲に乗りお月様よりもずっと遠くにいて、それで、確かにこう尋ねなければならないよ、サイクロンの後ろで三頭のコブ牛が木馬みたいに回るその時におまえのパパのコラントロックの家の前の缶のなかにはまり込んだとしたって、おまえはこう尋ねなければならないんだ――どうして星なの？」

彼はまるでわれわれに問いかけたかのようで――われわれ、とはまた答えのない大変な問いだ――、そして沈みゆく太陽の下にわれわれがいるのを察したかのようで、そして予感に、予言や占いの終わりのない朗唱にちょうどいいこの時刻に、両腕を当てずっぽうに広げていわばわれわれにかすったかのようで、そのあとやっと、われわれがもう彼の特有の言語（われわれの言語）で話し合っていることに気づき、あとの二人にはもうわからなくなり始め、といっても、二人（シラシエ、メデリュス）もまたわれわれの一部であって今でもそうなのだから（われわれも彼らの一部）、二人もわれわれにそれぞれ自分の特有の言語（われわれの言語）で話しかける、というわけで、彼は周りにいるたった一人の生者（ささやきのエンジンを積んだスフィンクス小僧）にすがるしかないのだけれど、小僧は考えもせず話もせず、彼が顎の髭よろしく星を抜いてゆくのを聞いてこうくる――**ドゥランはおかしい、ドゥランはおかしい、ママパパ、ドゥランさんがおかしくなっちゃった。**

「なぜって」、と彼は言う、「おまえは星の中まで昇らなきゃならないんだ。夜にここを立ち去って。高いところに旅立つんだ。昇って昇って。なぜって、そうじゃなければ、おまえはここ地上にいて、この豚よりもずっと早くてほとんど止まることもなく走ってゆくあの銭二つを追いかけて彷徨う羽目になるし、そいつらに追いつくには仕事をしなけりゃならない」

「何の仕事？」とシラシエが言う。

「ありとあらゆる仕事さ」、と彼は神妙で上の空の子どもに言う、「まずは第一に、可愛い子のなかには歩くために足にサンダルがいるやつがいる。で、アルパガット〔サンダルの一種〕がいるってわけだけど、じゃあどこで、そいつをどこで見つけるかと言ったら、この豚よりも早く走る銭よりもまだ早く走るあのおんぼろタイヤを追いかけるしかないだろ？　で、奇蹟だか神様のお慈悲だかで走り疲れた古タイヤを見つけたなら、おまえの両手とほら、このポケットナイフで（と言いながら黒光りする折り畳みナイフをポケットから引っ張り出してカチッと鳴らした）革サンダル用に二つ、四つ、六つに切り出さないとならない、左用に三つ、右用に三つだな、そうしてからあとは、第一に古チューブを待ってベルトを切り出し、第二には、肝油よりも珍しいけれど鋲が手に入るのを待つだけで、そうすれば最後にはいつの間にか、もう走ったりはしないで、三足のアルパガットで平然と歩く銭三枚の前にいることになる。というわけで、靴屋ならざる靴職人の仕事とあいなる」

「こいつは二つの仕事さ」、とメデリュスが言う。

「二つの仕事さ」、と子どもの方を向いて彼は言う。「だってな、たまたままだ走るタイヤに突き当たったなら、すぐに死んでないことがわかるから、そいつをオッスさんのガレージにもっていけば、一発で銭六枚をせしめることになる。なぜって、二つの修理台の上に突っ立ってドゥランの口よりも空っぽな車軸を見せている車を数えるのには、算数の数字をありったけばら撒かないとならないからな。ところが何が何だか、アルパガットのほうは二番目の仕事だな」

「それから三番目もある」、とメデリュスが言う。

「それから三番目もある」、と彼は言う。「なぜって、台に車を載せるには、少なくとも四台の、まあ三台の時もあるけれど、ウィンチが要らないとでも思ってるかい？　それで、シラシエさんってウィンチ足すメデリュスさんってウィンチ足すドゥランさんってウィンチとなれば、少なくたって半フランの三倍になる。よく聞くんだ。走らぬ時は立ち上がれ、立たないときは駆け付けろ」

「例のソーセージもあるけどな」、とシラシエが呟く。

「例のソーセージも」、と彼は言う。「なぜって、俺たちは犬にひどいことを言う気はさらさらないからな。けれど、神の子どもらが食べるものが何にもないときに、犬たちときたら毛も慎みもなく増えやがるんだ。そこで市長さんが声を掛ける――『ドゥランさん！　すぐにソーセージを町に撒いてくれますか！』おまえは切れっぱしだって食べられないけどね」

「例のソーセージ」、とシラシエが言う。

「そう」、と彼は言う。「シラシエさんはいつも山刀を持ち出すけれど、議員のポワントさんは、山刀は犯罪です、って言ってなかったかな？」

「それで」、と彼は言う（そして突然、子どもは彼をじっと見つめ、手を口の近くにやって、言葉を捕まえ、がつがつ食べようとでもするように指を広げる）、「日が暮れるとおまえは獣たちを拾い集めるためにぐるっと一回りするんだ。通りには一人のガキもいない、父ちゃん母ちゃんたちが子孫を閉じ込めちまったのさ、毒のせいでね。たった一人で死骸を引きずってくんだ、犬の毛は茨で、星が見えて、爪が食い込んでくる、運河までだ。灰色犬よりも灰色な、運河なんだ」

「犬ったら犬」、とメデリュスが言う。

「痩犬さ」、とシラシエが言う。

「骸骨だ」、と彼が言う。

「血も空っぽ」、とシラシエが言う。

「脚がこわばってる」、とメデリュスが言う。

　すると子どもはそっと手を口にやり、左手の真ん中の三本の指をまたそっとしゃぶり始めたが、一方、閃き豊かな会計係ドゥランは、はげちょろ犬や、運河の汚泥に巻き付けにいった悪臭を後にして、間髪置かずに仕事のリストを数え上げ、（それほど遠くはない）屋内市場に話を戻すわけで、市場では一晩中、買い物の人たち（いや、懇願に来た人たち）の雑然とした行列がひと塊となって（あふれ出る慎みのない同じ夢のなかで）、翌朝の十時頃に、手という手や、伸ばした首や、押しつぶされた顔で沸き立つ潮の流れのなかを通り過ぎざまに――われがちに――一キロの値段を払ってでも半リーヴルの魚を、どうやったらかっさらうことができるかを思案していたのだ。

「なぜって、あそこで奥さまや旦那さまのために片方の足で十一時まで、もう一方の足で夜中の十二時まで、そんな風に足を取りかえ取りかえして朝の八時まで突っ立っていれば、奥さまや旦那さまのために少なくとも魚を三リーヴルもって帰れて、そうすると、半メートルのドリル織地のクーポンをもらえるから、そうなれば、この半メートルの布地を一メートル半みたいな値段で売りさばくことができる、っていうのが五番目の仕事じゃないかい？」

「そいつは仕事さ」、と彼は言う。「どっちにしても、瓶の前の最後のやつだ。なぜって、しばらく前からだけれど、瓶でグラスを作るやつについてはまだ話せないのさ」

「話せない」、とメデリュスが言う。

「まだ話せないって言ってるんだ！」と彼は子どもに向かって叫んだ。「聞いてくれ。最初から言っとくが、透明な瓶を切ろうといったって、割れやすすぎる。まずは手の込んだレース模様のついてる瓶を金ノコで切るんだ。それから、当然ながら、どんなやつでも売れるわけじゃない。なぜって、青緑色で丸くてしっかりしていて底が平らな瓶が一番いい。それから、グラス六個一セットをなんとかするためには、おお、少なくとも瓶を八本は探さないといけない。なぜって、おまえだろうが俺だろうが、おお、少なくとも四本に一本は駄目にしちまうからな。それから、庭に二百十本の瓶と切断機と磨き用のグラインダーをもってる旦那さんや奥さんだったら、五個分の値段でグラス六個を売ってくれる」

「六個分の値段で七個分ってのもね」、とシラシエが言う。

「そう、こいつも仕事さ」、とドゥランが言う。「たぶん最後の」

「たぶんそうじゃない」、とシラシエが言う。

「違うといったら違う」、とメデリュスが言う。

「違うなら違うか」、彼は言う。「よし、よし、よし、ならこの子どもに、おまえらがプシプシプシと、それに俺も、毎晩マングローヴの陰でやってる作業を話してやる気なんだな？　そいつをどんなふうに語ってみせる？」

「内緒で教えてやる」、とメデリュスが言う、「大瓶半分の目方の水を飲み込んで、四時間経ったら飲みすぎた分をカニの穴にジャーッとやるのさ」

「ああ」、と彼は言う、「上出来だな。無作法なことを言うかと心配してたよ。というわけで、もうひとつの仕事さ」

「トラファルガー〔「晴天の霹靂」の意。ナポレオン軍のトラファルガー海戦での思いがけない敗北に由来する。ここでは、穴にこもっているカニを小便で不意打ちにすること〕だ」、とシラシエが言う。

「なぜって、これだけ水を飲むために喉を渇かせておかなきゃならないし、我慢するのには頑張らなけりゃならないし、少なくともカニの穴六つに配分するためには、うまい具合に加減しなけりゃならない。でも、カニが穴の中を登ってきたときには、大瓶半分の水でできることに感心するさ」

「カニ六杯で半フラン」、とメデリュスが言う。

「小銭がザクザクだ」、とシラシエが言う。

「復活祭の時にやるんだ」、と彼は言う。「復活祭の時だけさ。ひと月だけの銭稼ぎだ。で、そういうのが嫌なら、星を探すんだ！　そうだろう」、と彼は言う——今度は子どもを見もしないで、というのも、もう夜の濃さが彼らを取り巻いて声を順繰りに伝え、この上ない喜びをもって声を正しく確かに配っていたから（各自に届く言葉は影たちの行列によってこっそりと送られていた）「どれだけの仕事なんだ」、と彼は言う。「ひとつの仕事を得るためにどれだけの仕事を！　だけども、あの中、あの高みでは、どれだけでも仕事が見つかるだろう。星を掃くのもいい、こいつは高いぞ。星に種を蒔いてもいいし、これはもっと高い。雨を降らせたり、お陽さまをだしたり。そこらじゅうに銭が転がってる。ああ、昇ってゆかなきゃ、言っとくが、上に向かって歩くのさ。なぜって、こっちは俺たちの足には小さいだろう。俺たちの足は地面に落ちちまうけど、星だったらうまくいくんだ」

　そして彼らの周りには、ギザギザの、滑らかな、ざらついた濃い葉叢、震える幾多の頂、根っこの荒野で腐る根付きの真水をたたえた北――夜の中の縄の絡み合い。ああ、土地、変わってゆく土地よ――おまえはたちまち金剛砂よりも乾き大鍋よりも黒く砂岩質になっているだろう。けれどもそれは、われわれがおまえの南に向かって六つかそこいらの曲がり角を降りていったかいかないかの時。年月を飛び越えておまえの古さを遡ったか遡らないかの時だ。おまえはその無限の小ささの中でわれわれを道に迷わせる。われわれ、という巨大な問いに、おまえはありったけの答えを委ねただけに、われわれはほら、この北ですでに心安らかに平然と、南の呪術を恐れながら、そして、注意深くありながら、なんとか身を持し、闘いの純粋さとなって自らを石炭の窯の周りに打ち立てた、高みの人々の甥となっているわけで、われわれコラントロックは下の方からやってきて、理由もなく夜の影と静寂のなかに居残っているあの三人に用心しているけれど、ここでわれわれが用心と友愛の二つに割れていると、突然（ほんの数歩のところから流刑になった）われわれはなぜかドゥラン＝シラシエ＝メデリュス、つまり（昔の仕事の餌食になって）生き永らえるために地べたを歩いた連中の子孫になっていて、すると一揺すりでおまえはわれわれを突き落とし、われわれは落ち、われわれはまた昇って立派な教養を身に着けた、鍬もつニグロの開化した従兄弟たる才能あるニグロになり、そしてわれわれは命令しマリオネットのわれわれは統制し抗議し熱弁をふるい情熱天命使命を抱いてそして星たちの曲がり角で、でもわれわれとどれだけ遠くなのか、ともあれこう訊くのだ——「じゃあどうすればいいのか、何をすればいいのか？」——だがおまえはわれわれには、するってことが商売なのか頂点なのか、はかない仕事なのか存在の基盤なのかを言ってはくれない。脆い、でも充溢した土地よ、われわれはおまえに言っているんだ、おまえに叫んでるんだ、われわれはおまえの境界のなかで生まれ、ほら、こんなに高いところで周りの滑らかで肉厚な葉っぱの茂みに身をゆだねている——

　というわけなので、結局のところ彼らでもいいじゃないか、だって彼らは高みの夜の中、彼らからして狂ってしまって、彼らからしてわれわれでありつつ、パンの実九個のそばで身じろぎもしなかったのだから、で、パンの実を盛り土の上にこれ見よがしにピラミッド型に積み上げたコラントロックの方を連中は（子どもさえも）一瞥することもなかった。そしてわれわれは、巨大な不動の夜のなかで何もしないでじっとしていたようで、ただわれわれのうえわれわれのあいだには物音熱気騒動だけがあり

　そしてドゥランは沈思黙考に飽きたか子どものちゅうちゅういう沈黙に力づけられたかのように、夜の中、獣がだいたいそこで身体を休めているはずの場所の方を向いて、そっとこう訊く——「豚ちゃん、豚ちゃん、俺の言うことがわかったか？……」するとコラントロックが、星たちには目もくれず、荒れ果てた玄関前に出てきて、額のあたりにランプを掲げ、数歩しかないところにいる彼らに向かって大声を張り上げて叫ぶ——「おーい、セレスタン、すぐに帰っておいで！」そして、その声が雲と泥と夜の混じり合う中におまえ（おお土地よ）のように高く薄まって消えてしまう前に、ドゥランも大声を張り上げてごく近くの光とシルエットに向かって叫ぶ——「で、何が何だか、セレスタンさんは迷子なんかじゃないさ。あのブリキのバケツのエンジンをかけて、小屋にはいってぐっすり眠ろうとしてるよ」

# （／一九三六／―一九四三）

――降りてゆくほど葉っぱがまばらになってゆく！　太陽が見えるのはあそこだ。俺たちは二人して木陰を探して流れる小川みたいだった。俺はシラシエさんに言った「このまま行ったら、塩田に迷い込んで、明後日になったら発見されて、俺たちは新しい名前を付けてもらうだけさ――石になった男、だとさ」「イヤイヤ」、とシラシエさんが言う、「人間石さ、すっかり石になってるから」

　それはあの男だった。邦を踏みしめて回り、夜には溶けた地面に眠り水をかき混ぜ太陽を食べた男で、土地に迷い込んで腰を曲げている老人たちに出会うと**ほら俺はこの道を行くんだぜ**と叫んで唇のあたりで親指で十字を切り、仲間のもう一人の年よりは震えながらもっと大きな声で**さあさあボーシャンさん行きなされ俺は何も見なかったしあんたも見えないよ**と叫ぶ。

――大地が弾けるのはあそこだ！　あんたにはそれが見える。あんたは広げて平らにならして点火してそれから時々、両目が暑いと騒ぐときには、カエルたちやコブウシたちの前に水の穴を投げつけて、するとコブウシ連中はヒルが付かないようにと鼻面をめくりあげる。で、俺はシラシエさんに言った、「このまま続けばあの池のどれかにザブンと落ちて残念なことになるな」「いやいや」、とシラシエさんが俺に言う、「ヒルたちには残念だが、俺には生きた血なんかちっともないからな」

その男だが、彼らはこの時刻にはそれが探していた男だとはまだ知らなかったし――その男だったとして――その男が道から逸れたどこかに入り込んで――**あんたのカミソリはどこなんだ？　ボーシャンさんあそこです物置の板の上です俺には何も見えなかったしあんたも見えない**――髭を剃る一方、家の陰では家族が集まって土地に入って祈っていたあの時にひときわ血眼になって（自分も追跡されていた）その男が追跡していたのが何なのかも知らなかった。

　この時刻には誰も（あの男を探しているとも知らないままあれだけ長いことその男を探していた彼らさえも）その男の名前がボートンだかボーソレイユだかボールガールだかボー何とかだか言うことができなかったし〔「美しい」等を意味する「ボー」に「トン（天気、時間）」、「ソレイユ（太陽）」、「ルガール（眼差し）」を組み合わせた名前〕――その名前もまた土地のなかに迷い込んでしまった――

　そして彼らは心の中で焦りと震えのあの塊を燃やしながら南に向かって歩いて降りてゆくにつけ、断崖や暑さの峡谷を駆け下りたのだったが、

　そしてそうさ男は拒否とすっくと立った死の南そのもの、無限の死が積み重なって燃えさかるお伽話で、そこはわずかばかりの地所を歩き回っただけなのに人々が空間を貪る平らな土地のあの曲がり角のいくらかの上で（だってそこでは無限の時間はあれだけ歩き回った島の無限に小さな測量単位に囲い込まれていたから）、

　そして彼らが、そこに身体が漂う無限に夢見られたものを開きながら南と呼んだものこそあの男にほかならず、風景と輪郭となったその人は、塩田という枷を嵌められた土地と同じくらい自らの不幸と呪いに閉じられていた――

　歩きながら汗をかきながら網の目が結ばれやがて言葉たちのあの広がりあの炎の卵が産まれ船倉係（メデリュス・シラシエ）の彼らがドゥランの頑固な懐疑主義をあけすけなお伽話の眩い報告で養って

やる場所である影から逃げながら、そして歩きながら汗をかきながら逃げながらみるみるうちに水たまりの海の泥と灰色の砂のせいで住人を震え上がらせる逃亡奴隷になりながら、彼らが恐れていたというより（そして彼らはその男を畏怖していた、——だって知られていたんだ——その男は養ってくれる家族ではなく憲兵や怖くて見境をなくしてその男を売り渡す裏切り者を襲うのだ）男にのしかかっているあの力が**彼らの中に**逃げ込んでいたから、彼らはたった一人の男があれだけ動員された力に立ち向かって持ちこたえるなんて聞いたことがないと薄々感じていたから、確かに彼らはそんな拒否、そんな闘いの観念さえも退けていたから（彼らは闘いの成功を**野蛮な**力のせいにしていた）、彼らはみな男のうちにあれだけ狂おしい恐怖を抱かせ続けていた昨日の逃亡奴隷を、愛も憐みも期待しない男を見出していたから、男の本当の役目は、自由であることに比べればたいしたことはないものの、周りのみんなが生き残って人生を耐えるために取引するよう促されていた（その必要があった）愛と憐みをいたるところではねつけることだったからだ。

男はこうして風景と邦、未来における死を極度に濃縮した土地となり、頭の上に通りがかった最初の子ども（脚が弓のように撓み、手に染みついているのと同じ汁で眼が蒼白くなっているエピファーヌ）を載せ、死の灰色の砂が震えるのを見ていた。

しかし彼らは男に出会ってはいなかった、漂ってばかりいたのに。そしてこの時刻、すべてが終わり鉛色の正午の干からびた池から巨大な泡が濾過されてヒルたちが身を丸めるころ合いに、彼らは問いかけた（メデリュス・シラシエ）、あちらの方、空を抱く水が一切ない場所に自分たちは何を探していたのかと。

「あーあ」、とドゥランが言う、「他に何かないのかい、で、何が何だか、おまえは仕事を探してるんだ」

「それにしてもあんたは何で信じたり考えたりできたんだ信仰や忍耐はどこに行ったんだあの男は三百十の山よりもでかくてああドゥランさん男は大洋よりも速く歩きなぜってそうじゃなければ長靴はいて鉄砲をもって、目は防御に手は明快なあの憲兵たちが男を捕まえるんじゃなくて、捕まえたのは別の力だからね、男の上にずいぶん前から落ちていた力を利用して自分たちも力の勢いの中に落ちるのに何であれだけ時間をかけたかはわからないだろう？　七年そう神様の貧しき年の七回分も男は山のように走った、成人みんなの祝日と捨てられた神様の誕生日の七回分さ」

「あーあ」、とドゥランが言う、「やつを見捨てなかった弾がある、少なくとも一個はある」

「いや男を殺したのは弾じゃない。鳥たちさ、ドゥランさん！　ホオジロが舌を嘴に押し込むたびに自分らが死体になってしまうものだから、あの憲兵たちはホオジロがとまってると思われる枝という枝で花火を点けるのが習いになってた。谷の下の方で枝が震えるのが聞こえるだろう、そして撃て撃て撃てだ。鳥の羽が見えるだろう、そいつは銃火さ。葉っぱの中でセミが鳴くのが聞こえるだろう、そいつは銃火さ。あんたが弾で商売できるならね」


**夢の弾丸の夢を状況と手段が許せばおまえは実現できるのに、その一方で馬乗りになって速足で駆ける連中は軍靴を磨き肩に武器を載せ緑のそよぎの入り混じるおよそ小さな羽ばたきに向けて弾丸となった怖れを一斉に発射する**

この銃火そのものの敷かれ噛まれた灰色の砂の絶対的な純真のなかにおまえは夢を吊るしそしておまえはケンタウロスを夢み信じ殺し虐殺しその血で祝別しおまえは

（というのもおまえは誰にせよ反射でしか、というか事故によって言葉によってしか殺したことはないから——撃つ誰かはほらおまえのなかにうずくまりそしておまえはそいつを微笑みで覆い隠しそしてそいつは）

火に噛まれた灰色っぽい砂のあの帯状地帯でしかない——水が不在で彩を移ろわせる広大な欠如。

この男ボーシャン、あるいはお好きなように呼んでいいけれど——いつか本当に名を呼ぶというなら、——プランテーションの境界を下り、隠れ処を作り、根っこを突き刺し、その存在を分かち合い、太陽と燃え上がる海になり、彷徨いながら

その行く手には十一組の憲兵が待ち伏せし、そいつらは七年前から後ろざまに撃って獲物たちの鼻面をずたずたにしていたやつらだが、ずっと前から自分たちが谷間に解き放っている（そしてその染み込みやすく取り返しのつかない埃で偶然を包み込んでしまうだろう）あの雷鳴以外は何であれ追跡するのは諦めたままで、たぶんそれは自分に、でなければ住民たちに、いやもしかすると遠くの邸宅にいる〈総督〉に、それにもしそこにいるのなら自分たちの後継者であるＣＲＳ〔共和国保安機動隊〕なり遊撃防衛隊なり、つまり、それよりも真面目くさって機能的で、軽機関銃を握りしめライトのついたようなヘルメットをかぶり、二十五年後にはほとんど空に火を放つ火炎放射みたいに擲弾筒を振りかざしている、そして**知ること**などには洟もひっかけない（なぜならその二十五年後にはわれわれが連中を好きになるだろう好きになるだろう好きになるだろうことをもう知っているだろうから）、そんな連中に、納得させるためなのだ、結局は手綱にも気苦労にも襟の房にいる蟻にも踵を重くする赤くねばつく粘土にもかかわらず自分たちはやるべきこと——つまり、やってくる人々のために土地を測量し罫線を引いて、やがて開通させるべき街道に備えること——をやっていると納得させるためなのだ——そして自分に納得させるの

だ、自分たちは〈帝国〉〈連合〉〈共同体総体〉〈祖国〉のにこやかな真の先達パイオニアなのだと。

そしてもっと向こうではあの二人（メデリュス・シラシエ）、そう、頑固に結び目を作ろうとする鎖の環たち、そのなかを彷徨っている平たい猛暑にしか仰天することもない、あの噴水巡りの旅人たち、クロワ＝ミッションの吠え犬たち、この南の塩のなかに黙りこくって干からびて流し込まれ、丘の上に捻じれて生える銀の草の薄い一片を脚の指全部を握りしめて探さなくてはならないことに茫然としている二人——

けれどもパラン農園の会計係オディベールのあの夢には、集中して、いつも仕事を見積もる様子はまるで周りの土地が自分の心臓から降ってわいて自分の胸を耕してから草取りするべき区画になって広がっているかのようにしている会計係のあの夢には密かに仰天していて、——オディベールは十五年も前からレスプリ氏の決闘と氏が回転式拳銃に込めた二発の魔法の弾丸の疑いもなく本当の話を知っていたわけで、決闘の挙句このまさにレスプリ氏は、市長の秘書官としての氏の功績に終止符を打つためにわざわざ差し向けられたアメリカ中でもぴか一の鉄砲撃ちをばったりと倒すことができたのだった——オディベールにはよくわかっていた（あるいはみんなと同じようにそう推測していた）、レスプリ氏はアメリカきっての手練れの狙撃者がランブリアヌ平野きっての度肝を抜かれた死体になるのに一発で済ませたのだから少なくとももう一発は残っていることを、それでこう考えた、一発目の弾でプロの決闘師にも足りたのなら、その双子の妹であるもう一発は、女房が小物のベケにちょいとだけ犯されて（まるで同じことが他のやつらにも何度も何度も起こらなくてやつらがそのおかげで自暴自棄の人殺しにもならなかったとでもいうような言い草だ）それから七年のあいだ憲兵の前から逃げることばかりしかしていない（それにしてもこんな小さな空間でこんなに長い間もちこたえているんだから何やら呪術が関わっていると認めるべきだが）そんなならず者のニグロ一人には十二分だろう、で、結局は妖術には妖術をという具合で、銀の弾はきっとそいつの首の横腹を探し出すだろう、と。

「あーあ」、とドゥランが言う、「ほら、あいつをどこまでも追いかけていった弾が一発ある、一発あるのさ」

「いや男を殺したのは弾じゃない。鳥たちさ、ドゥランさん。鳥たちさ」


というのも、仰天ぶりは膨らんでうなりを上げていた、だって、会計係オディベールがあの銃撃を考えたなんて、そのためにレスプリ氏に会いに行くなんて（たぶんこんな風にさえずったんだ、あのならず者の存在と彷徨はきちんとした市政の良好な機能を維持するという可能性ごときまでも脅かしています、ゆえにあいつを厄介払いしなければなりません、このわたくし（オディベール）にあの弾を、といいますのも、長きにわたってあの憲兵たちはできなかったのですから唯一それができるあの弾を、委ねていただけますなら十分にお役に立てる所存です）、レスプリ氏が、オディベールを騙してそこらへんの弾を渡したのか、真夜中に鋳造した本物の弾丸、魔法の二発カップルの残り、ズボンのポケットにいつも隠し持っていたあの未亡人を渡したのかはわからないが、こんな計画を受け入れたなんて、――そして結局、彼らがあれだけ長いあいだ探してきたあの男（まるで男が丘や谷を駆け下りて彼らの安定した気の休まる仕事を見つけてくれるかのように）がその名高い弾をもってしても負傷しただけだなんて、「ということは」、とドゥランが言う、「レスプリ氏がオディベールに渡したのは魔法の弾じゃなかったわけで、レスプリ氏は未来のためのあんな保証を手放すほど馬鹿にはならなかったってことで、会計係はクロワゼ・パラディの三本のアカシアの陰に足を踏み入れて、しかも天地創造以来のあらゆる地震よろしく震えていたに違いなく、ボートン――あるいはボーフィスあるいはボーソレイユあるいはボー何でもいいけれど――に命中させたけれど怪我をさせただけだったんだ、だって魔法の弾と血で血を洗う闘いをできるやつなんて誰もいないことはわかってる」「ということは」、とメデリュス・シラシエが言う、「男は銀の魔法より強かったわけで、レスプリ氏が本物の弾を渡したのはどうあっても確かで、その証拠にボートンが自分に手当てをほどこしに村に来た時にレスプリ氏は知らせを受けて県庁で処理するべき緊急事態と知ったのに、あの憲兵連中には全く知らせなかったとすると、銀の弾にも抗うことのできるような男をあの憲兵隊連中が捕えることができないと確信してなければそんなことはあり得なかったろう」「あーあ」、とドゥランが言う、「それにレスプリ氏の友人だったはずの医者が言ってた話だけれど、あんな一撃だったのに、男がたぶん赤土かたぶんシャツを海の水に浸すかして撃たれた穴をふさぐように——それに訊くけど、弾はどこへ行ったんだい？——自分で手当てをほどこしてから一週間もたつのに、いまだ足の指先まで壊疽が来てないなんてどうしたことなんだろう、そうさ、男は銀の魔法よりも強かったから——葉っぱが積み重なるように前の日に積み重なってゆく毎日よりも強かったから——それこそ肩に空いた膿の穴を飼いならして、かわすことができないはずが男を亡き者にはせずにかすり傷しか負わせなかった魔法の銀の弾丸を過ぎゆく時間の中に放ち粘つく土地の中に置き忘れる——どちらも同じこと——術を知っていたのさ」

「どんな時間だって」、とドゥランが言う、「何が何だか時間ってなんだ？」

地上に燃え立つこの暑さに絡みついた時間には仰天で、水を含んだ葉の一枚もなく涼しさの迂回もなく遡るべき泡立つ渓流もない——土地がこんなに平らで草が短く干からび硬くなって命のない藁となっているときにどうやって時間を遡ればいい——

それに男が、銀の魔法に撃たれても倒されなかったそのときに、あそこの土地が水か地の味のようなものでいついていた唯一の場所で、そしてもしかするとその前の瞬間に（偶然がねぐらの巣を作る優しい息遣いのなかで、避けがたい終わりの前にこれが最後と繰り返すかのようにすべてが準備されつつあった時に）三本のアカシアの陰に長虫のように隠れて槍のように弾を発射しようと身構えていたのがオディベールだと知ったなんて、男がそれを知り、月の光に照らされた草の水銀の上で迸る血をほとんど瞬時に赤錆に変えながら斜面の下へと転げ落ちるまさにその時にこれから起こるべきことを心に決めたなんて。

そしてさらにもっと遠くへ――だから音より遠く、あの憲兵隊のための舞台をお膳立てしたオディベールより遠く、その向こうにオディベールがほとんど永久に消えてゆくはずの水平線よりもまだ遠く、そしてメデリュス・シラシエが、震えるまでに心臓を高鳴らせたい気持ちを匂わせながら、気がつくと互いに擦り傷をつけ合っているほどに近く、――そう、動かすことのできないドゥランの厚い岩、白い壁、そのあーあは牛の、腹も減らず喉も乾いていない不動の牛の、舌の下で地面を走らせ少しばかりの香りや水や湿気を舐めることを見事に身につけたあの骨ばった白い獣の一頭の、尻から出てくるように落ちてきた。

そこから出発して（――同意したりときには耳を傾けることさえ拒否する態度に絶えず寄りかかっている岩壁ドゥラン）まず――南に降りてゆくと――エピファーヌに出くわすだろう、赤くなった両目をしばたたかせて、あの海の縁まで彷徨い出て、その海で二百三リーヴルの大ザリガニをとっつかまえることを夢見ていた彼は、今や――黄色い藁色の帆が理由で適当に選んだのかもしれない――ドゥ・メ・デジール号を応援するために声を張り上げていて、確かにこの船はボートレースでひときわ抜きん出て、三色旗を飾った標識船を追い上げていた——流れに逆らって風からもぎ取った栄光の泡で伴走するディウ・シュル・テール号やメ・シ・フィス号、メフィアンス・ダン・ラ・ヴィ号を遠くから刺激していた〔船の名前はそれぞれ「わが欲望の」、「地上の神」、「わが六人の息子」、「人生における用心」の意〕——エピファーヌもまた、自分のレースの放物線を丘という丘に残していた——アカシアの絶壁を降りて一見連続性もなく気紛れに丘から丘へと歩みを逸らして遂に海辺に辿り着いたが、同じひとつの蔓縄を綯っていたわけで、上の方の夜から、別離の後の最初の終わりなき夜から、持ち物の中にはもしかすると火薬の匂いと番犬の吠え声を入れてやってきていた——彼は力づくで秘密の道筋に道標を立てていたが、その道筋は幾多の高みと幾多の影を詰め込んだ土地の表皮の下で、今日ではみんなの記憶から廃されてしまった最初の〈否定者〉の隠れ処を結び合わせていた

おそらく何よりも奴隷監督ギャラン（エピファーヌは彼ら、彼とその相棒を曲がりくねる水と迂路に沿って追っていったのだった）が自分で最後の晩餐の場所に選んだという泡なす高潮に向かって沈んでいった曲がりくねった運命に——繰り返されるこの紆余曲折は〈否定者〉が妻を「ラカジュ」〔マホガニーの意〕農園の軛から解き放ちに再び降りてきた時の古い行程を知っている、

そしておそらくオディベールが偶然の刺々しい執行猶予期間にうずくまっていたクロワゼ・パラディの三層倍呪われた一隅に——この種の銃撃の繰り返しでは時間が宙づりになり、そのとき銀の弾もまたあの憲兵たちのでたらめな射撃の弾道を辿っている、

そしておよそ確実なことだがあの男（蒸し暑い火照りを抜き取られた大人であるギャランも純真さをほころびさせた子どもであるエピファーヌも、そのあとを追いはしなかったあの男）が暑さですぐに粘ついてしまう食糧といえば食糧というようなものを形ばかりとは言えため込んでいたあの田園の貯蔵場所の数々に

エピファーヌはこれら過去のまた将来の道を巡航しどれだけの子どもたちが葉叢の綴り字から永遠に

切り離されその綴り字が水に浸されてついには海の平準さにいたる頃にそこで物言わぬ無為にぶつかるのかを自らのうちに要約していた

（三本のアカシアではなく、三本の黒檀の木だった、――そうだそうだそうだアカシアと黒檀をましてや三本も取り違えちゃいけない、と彼らは言った）

（この三本の黒檀の木が大昔から不幸の重さを測っていることは誰でも知っているけれど三本の木はその森のほど近くを通ったりその三本の杭のなかで足を止める定めだったりする者のために不幸をより魅力的にしている、と彼らは言った）

（一人の子ども、ガキだが、子どもってのは上の方からここやあそこに至る迂回や通路の数々を何が何だか知ることができるんだろうか、とドゥランが言う）

（まるであんたは道があんたを導くのを知らないみたいだまるであんたは一列に並んじゃいない三本の黒檀の木が山刀だってことを知らないみたいだ、と彼らは言った）

（それは鳥たちさ、と彼らは言った）

すると姿を現すのは――相変わらずもっと南にだ――会計係のオディベール――三本の黒檀の下のあの男はオディベールに海の無期刑を言い渡したのだった（偶然が雲間を作ったあの稲妻のなかで）――

休むことなく海を渡ることを試みよという刑だ、ちょうどギャランが自分のために高潮を求めてその向こう側に真昼の蒼白い文字を読むことができるはずであるように、あるいは自由フランス軍に参加するために反旗を翻してセント＝ルシアや北のドミニカ島へと出発した若者たちのように（道行く老人たちはこの出発熱に一言付け加えたり情報を提供したりするのに興じていた――「で、結局、ドゴールってのは何が何なんだい？――ドゴールはあっちにいる年寄り《ヴィユ・ネーグル》だってことは確かさ――じゃあ反旗ってのは？――反旗、そりゃあドゴールの女房のことさ」）、いずれにしても、レースに熱中しているあの漁師たちとは違うけれど（オディベールは岸壁の高みからまるで自分が帆船の上で身を揺らしているみたいに、ディウ・シュル・テール号がメフィアンス・ダン・ラ・ヴィ号の先を行きドゥ・メ・デジール号を脅かしているのを見ていた）だいたいこの漁師たちが海を渡るのはどうやら、少なくとも市場の門を通ってゆくものしか勘定に入らないとすれば、可愛いちっちゃな鰹一匹にリボンを添えて持って帰るためだけで、まる一週間の漁で獲れそうなのがそれだけみたいなのだけれど、
とにかくオディベールはやってみた――まずは一枚帆の小舟を盗み、二つ目には漁師の船長を雇い、三番目には反旗の側になってみて最後には（何回十番目をやったことだか）ラック酒よりもドライなヤシの幹を水に押し出して水平線まで漕いでみた、
けれどもその度に海岸に向けて広がった塵だらけの通りの端っこにいつの間にか流れ着き、胸に温めていたこの考えつまり銀の弾に抗えるものは何もない野生の豚の群れみたいに土地のうえを七年も逃げ続けたあの男でさえもという考えを胸に呪いの言葉を叫ぶのだった、
オディベールは海に寄りかかっていた、豚たちが集まってたった一人の男になり自分を道から道へと追い詰めることを恐れて――希望と忌々しい悪との海、
もう一度黒檀の木の運に賭けることも朝に豚たちの到来を告げるかもしれない足音をベランダの下で

永遠に待つことも、あるいはヤシの並木と影のあるカカオ畑のあいだに揺れているあの巨大な乱痴気騒ぎを、あの憲兵たちが遠くから希っていた偶然を追いかけて鉄砲を撃ったそこかしこに探し求めて谷を走り下りることも拒んで――レガルでやつらはある年老いた住民の耳を引きちぎり、モルヌ・シャペルでは隠れ養鶏家のはらわたを抜き、ラ・ジョソではバナナの木の下にうずくまっていた女の子をぐちゃぐちゃに痛めつけ、アンス・ブーヴィエではひっくり返したカヌーの下で色男の尻にぶちかまし、ことほど左様に滑稽に恐怖を混ぜ込みながら自分たちの足跡から染み出る憎しみの香りをわざわざ吸うこともなかったわけだ（けれどもやつらの一人は威張りくさっていたサン＝リュスの四つ辻で死んだものとしてほっぽらかされていて、なにやら色恋沙汰だそうだが、それも説明できないことを説明する方便ってものだ）、そして笑っていた、

　そうして何ら航海の能力もないままに（太平洋横断船から丸木に至るまで）容赦なく海に運ばれてゆくのを感じて茫然としていた、まるで自分の体で海岸線に印をつけてゆくよう名指されたかのように、まるで海に明かりが灯されてでっかい太陽がでた日の夜に蝶になって海にぶつかりに来たかのように、と同じく銀の弾の閃光をじかに浴びて海への定めの十字架を追ったゆえに、と同じくどこかの曲がり角で危うく

　あの男まさにあの男に出くわさないために！　野生の豚の群れにして、一人の力で照らし出す太陽、銀の弾の受け皿にしてアカシアの風から再び降りてきた男、男は妻を晒し台から解き放つために再びやってきたのではなく（ここがまさに最初から拒否する者と最終的に反抗する者との違いだ）妻を雇い主である一人のベケ〔農園主階級の白人のこと〕の手からもぎ離したうえ、そのベケを殺そうとしたがこれはかなわなかった――この腹黒で物おじしないベケは男が完全に否定し去ることのできない唯一の人物だと考えなければならない――夫の留守を見計らって女を訪ねることだけに長けたこそ泥男とはいえ、自分がそうで

あるものの限界みたいなものを標しているやつだったんだ――そうであるものつまり、空虚から引っこ抜かれ破壊からも時間の明らかさからも溢れ出て突然（昨日も今日も七年前も同じがごとく）一人ならずの記憶の中に、忘却という破壊の外に躍り出たことのない連中の震える同意の中に再び根付いたあの力だ。なぜって、男はそのベケを傷つけることしかできなかったから。そのあと男は丘という丘のあらゆる土地を、逃亡し（逃亡し）、機械仕掛けというのかある運命に余儀なくされて、ある店主の物分かりの悪い慎重さに抗って命がけでおのれの彷徨を守らなければならなくなった――店主は店の塩漬け肉の樽に入れられているのを発見されたが、そこから引っ張り出された時には鼻や目から塩の漬け汁が滴って、左耳にはピンク色の尻尾が巻き付けられていた、――

そのあとみんなは〈あの男〉が住民たちに（だってあのベケを殺すことはできなかったのだから）よくわからないあまりにも昔のなにかの重みの代償を払わせるために昔の果てから戻ってきたことを悟った

だが女だ、女を思うのは誰だ、もしかすると無垢の女あるいはもしかするとやはり望んでいたのかあの時あのベケが、女は陽光のなかに消えてゆくたとえばおまえが塩田の岸辺で一本のエピニの木を見るように、おまえはやってくるそれは一本の海オリーヴの木、おまえは再び発つそれは灰色の羊、おまえが首を回すと立ち上がるのは一頭のコブ牛、塩田は太陽が沈むときひとしおに哀しく、塩田の縁でおまえには丸い太陽が白く汚れたハエだらけの砂から芽吹くのが見えるか、塩田を思うのは誰だ、女を思うのは誰だ、塩の岩に哀しみが輝くのを見るのは誰だ、辱められ捨てられた女を思うのは誰だ

それは〈否定者〉ではない、男はただの非行者殺人者であることを強いられつつそれでも逃亡奴隷《マロン》として恐れられたがそれは死者たちの記念碑の隅に男の彫像を建ててやるためではなくて子どもたちの心に恐怖の夜を灯すためで子どもたちは十一時のミサから戻ると二列に壁を作るサトウキビの間の踏み分け道で昼のさなかに震え上がる――**「ボートンがおまえをさらっていったなら」**――男にもまたもたらされるのだ、頭を締め付けるものの数々が、待ち受けているものの燃え立つ夢が、曲がり角ごとにいつも丘から荷車から刈り取り人夫たちから草刈り人夫たちからそう子どもたちと同じで男を決して理解することのないやつらから逃げなければならないことへの悔いが。

あたかも奴隷監督のギャランが空間を横切っておのれの倦怠と投げやりを手渡したかのようで、見なければならないのはいまや荷車に乗って海へとそっと流れてゆく時、何人かの震えるオディベールを同行してゆく時だということだ――そしてもしかするとあれだけご主人様に仕え、土地をまんべんなく見て回った後に、やつら奴隷監督割り振り係会計係が仕事にくたびれたように一堂に会し、入ってゆこうとしている新しい焼き畑のことも知らずに、生暖かい夕べにベランダの下で無為をかこっていたことも――そして最後には一緒になって彷徨うのだ、ボートンもギャランも（二人はおそらく別の時代に、一方が名高い人殺しとなりもう一方が大地主のベケたちに自分を売り渡すよりも前に、知り合っていた）、それに腹黒男のオディベールその人も。

そう男は塩漬け肉屋を殺した、そう男はオディベールを終わりのない海の上の終わりのない恐怖に陥れた、だがあーあ男はまた当局と関わり合いになったなどと言う小農園主の頭を切りつけ、しかもそうさどこかのサトウキビの刈入れ人夫や人の好い割り振り係か奴隷監督も痛めつけた――とぐろを巻く部隊がベランダの前に集結して虎の大将の貪欲が膨らました牛の大将やら、道をふさいでいる獣やら、二百十のトイレがある白の夢やらを歌っていた、松明が縞をなすあの夕べという夕べからだんだん遠ざかっていた――男は朝の泥に押印されたあのブーツの最初のしゅうっという音から、今日の貨車が地平線に姿を見せるレールの酸っぱい匂いから遠ざかっていた――男は大犬ほどの大きさで、ディーゼル車よりもがっちりしたラバのビジューから遠ざかっていた――男は賃金の支払い用の分厚い銅貨の山で手が重くなっていた、土曜日の午後という午後からきっぱりと遠ざかっていた――男は月下のサトウキビや決して見とがめるつもりのなかった逃げゆく稲妻たち（サトウキビ泥棒か忍び会う恋人たちか彷徨える

ゾンビか）から遠ざかっていた

今や逃げゆく稲妻とは男自身で遠ざかりとは男自身で、すべてから遠い土地の中、孤独の中に打ち捨てられどんどん硬く膨らんでゆくことに身をすり減らせているあの馬鹿でかい機械もまた彼自身だった――男は遠くの海面を優しく撫でていた、目の前に脆い動作で手を差し伸べて、あたかも水を下まで穿ち、溺死者たちの妙なる調べが海底で燃える炎の鉄球つきの鎖のあまりに忘れられ青緑に夢みられた踊りで自分を窒息させてしまうはずのあの取り返しのつかない深淵にまで達してしまうのを恐れていたかのように

けれども女は、女を思うのは誰だ、耐える定めの獣は、優しく茫然たる者は、おのれの力を決して棄てることなく、男と思われる誰彼に仕えることを決して諦めず、おのれが生み出した子どもたる脚つきのボールたちを追いかけて回ることをやめない――小屋の藁に接ぎ木されるべき植物、鋼鉄よりも我慢強い大地のうねり、丁子《ジロフル》の深淵《グフル》よりも徹底的な沈黙、製塩岬よりも張り詰めた叫び――岬はどんな悲惨もどんな欠片も、バナナの切れ端もパンでできた顔も、最後には石ころになる場所――固まった嘆かわしい立像たちが捨て去られ動かぬ塩の土地を掘り返す

やつらがあれほど呼びかけた偶然をやつらが撃ったあの星型の場所で――見えない男が眠っていた場所の上で一羽の鳥が飛び立ってそうして何回かの最後のあの騒音のきっかけを作り――男の上で、男と共に眠っていた六羽か七羽のうちの一羽の鳥だ――男は身動きしたか夢の中で突然口笛を吹いたのかもしれない――そして二人の憲兵が躊躇うことなく（とはいえ確かに何の確証もなく）揺れていたあの枝の茂みに向けて銃弾を放ったのだ、そして男がすでに死んでいながら立ち上がろうとするところに終わることなく弾丸を浴びせ――そのため男は引き裂かれた鳥たちを冠にいただいて、鳥たちは海の彼方への男の旅のお供をしたのだ、――そして言わば男は翼のある眠りのような死を遂げた、彼のかつての人生の砂漠から遠いところで――

（鳥たちさ、と彼らは言った）

三本の黒檀の木が何年も前から刃こぼれした山刀を植え込んでいたかのようなあのパラディの辻で、銀の弾が（忘却と諦めから現れ出たあの力のなかに霧消してしまったかのように）外れたまさにあの場所で、憲兵の弾丸は大きな死体を惨殺した――男の中に隠れていたあの力が周辺のどこにも――黄色がかった池のなかにもどこやらの塩田のなかにも丸みを帯びた山々に茂るグアバの若木のそよめきのなかにもコブ牛の引く荷車の生の音のなかにも――もう見当たらなかったからなのかもしれない、――こうして馬に乗ったやつらは恥じることもなく思うがままに肉の塊を蹴ったり七年の奮闘を思ってかサーベルで斬ってみたりできたのであり、そのことで本当に恨まれるなどとは怖れもしなかった、――ちょうどその時オディベールはいかなる陸地を見渡す希望もないまま沖に消えゆくところだった。

(あの憲兵連中についても語らなければならない)。あいつらはふんぞり返っている。熱を帯びた丸っこい名士気取りが溢れ出ている。一人ひとりが死体が運び込まれた台を見に駆け寄る。もう七年も働いていないボートンは太ってしまい、枝の下で眠り家族が集まって大部屋に引っ込んでいる間に家々の台所の陰でたらふく食べていた。憲兵連中に言われたことにはドゥ・メ・デジール号が勝った、この小船は悪魔の唾で擦られているわけだ。憲兵連中に言われたことには会計係のオディベールは見えなくなってしまい、なのにレースのしんがりで船を漕いでいるのが見えたという、――憲兵連中に言われたことにはギャランという名の元奴隷監督《ジエルール》が横木を超えようとしてひっくり返された。けれど憲兵連中はただ勝利だけにそしてただ自分たちが知っている死体《コール》だけにこだわり、

ボーコール
ボーメゾン
ボータピ
ボーゼビュ
ボールガール
ボーロングエ
ボートン 〔それぞれボー（「美しい」）のあとに、「身体、死体」（コール）、「家」（メゾン）、「絨毯」（タピ）、「コブ牛」（ゼビュ）、「眼差し」（ルガール）、「ロングエ」（小説『第四世紀』の主要登場人物の一人）、「天気、時間」（トン）を付けた名前〕

名前ほどは美《ボー》しくはないなとどこかの声が言う――連中は死体に張り付き連中はそいつが立っているのを想像し連中はどんな具合か考えるこの憲兵連中は考え込むベケは平気な顔をしている笑うまた女もきっと自分たちから一番離れたところで突然死んだやつらの歌を歌いはじめる、おお連中は頭に昇ってくる歌の喧騒の波を押し殺す――男は髪のなかにいくつもの痕跡をもっているとエピファーヌが言う、自分の杏子に引っかかりながら

たぶん稲妻だ頭のなかの稲妻だ弾道を通ってたぶんたぶんやっと何回か曲がって平たい熱たぶん太字の北と水と蔓と夜の藤色から青っぽい砂の閃光まで邦を身体で素描した男にとってたぶん宴会の最後に

近所の会計係と差配係《コマンドウール》たちが湯気を立てる猫の頭を男に差しだしたスープ鉢だ俺の拳銃俺の拳銃はどこだ誰かがそれを持ってるたぶん誰かが鳥の冠をかぶせた頭のなかで笑っているナンフォルが憲兵たちの眼のもとどこかの廊下で銃殺された選挙の日曜日だ誰かがそれを持ってるそして叫ぶたぶん〈高地〉の熱い泉となって迸り渓谷と踏み分け道を通って浜葡萄《レジニエ》の茂みまで流れてゆく塩の閃光たぶん三本の黒檀たぶん夜たぶん女

　この撥ね散る叫びのなか偶然が湧き出して水たまりとなり長靴の踵の下でとろみを増し血の渓谷となって広がり凝固して冗談とたっぷりの汚れた騎手たちとなり、――製糖所を引っ張るのに密かに倦み疲れた奴隷監督、ギャランが物思いにふけって過ごし、人生を欺いて沖のあぶくの下を航海しようと心に決めたあの場所で、しかし彼は彼と同行して緑の水のなかですでに彼を殺したと思っていたほとんど悲しげな青年と面と向かって、彼は子どもたちがつくるあの弱々しい森が将来を実らせることができるなどという考えを退け、彼は常に変わりゆき、燃えながら満杯になり、赤茶けて青い葉叢となり、ここでは肌に優しくあそこでは喉のなかで震える土地を見て、彼は偶然がカンペッシュ生える山腹で鳥たちのたったひとつ断末魔となってその蜜のような血を涸らすには二人のぽんこつ憲兵で十分だとは知らなかったのだ全員が取り囲む死体、一一七キロは、なにか汗をかいているようで、あたかもこれほどの熱源の生命を撃つ努力が肉そのものを酸っぱく腐らせたおかげで死の大汗が物言わぬ塊に水の体毛を生えさせたかのようで――連中はときに死体が震えるのが見えたように思って自分自身のなかに退却して単調な声の震えでできた動く彫像になり、大人たちよりも冷静で物知りの子どもたちになり、市警巡査のチガンバはなんの躊躇いもなく目上の同僚たる憲兵連中と力を合わせ、チームの六、七人の作業員（刈り取り人夫か草刈り人夫か釜焚き助手か）が落ち着く余裕さえあれば充分だった――知らぬうちに連中は空疎な午後という午後に生える苦い草を噛みしめていて、そのとき光と暑さはあまりに軽く微かで不変なのだ

そのとき灼熱の光は赤い土地の上に咲くバラ色のようで、日は風の息吹を去るつもりがないように思われるのに一瞬あとには真夜中の闇となり、そのときコラントロックとボートンとエピファーヌの父のパナマ＝スエズ氏とが合体したその男は自分の山《モルヌ》にまだかかっている輝く太陽を見もせずに通り過ぎ、そのとき草の上の塩の味と遠く過ぎたところの肉の香りがまわりに今あるものを空腹と羨望のなかに消え去らせ、そのとき人は名前が本当に名前なのか（あるいはボートンが隠れ蓑なのか）そして本当にどこなのか、時間を探し見出すべきなのはどこなのかを自問するのであり言い換えればなぜあのアカジューや谷間やマンゴーの木々の悲しい木陰が心のなかに愛ないし優しさないし情熱ないし単に風景というか今まわりにあるものの幻視であり得るはずのおよそ小さな空気の流れを出来させないのかを自問する（愚かにも魅き付けられることなくとはいえそれなら愚かとはアクセント付きの愚かなそれだが）機会でありやり方でありおよそ軽い必然性なのだ。

「けれどそこに陽は落ちる！　ああドゥランさん、われわれは素手でまた昇ってきたけれど、真昼といえ朝六時といえ仕事はありゃしない。それにシラシエさんに言うけど、このまま続けばわれわれは風を引っかけるための洗濯物よばわりさ」「風どんな風なのか」、彼シラシエさんは俺に言う、「すべては皿のなか竈のなかだ」

（彼らはこんな根無し草の航跡を追ってきたことを知らなかった――ボートン、草原《サヴアンナ》と水のない渓谷に散在する遠いところ、ギャランは彼らがやがて（白木の家をなす店の連なり、他所でこしらえられてそこに置かれた産物のための贅沢なスラム街）産業ゾーンと呼ぶくだらないもののなかでじきに涸れてしまう毒入りの小川、オディベールは小さな土地、どんな涵養にとっても見失われ、塵屑のように海に落ちてゆく、エピファーヌは朝の沼、満月より黄色くて、怖れを知らぬカエルたちに食われている、そして〈否定者〉は、この地のこの不在とこの欠如とはまったく異なった言語ではきっと〈先祖〉と呼ばれもはや腹の漠とした結び目、葉も根もない叫び、目のない涙、後戻りできない死でしかない者だ――彼らが自らの周りをまわりながら前方に迷い込む踏み分け道であるメデリュス・シラシエであることも――彼が踏み分け道に落ちた風であるドゥランであることも。）

(だから取り返しのつかない鳥たちをはねかけられたあの男がかたどっていたのは実は高処の茂みであり焼けた穴の数々によってゆっくりと篩にかけられ、重い草の生える草原《サヴァンナ》となって明るくなり一月のグリセリアの藤色とピンクにやがて縁どられ、それから――ニグロたちのうえを時間が流れて彼らを蒼白くしてゆくのに応じて――マングローヴとなって重みを増しそしてマングローヴの実と黄色い小川のループのなかに引きずり込まれ、サボテンと砂の最後の火にまで、地表すれすれまで刈り込まれた塩田と南の海にまで至った者だったことも。)

(みんなが踏み分け道がそこで終わる平地と一体となり、嘲弄か暴力か無垢かゲームの楽しみからかみんなが他所から来たあの〈否定者〉そうたった一夜にしてあれだけ徹底的に土地を掘り起こし土地を永遠につかみ取ったかと思うと――残りの生涯においては――土地を失ってしまったあの男の道のりを再現しはじめる。)

(彼らが最初はもともとの手つかずの姿でそれから開墾され焼かれそれからサトウキビを植えられ水に腐りそれから乾かされ砂だらけになり石ころだらけになったたったひとつのあの幹、みずからの枝の重みの下で最後には雷に打たれるあの時間の標識を辿ってきたということも。)

そして彼らが南と呼んでいたものはあの焼くような窪みにほかならずそこに投げ込まれて彼らは燃え尽きゆすぶられて彼らは灰を払い除け篩にかけられて彼らは息を吹き返し、しかし彼らの身体の生《なま》の姿はきらめく痕跡《トラース》も、赤くて鋭利な泥も、平らに切りそろえられた草も決して捨て去ることはなかった――おのれのなかに密かに抱いていたのは土地、海そして超越としか名づけられないもの(過ぎし日の輝きを詰め込まれた島での死)という三つの生を汲みつくすべき広い土地という土地、ぽっかり空いた空間という空間の記憶ないしは悲しみをもつ者たちのあの呼びかけだ。

エピファーヌはいつにもまして空っぽで、反抗者のレースに反り返り(彼の家族は、ボートンの後を追うあの憲兵連中とまさに同じように、彼の痕跡を追いかけていたが、決して捕まえることはできなかった）、とはいえ彼は逃げているのではなくただひとつの秘密の道を下っていただけで、——そして一人の女が死体の傍らで「おお神様やつらはあの人の頭を血のバケツに突っ込んだんだわ」と嘆くのを聞くと杏子の実の匂いを長々と吸い込みながらこう言うのだ——「違う違う、こいつはタフィア酒と赤バターに浸したインディゴの根っこで、シラミを追い出すためさ」そしてさらに言う——「それにあいつがどた靴の先を切ったのはスナノミのせいさ、あいつがスナノミ用に石油缶を持ってたからって驚くなよ、それにしても最高のスナノミ対策はそう朝方に雄牛に叫んでやると牛は跳びあがってブロップとやらかすからそいつのなかに立つだけでスナノミどもは一発でいちころさ」——平気の平左のエピファーヌ、腹のなかのまん丸い空虚を忘れられるだけの空きもなく、何年も前から真昼間の太陽を見つめるのに慣れていたあいつは、どこかの山《モルヌ》の丸い高みに横たわり、やがてとんがりやざらつきを取り去ったキラキラの闇のなかで斜面を転がってゆくことになるのだけれど、偶然というやつが彼をどこかのグアバの木の近くかどこかの岩山の尾根に釘付けにしたのでそこで彼は太陽が低くなる時まで死んだままになっていた。

あいつはあの男の顔以上を知っている、とドゥランが言う。

知ってると言えるさ。台の傍らに集まった俺たち全員のなかでもあいつは名前を寸法を重さを知っていた、あいつは道を競争を、ドゥ・メ・デジール号や数ある弾丸を、銀の魔法を三本の黒檀の木を、あの憲兵連中の名を、そしてなぜ死体があの台の上にあったのかを知っていた。

もちろんそうさ、とドゥランが言う、俺たちはセレスタンさんに出くわしたが、やっこさん左手の指三本にかかりきりで一言も言わなかった、そしていまやおまえさんたちはエピファーヌさんの話と来るがそのお方はすっかり大きくなって、二キロ五〇〇の杏子をぶら下げてるくせにいつだってしゃべるのさ。

違う、違うよあいつはそんなに話さなかった、いや、いや、話すのは誰かが間違った時だけさ。あいつは校長をやっていた、もしかしたら何とかするためにどっちに曲がったらいいのかを言ってくれたかもしれないよな？

で何が何だか、とドゥランが言う、死体はあんまりデカかったから埋葬のためにおまえさんが雇われてもよかったはずだった、山《モルヌ》の上を運んでゆく必要もなく、あの下の方にもういたんだし、出費は公費なわけだから、いい仕事さ。

# （一七八八）（一九三九）

（だから第一に、過ぎし時の昔このかた落ち果てることがなくいくつもの面となって沈みゆくものは薄切りになりながらも消え失せることも始まることもなく、赤色をくくりつけた矢のような茎のつんとくる輝きを数知れぬ粒立ちに混ぜ合わせ、

この邦この岸辺そこから〈否定者〉は丸一日かけて降りてきた、太陽の残りは彼の顔のなかで少しずつ空ろになり、その眼は粘土ないし新しい囁きに隈どられ、そして彼は犬たちから逃れるために通ってきたアカシアの地帯をその存在によって燃やしていた、

彼はアカシアの下を探査していた（アカシアを彼はこれまでの三つの生の最初のもののなかで知っていた——ゴレ島までの〈奴隷貿易〉の道より前、船の墓穴のような腹のなかよりもずっと前に、離れることとなった遠くの〈土地〉のなかで）、眼差しが土地を心臓すれすれに置く境目で、〈プランテーション〉が高みに到達するために通る灰となった間隙の作る線を探査していた——

上の方の蔓の絡んだ壁は少しずつ炭のような傷となって空隙を作っていった——そこでは羊歯がその臓腑の泡を引きつらせていた——

一匹のラバが孤独にたじろいで空回りする、低い方の赤くなめされた土地まで、
そしてまだ聞こえていた、この底部から立ち昇る熱の煙のなかに、犬たちが〈**あの男**〉によって打ち負かされたことを認めざるを得なかったときに夜に（前の夜に）くくりつけた巨大な咆哮を、
〈お屋敷〉の後ろのつき固められた広場まで、それはだから世界の固定された眼のようで、そこで男はのちにその相方の女がその芝居じみた刑罰にくくりつけられていた縄を切ることになるのだ［小説『第四世紀』で逃亡奴隷のロングエが農園で十字架に縛り付けられているルイーズの縛めを断ち切って連れ去るエピソードを参照のこと］（それが船のロープを、海の彼方の〈土地〉に結ばれた動索《ロープ》をそうやって断ち切ることになるとは知りもせずに）。
そして、時がその血の膿をこの固定された眼のなかに流し込む前に（あたかも世界がその瞼をわれわれの暑さの皿に貼りつけて、瞬きひとつさせずにそこで燃えるにまかせたかのように――あるいはあたかも幾年月がそのフィラオの木々を深海に芽吹かせて、列なす溺死者たちやその青みがかった鎖に海藻のように根付かせることがなかったかのように）、
したがって第二に、過ぎし昔このかた落ち果てることのないもの――巨大な竹に野生の百合そして蘭にカリンに死んだアコマの木にくたびれた房なすカンナに――浮標《ブイ》
［現れ出た諸々の名前は、深き淵に落ちたこの百五十年の記憶のなかで太ることなく、けれどもあたかも斜面によって生み出され、でなければたぶん世界の物言わぬ眼のなかに分泌され、でなければ溺死者たちのはらわたのなかで鉄球が真珠になる底なしの井戸から湧き出したように］、

邦略奪そこへ今彼らは降りてゆくのだった、ドゥラン・メデリュス・シラシエは、けれどもその日いちどだけ両目は森のすみれ色をした悲しみへと見開かれ、木々を名づけて楽しみながら、

彼らはあの同じラバが、傷口を焼くメチレンブルーのもとで平らなあばらをむき出しにして、たぶんぐるぐると行進を続けているあの谷間に犬たちの叫びを聞いていた、

犬たちをわれわれは愛するだろうやつらの〈万国遠征〉から二十五年後に戻ってくる折には、だってやつらはとどのつまりわれわれを食わないだろうから、他の肉で満ち足りて、

世界の荒廃から失墜した犬たち

けれども彼らドゥラン・メデリュス・シラシエは〈否定者〉の通り道で――おのが土地で捕らえられ海の深さの上を移送され最初の日から谷間の下の羊歯の陰に隠れ住むことを拒否したアフリカ人の通り道で、――星型に広がった枝々の音を聞き届けない、彼らは男のまわりに船の匂いを、雲散霧消して積み重なった肉の饐えた匂いとなった悪臭を吸い込みはしない、彼らは射手がそこから夜（前の夜）のなかに突進して原初の逃亡奴隷をぶちのめそうと望んだ場所に火薬の獣を見ることはない

なぜなら彼らは続きも記憶もない年月の反対側というよりも焼かれ耕されたことどものもうひとつの斜面の上、道という道が不明瞭になって水の無秩序になってしまったマングローヴの実のなかに転げ落ちたからだ――おかげで彼らは今や集落の人々のように緑の漠とした集積のなかで木々や果実に名前をつけようと試みていて、彼ら自身どちらにせよ避けることはできなかったはずの幾多の過ちを喜んでい

る、——
　彼らは歩いていた
　植民地の街道までそこでは埃と枝叢に覆われたどこかの曲がり角にうずくまり、亜鉛と、腐食した錫と、錆のなかに凍りついた割れ目の幽霊となって、(時代遅れの自動人形が住まう茂みの迷宮)、打ち捨てられたラム酒工場が熱帯の夢を眠っている——思いがけない獣たちでひび割れ、トタンの屋根は午後という午後にぱっくりと大きな口を開いている。

　シラシエは立ち止まって、山刀を揺らして場所をきれいにする構えだったが、本当は彼にはそこに形の定かでない時間によって、新品の銅板に磨きをかけコンベアを張り詰めピストンに油を差しそれから年月とともに窯を修繕しそれから（最後には）死んだばかでかい歯車仕掛けの傍らに骨組みを晒したトタンを柱の間に哀れにも山のように積み上げた取り返しのつかない悲惨さによって残された残骸が見えなかった、——その上に屑のような狂った風が巻き起こった悲惨、——なぜなら本当はシラシエは生まれつき山刀を振り回していたるところをきれいにしようという構えだったわけで、そして彼はまた、道端に積み上げられた機械仕掛けのゾンビの延長線上に、周囲の幽霊じみた明るさ、太陽の荷車のなかで解読不能となっている明るさを見ることもなかったからだ。

　第一に在りし日の数えきれない存在そして第二にあまりに数え上げられた現在のあいだでひび割れた百五十年の破損の急激さに飲み込まれ、同じ時間の過ちのなかで、伝説の植生がざらついたサヴァンナへとやせ細り、幾多の単語（そして意味）が何であれ言うべきないし示すべきものが不在であるかのように石化し、最初の夜と〈否定者〉を思い出そうとするどんな意志も頭や腹から根こそぎ引き抜かれたようになり、マントゥ〔マングローヴに住む蟹〕やカロージュ〔ウサギや鶏を入れる囲い〕やヴズ〔サトウキビの搾り汁〕といった言葉が――闇に紛れ脅かされた秘密の存在として頑固な生を生きてきた他の多くの言葉とともに――少しずつ色褪せて消えていったときに。

同じ塩田のなかで最後の松明の弱々しい影と煌めきに任せて広がっていったのはひとつの言語活動つまり時間と夜とが一体となった不明瞭さのなかで事物を分類するひとつのやり方だけではなく、単に影たちが少しずつもうひとつの身体ともうひとつの精神に変わっていったということでもなく、はっきりと口に出すべきことの困難そのもの（それはつまり弱々しくも茫漠とした身体をまとっていた）、薄紫色の根や、雨の群れのなかの墳墓じみた石炭式かまどや、高く振りかざすヤム芋の穴や、板状で眼のないキャッサバ菓子や、ラバの台形の荷鞍や、継ぎはぎだらけのボイラーや、サトウキビの刈り取り線のうえのおんぼろの脛当てのまわりで、マンゴーの木の下の小屋という小屋あるいは灰色の土が斑となった板ばりの集落という集落のまわりで、なんであれ実際に言語の形に結ばれうるような叫びを口に出すことの困難そのものだったときに。

こうして幾多の生存の錆のままに凍りついた裂け目のなかで、別の話し方であれば時間の飛躍とでも呼べたもののなかで、生活の諸々の事柄を名づけることの不可能性と生き残るためにはそれでもそうしなければならない必要性とがわれわれのうちに開墾と焼き畑との明るみの下で徐々に薄まってゆく木霊のようなものを形作ったその場所で。

声の息と体の身振りがわれわれにあの重くてぶざまな片言をもたらしたあの出来事のなかで――そのおかげで蕩尽から脱出することはまた、言葉と土地との同じサイクロンにつながれた声と記憶を同時に導くことであり、そのあとに邦を下りそしてついには邦を見て単に邦が続くために邦を叫ぶことだった――森の錯綜が緑の叢雲を刺し貫き、少しずつ辛抱強い呼びかけの浜という浜、水平線の眩惑という眩惑、絞り出すべき思い出まるごとを描きだす

［それは世界へと降りてゆくことだった、左腕の下に山刀を揺らし、何でもない何かと夜とで頭は重く、まるで遠い呼び声の数々を詰め込んだ暑さの上を飛翔するためであるかのように、各々がすぐにでも岸辺に立ちそしてすれすれの風の刷毛で素描された尾根のほうへ顔を向けようとして。］

ともに秩序も記憶もない破損を踏み越えた他の幾多の者たちと混ざり合ってドゥラン・メデリュス・シラシエは海辺の群衆のなかで再会し

そこで自分たちのなかに漂流しながら、あの事件――**地球は戦争だ世界は燃え上がっている布告だ動員だ**を説明する言葉もなく茫然と口を空けたまま、役所の書類を解読する決断がつかないでいる町の太鼓叩きの前にいた、太鼓叩き自身も群衆の訳知り顔の沈黙に恥じ入り、説明をしなければならないことを恐れてすくみあがっていた、**やつらはそれがすぐに起こるだろうと言っている、やつらは血を捧げなければならないと言っている、やつらはすべてが固く結ばれていると言っている、やつらは船があると言っている、**

シラシエは走りすれ違いぶち殺し**やつらは希望する全員を送り込むと言っている**俺が一番乗りだとシ

ラシエは叫ぶおまえはヘルニア野郎だと誰かが叫ぶ彼は大手を振って歩き聞き覚えのない声を威嚇する、**やつらはこれが最後だと言っている**

　こうして全員おなじ岸辺に積み重なったままとうとう（閉じ込められ身動きもしなかった）彼らと落ち合った世界と落ち合うことをひとっ跳びで試み、仕草行為事実によってではなく、文や言葉によってでもなく、彼らが山のような問いを通じてくたびれ果ててしまったその努力そのものによって、時間の白い穴と言葉の蒼白い不在を同時に埋め合わせる努力によって世界に触れることを試みながら――試みながら、試みながら。

　けれども誰がそれを理解できるだろうか？　おまえがおまえの声のなかで重みをもたなければ、おまえがおまえの言葉をその泡の噴出あるいは埋もれている壮麗さの乳によって高々と告げるのでなければ、世界はおまえを理解しない――世界に話しかけるためには、銀の簗《やな》のように海に押し流されるひとつの閃光言語を真っ先に語れ、

　さもなければおまえの沈黙のなかでぽかんと口を空けたままおまえの言葉を噛みしめてしまいにはおまえの頭から炎の蛇を芽吹かせろ本当は土地におまえの身体を結び合わせるはずの一匹の蛇を。

　戦争、とシラシエは言う、やつらが言うにはドイツ人は継ぎ足し自在のならずもので、あの連中は両手から悪を引き出すのを決してやめはしない。

　たぶんヴィルヘルムは幻を見たのか、自由の身にはなることはできない。
七〇年にはしかしわれわれはいたるところでヴィルヘルム万歳と叫んだ〔一八七〇年の普仏戦争のこと、ヴィルヘルムは時のプロイセン王ヴィルヘルム一

世のことを指す〕。

われわれわれわれ、たぶんおまえのじいちゃんだ、けれども万歳のせいで何人かが舌を切られたに違いない。

七〇年にはわれわれはよい防衛兵を遠方に与えることはできなかった。

一四年にはルネ・ロングエがどこかの穴に爆弾と同時に飛び込んだが怖れをなしたのは爆弾のほうだ〔一四年は一九一四年に始まった第一次世界大戦のことを指す。ルネ・ロングエは、小説『第四世紀』の主要登場人物であるパパ・ロングエの息子チ＝ルネのことを指すと思われる。『第四世紀』ではチ＝ルネは一九一五年に戦死したことになっている〕。

両者はともども想像された人々の邦へと旅立った。

けれども、とメデリュスは言う、今日のこのいまわれわれは〈祖国〉の市民になるだろうと考えられている。

そうさ、とシラシエは言う、山刀をもった国民。

そうさ、とドゥランが言う、あっちのほうにある〈祖国〉さ。）

# （一九四五—一九四六）

（ダブル・シックス！　激しい打ち方でレスプリ氏の手だとわかる。彼はドミノ牌を置くのではなく叩き壊すのだった。シラシエはうずくまっていた——俺なら牌をすぐにもっとうまく動かすのにそれを知らないレスプリ氏——〈サークル〉の内階段の下に。背後では、何かの赤味が墓地の上を漂い、まわりを後光で覆っていた。ただレスプリ氏だけがテーブルの幾何学的中心にドミノ牌を打ち付けるこの鷹揚な一発を手にしていて、一ミリの千分の一のぶれもこの始まりの秩序を乱すことはない。シックス・ファイヴ！　何かかすれたような音の一手はシャネット氏のか弱い手だ。彼はドミノ牌を置く《ポゼ》のではなく、提案する《プロポゼ》のだった。シラシエはそっと身動きした。——十番やって少なくとも七か八は俺が散々にやっつけてやることを彼は知らない。——ポンシュ酒のためにあらかじめ切っておいた青レモンの香りはゆっくりと疲れをもよおしながら、賭けの極みにまで立ち昇ってゆく。六時半で、闇が急に降りてきていて、ランプの半透明の見守りはそとの赤味を一気に食いドミノ牌のたてる音をこっそりうずくまって下の方から見張りいちいち手をチェックしている者にまで伝えていた。シックス・フォー！——反対側にいるドクターだ。短いわななき、乾いたココナッツの上の空気の震えのように。［ああドクター六はとっとかなくちゃ、パスして六の牌はとっとかないと。］あんたは戦術ってやつがわかってないよ、六は最後の最後のためにとっとかないと。」ウェイトレスが通りがかり、昇り、降りていた。彼女はシラシエの夢の一部をなしていた。ダブル・ファイブ。タパダ！　レスプリ氏はダブルを全部もっていた。オセアニアの底以来ダブルをみんなもっているのがいいのかもっていないのがいいのかを知ることは議論の的だ。ダブルは歩みを印づけるけれど、道を準備してもらわなきゃならない。ダブルがあればおまえは他者にこう言う——もうすこし端っこで待ってな。だがダブルがなければおまえは全速力で走ることができる。ダブル・エースはおまえにチャンスをくれるが、ダブル・ブランクはガキどものいないトレー。ダブル・ツーでおまえはぐるぐる踊り、ダブル・スリーで足許はいきなりふらつく。ダブル・フォーでお家は四角、ダブル・ファイブでおまえの戦争はしっかり儲けた！

けれどもシラシエの夢の彼方ではよく辿られたどんな物語よりも真実である伝説のなかでゲームは渦巻き、滝、陶酔へと急変する——というのも、三つ目のドミノ牌を置いたかと思うと、ドクターはとつぜんレスプリ氏に市長秘書官の資格では次の選挙に勝つことはできないさと挑戦的に言ったからだ。

そして本当を言えば確かに我々はおのれの人生の藁を編む術を知らないし、我々はおのれの屋根瓦を鋳る術も知らないし、我々は樽につるしたおのれの壺を飾り立てる術も知らないし、神々を憎むことも、おのれの法律を導くことも先祖たちに笑いかけることも未来の子供らを泣くこともできないし（我々がなぜ喉の奥でささやくのかを、我々がなぜ突然我々の隣人に嵐を浴びせるように叫ぶのかを、我々がなぜ我々に先立つ影を解き放ち我々を追いかける影から逃げるのかを誰が我々に言ってくれるのだろう）、我々はおのれの両手の手相の線を炎で描く術もおのれの山刀の握りをギザギザにする術も知らない。——しかし疑うべくもないのは、我々がなんとも甘やかに貿易風《アリゼ》と名付けられた幻想の風のもとにやってくるあれらの時このかた、まったくもって疑いようもないことに我々は投票箱を満たす術は知っている。

ドクターは社会主義者独立論者ドゴール主義者植民者で、レスプリ氏はレスプリ氏で、市長は市長で、そんなすべては〈サークル〉の人たちの間にとどまるかもしれないが、市長秘書官は自治体の〈年代記〉でもあり、この市役所で「起こった」あるいは「突発」しえたことすべてを知っていた――挑戦を受け入れその賭け金を取り決める前に、投票箱に大胆にも近寄りすぎた不運な二人の男の処刑のようなドミノ牌の二回の響きのあいだに、彼はドクターに物事の展開を正直に開陳してみせるのだ。)

歌えや歌えみなさま方よ〈高音域〉を征服し保ちえた軍団の歌を！　わたしは記憶にして回帰。わたしは冥い神秘の母の腹、わたしはそこから母を孕ませるべき割れ目。野蛮と文明との、無知と悦ばしき知との闘いここにあり。後見権力が我々をこの闘いにいざなう。我々は闘いを遂行する。我々は人民の代表として人民の名において人民のために闘いを遂行する。この議論の余地なき権利、はっきりいえば道義上の権利が市民権として、つまり公式なものとして打ち立てられることが問われていた。我々は闘った。我々はそれをかち得るために闘った。

我々のなかで最初にそこに昇りつめた者の、歌えや歌えみなさま方、高くそびえた肖像を議場の回廊にご覧あれ。われらの街の市長のなかで少しばかりの夜が影を落とした最初の者、おお確かにほんの少しばかりとは言え、これだけは否定できない――市参事会の高みに座った最初の有色人として、彼はわれらが役職者の系譜を開くおお〈歌〉をお聞きあれ。

名前は言わずにおきましょう、名前はほとんどどうでもいい、行為を言いましょう。ならば最初の人だった〈かの人〉は何をしたのか？　彼はどんな勲《いさお》を成し遂げて、誰が彼を高みに押し上げたのか？

できる範囲で要約しましょう――彼は自分がもっとも危険のない候補者だと言って工場を説得した、彼は他のいたるところで自分が工場を手なずけることができると言って説得した。大いなる諸構想の単純さ。つまり対抗馬が立てられたのは形式のため、選出されると決まっていたからこそ、彼がおのれの勝利を、こう言ってよければおのれの手で組織したのは身振りの美しさのため。その技術はどんなものだったのか？　みなさま方よ、残念ながら認めなければならないけれど、わたくしこと〈秘書官〉は知らないのです。蛇の子は脱皮を知らない《イシュ・ベット・ロン・パ・コンネ・ラ・ポ・ベット・ロン》。

わたくしはこの決定的な成功の驚くべき秘密を見抜くことができなかった、しかもこの成功はまったく無償のもので、名誉のためだけに遂行されたのであります。八四六対三、そうですかっきり三票です。この算術は消し去ることはできない、花と開くのです。わたしは追求します、そしていつか見つけます。それはかつての時の美のなかにありました。この最初に選ばれし者は伝説のように神秘的で、創世記のように複雑で、栄光のように遠いのです。彼は支配します、みなさま方。彼はわれらが原初の市長にしてわれらが変わらぬ父であり、我々の行動はどれも彼の痕跡を再び見出し彼の秘密をよみがえらせることを目指すのであります。アルマンド、ポンシュ酒を。彼はわれらがエデンの園、ふたたび見出すべきエデンの園なのです。レモンがなんだか古くなってるぞ、アルマンド。

過ぎし日のあの激しい埃さえも汚すことのできなかった厳かなる背広姿を今こそご想像あれ。今日びではもう白くする術も忘れられてしまった。我々の川は涸れ、我々の草にももはや効能がないかのように思われるかもしれない。強情な馬たちをご想像あれ、まるで道端に捨てられたような馬たちを。奴隷監督《ジエルール》たちは自分のところの職人を投票所に引き連れてゆく――キビ刈り人夫、草取り人夫、牛飼い。

ご覧あれ、ミサから出てくる女や子どもの群れを。司祭の説教のお題は一人ひとりのわずかな寄進が集まって神の大いなる富となる話――つまり天国流の選挙観であります。われらが礎たる当選者はそこにいて、誰にもその心は読み取れない。彼は自分が始祖であると知っているのです。

けれどもわたくしがこの最初の時の勝利の仕組みを知らないと、みなさま方に告白せねばならないとしても、わたくしはその持続については声を大にして叫びたい。なぜならこの市長のなかの市長は決して負けることがなかったからであります。そう、彼がそれほど従順ではないと工場が気づいたときでさえ。そう、彼が望まれたほど工場とは戦おうとしていないと思われたときでさえ。なぜなら彼はこの疑うべくもない原則を法則として打ち立てたからであります――いわく、人はおのれのために選ばれると。選挙は選抜なり。みんなを選抜することなどない。でしょう? この法則をあえて擁護することこそその名が我々の頭のなかで歌っているこの市長に帰されるのです。彼の人生は選挙の偶然に対する長い勝利だった。彼らはわれらが階級を上昇させた、あらゆる恥辱と憎悪に抗して、尊大なベケの高みへとそしてごろつきニグロの遥か上方に。我々は彼を〈ナンバー・ワン〉と呼びましょう、そして彼に敬意を表してこのスリー＝トゥを置いて両端を二といたしましょう、タパダ! そしてこれにはみんなが、ドクターもシャネットもふくれっ面をする!

さてもここから栄光の年代記をひとまず置いて、〈市長秘書官〉のお話をしましょう。もちろんのこと、わたくしがこれから朗誦するリストは市長のそれで、〈秘書官〉のではない。なら〈秘書官〉なんぞを引き合いに出して何の役に立つのか? それはみなさま方、悲しきかなあまりに広まっている見解に反して、〈秘書官〉が重要であること、大昔から鍵、かなめ、職工長であることを述べるためであります。たしかに今日の技術的な呼び名においてはそうではない。しかしかつて常に書記というものが、したがって書記〈管理者〉というものが存在し、それが現行の〈秘書官〉の先祖だったのです。さらに、みなさま方、継承が市長に属するのなら、職務は〈秘書官〉に属するのであります。

〈秘書官〉とは〈市長〉の〈宮中長官〉なのであります。

〈宮中長官〉は決して公認を希求しないがゆえに、選挙で選ばれたのではないこの種族はこれを限りと秘密権力の険しい悦びの方を選んだのです。みなさん秘書官の同意に反して再選された〈市長〉を一人でも見たことがありますか？　それくらいならマニクー〔カリブ海地域に生息する小型の有袋類の一種。オポッサム〕がルノージュヴァのヘッドライトを産むのを見る方がまだあるかもしれない。この原初のカップルにおいては気性の一致だけがコンクリートを固めていて、どんな離婚も致命的なのです。我々が〈市長〉たちの栄光を歌うときには同時に〈秘書官〉たちへの賛辞も口ずさんでいるのです。一方が豊かなサテンなら、もう一方は堅固な裏地。ゆえにこの本当の統治者たちはその謙遜のうちに置いておくことにして、話を再開しましょう、我々の歴史の〈ナンバー・トゥー〉へと話を進めましょう、その前任者の永続性にさらにもう一サイクルの成功を重ねた男へと。この地でよく言うように、二つをもつにはまず一つをもっていなけれ《プー・ウ・ニ・デ・フォク・ウ・ニ・ヨンヌ》ばならない。

〈ナンバー・ワン〉を〈偶然〉と評することができたなら、この〈ナンバー・トゥー〉は〈正当性〉を創立したのです。それは楽なことではなかった。そして〈ナンバー・ワン〉が神秘、知の秘匿、豊饒な夜だとすると、〈ナンバー・トゥー〉は技術、開陳された学識、昼の技量だった。わたしたちはその技の本義を知っている、というか少なくともわたくしは知っている。この霊感豊かな男はわたしが**魔術の煙**と定義する効果を開発した。おわかりのようにそれは会場で選挙民とその欲望の対象とのあいだにとつぜん介入するあの**物理的障礙**のことです。それはパニックを発生させずにはいない。そのあと、伝統は消され、松明には水がかけられ、あらかじめ準備しておいた投票用紙の束を使って一瞬のうちに投票箱をいっぱいする手はずというわけです。

あの当時は、各々がた、悲しいかな今日のようには（悲しいかなとは言ったものの、本当はそれでゲームはより美しくなるわけですが）投票用紙の数と名簿に印のついている選挙人の数を一致させる義務はなかった、というかそうさせることがいとも容易かったので点検はおざなりになっていた。だからといって煙の出現、声をそろえて一斉に叫ばれる巧妙な**火事だ**の声、票の詰め込み、あなた方自身がその威厳ないしは沈静化の言葉で後押ししたり惹起したりした冷静さへの急速な回帰、これらすべては相当の腕前を必要とすることには違いない。〈ナンバー・トゥー〉以降、我々は成長するわけです。これが責任のはっきりした世界というもの。これが神秘的な呼びかけの後の、物事の教訓というもの。みなさま方、それは我々の成人時代だ。だからこのような市長の秘書官の才能、適切さ、いわば天才に思いを馳せようではありませんか。

それに道のりにはどれだけの暗礁が横たわっていることか。下々の者どもの怒りの囁き、これはなんとも多くの入念な言葉で少しずつ鎮められます。いわば明晰な主張を彼は公共財から盗み取っていたわけですが、どうせなら孤立した不器用者、良心や糊のききすぎたシャツにからめとられ、支持も補助金もないようなやつよりも、賢明で、うまく立ち回ることができて、権力の耳にかなうような市長を与えられた方がいい。まったく現代的な言語ですよ、みなさま方。さらにはこの大胆な策略にとらえられた大農園主《コロン》たちの心配やらしまいには激怒やらも勘定に入れましょう、連中ときたら命令のままに動く市長よりも見たところ独立不羈で、生まれつき誇り高い市長のほうがいいと馬鹿者どもに考えさせるのにどれだけ年月を費やしたか。やっかみや野心のせいで我々の社会のただ中から生み出された、敵たちです。十三回以上の決闘を、〈ナンバー・トゥー〉は勝者として切り抜けたのです。

彼がやってくる、ご覧なさい、彼の足取りが震えることはない、左手の手袋を外し、フロックコートを地面に脱ぎ捨てて、最後にパナマ帽を脱いで渡す、よく見てくださいよ、パナマ帽だけを正装をした若い召使に渡すと、召使はその帽子を決闘が続くあいだ身動きもせずにもっていて、最後にわれらが〈ナンバー・トゥー〉がそれを再び手にするのです、まあその前に手袋をつけ直してコートも羽織っていたわけですが。いつでも勝者として。なぜといったらなぜ？　腕前？　勇気？　いやいや、みなさん、十三回否といいましょう。選挙ですよ。

わたしがしつこく追及した結果ですがやっかんだ工場がどんなふうにニグロ呼ばわりしていた者を軽蔑するふりをしたのかがわかりました。どんなニグロですって？　選挙で選ばれた者はニグロではない。それは共和国市民であり、我々はアフリカ人ではありません。下々の者どもは夜を黒くするかもしれないけれども、やつらは苦しみ選挙するために存在している。けれども、我々の肌が、ちょうど晴天の片隅にちょっとばかり曇りがあるように、ちょっとした影で濃淡をつけられているからといって、我々が苦難と呪詛を通じて人生を耐え忍ばなければならないとでもいうのでしょうか？

みなさん、〈トゥー〉のパナマ帽にわたしはうっとりします。品位ある身振り、高潔な態度。彼が闘いにおいて魔術を使ったと主張した者もいる。わかりますよ、みなさんわたしのポケットとそこにいれているお**金**を横目で見てますね。でしょう？　でももはやそういう時代ではない。彼は魔術を使ったのではない、ではなくて、知と結びつければなんでもできる信念というやつに助けられたのです。

そう、彼の毎回違ったやり方は本当に変化に富んでいるので、毎回選挙の前夜には人々が明るい場所に集まって翌日に彼がどんな発明をしそうかについて賭けを楽しんでいたくらいです。突然ランプが消える？　暗転？　うまく仕組んだ暗転は火事よりもよく効く。もちろん部屋の隅だけれど、天井の崩落？　いきなり総督の来訪を告げる声？　たったひとつの方法という厳しい縛りのなかで、〈トゥー〉

が変化をつけ、想像し、組み合わせ、成功したさまは賞賛に値します。上手に仕込まれた乱闘、空砲、地震の予告。不変不易の綴れ織りだった。

　市になったわれらが自治体は有名になった、正当にもね。われらが市庁舎はどんな市役所なのか。そこをそぞろ歩くとき、わたしはあの守護者たちの影を肌身で感じます。いやいや、ありふれたゾンビたちじゃない、そうじゃなくて、良きことを行おうと奮い立たせてくれる気高い幽霊の息吹です。それらはそこにあって、あえて言いますが、わたしの実践に誇りを抱いている。

　そのとき中央権力は我々がいつか議院に代表をもてることを決したのです。彼らは我々に釣り針を与え《ヨ・バ・ヌ・アン・ザン》た。神々はこうして作られ、そういうものとして受け入れられるべきなのです。彼らの気紛れはわれらの法。ああ！　完成への道のりのなんと長いことか。成功の手前にいたるまえにどれだけの落とし穴があることか。けれども太陽は成功の真昼ほどには輝いていない。ついでに言っておくと、真昼はいつも、人々が結果を叫ぶ真夜中にやってくる。工場は十回勝利し、人民は十回我々に勝利をもたらしたが無駄で、総督たちが舵取りをしていた。しかし進歩が起こらないようにはもうできない。みなさんは歴史を知っているでしょうが、これがその下にある事柄です。みなさんはあのセリフを知っているでしょうが、それを激しさと情熱の文脈に置き直すことをお許し願いたい。ここでは歴史家は率直に立場をはっきりさせるのです。ブロンズの壁を打ち破ることはわれらが〈ナンバー・スリー〉に帰すことだとわたしはグラスを高く掲げて宣言する。

　その者はこうしてどんな候補者にとっても決定的な票はみずからの市役所で開票されるものと考えたのです。誰もが縄張りをもっている。かれは他の投票の結果を待って、それに自分のところのものを合わせることに決めたのです。待って。よろしい。投票がおこなわれ、開票は見事に過ぎてゆき、障害もないし、不平もない。八時。というかちゃんとした用語では二十時でしょうか。総督の伝令がやってきて、結果を訊く。これが歴史的瞬間なのですが、みなさん、われらが〈スリー〉はあえて答えるのです、未曽有の平静さをたもったままで、いまや有名になった言葉でこう答えるのです――「開票は未完了」

夜もっと遅くなると、総督の書簡が届く――「即座に結果をお送りいただきたし」返答は――「結果を待ちましょう。開票は未完了」朝の三時――「即座に結果を送らなければ選挙は無効となる」返答は――「開票は未完了」英雄的な抵抗。禁欲的な不変性。結論については、ご存じの通り。一週間にわたる書簡、電報、手紙、行政命令、布告、日曜日三回分の投票、そしてとうとう、夜の十一時というか二十三時にもぎ取られた数字が、ぎりぎりのところで、でもついに、我々の最初の議員職をもたらしたのです。

〈スリー〉、それは大陸レベル。彼方へ向けての出現、太平洋横断船、停泊地での煙、蒸気の象のような叫び、大統領の呼び鈴、最初の公式演説、口にシロップのように泡立つフランス語。

皆さん歌いましょう美質の進軍を。われらが市庁はもはや市長のみを決めるのではなく、邦一帯のために決定をおこなうのです。そして代表者を任命します。そんなわけで皆さん、わたくしこと民主主義のささやかな僕《しもべ》が、上の方から事に介入し、ひとりの議員を作るのです。ちょうどパリスがミネルヴァを創ったように。パリスとはわたくしのこと、ゼウスの雷《いかずち》なのです！

ご存知のように総督たちがもはや我々をいじめたりはしないことは確定しているのです。長らく〈権限〉はわたしたちと共にあります。邪悪なほら吹きども、つまりアフリカ人と混ざり合ったあらゆる類のアジア人連中もいて、われらが〈母〉の善意も忘れた恩知らずで恩知らずな平民どもがその声に耳を傾ける危険がある。だがしかし、みなさま、そういった輩といったら、アフリカに帰るかシベリアの方に帆を向けるしかありません。やつらのために船をチャーターしてやればいい。わたしはそれに賛成です。親愛なるドクター、ひとつわからないのですが、あなたは戦争の間じゅうどうやってあいつらの治療ができたのか？　わざわざ苦労を買って出たわけですよね。薬もないし、道具もないのに。こっちではミカ・パニス、あっちではアクア・シンプレクス、仕上げはエアデム・ディスティラタ。あ、なんと、見事な処方をしてくださったものだ。それがあなた方の伝統というわけですか？　ドクター、ポンシュ酒をもう一杯。アルマンド喉がからからだ。そうですすごご同輩そうですわたしの考えといえばどちらかというと治ったという錯覚のほうが治ることそのものよりも幾層倍効果があり、ミカ・パニスだって一包のキニーネ同様に特効薬で、われらが薬係のシャネットが進んで結託してくれたおかげであなたは民衆の意気をしっかりと支えたわけだ。でも本当は樽から出した水少々とパンの身——たしかに希少にはなっていました——の周りを小麦粉で固めた錠剤らしきもの十錠がずいぶん高くついたわけでしょう？

　でもこういうことです。あなたは今日わたしに挑戦しに来るくらいやつらを存分に救ったわけだ。あなたが連中を厄介な輩とは考えていないことはわかっています、でもやはりドクター、お教えしなければならないが、我々はあなたと連中とを区別はしないつもりです。わたしの市長を攻撃する者はわたしの名誉を攻撃するに等しい。わたしは我々が秘書官という名称のもとにその痕跡を保ち続けているという意味におけるあの最初の秘書官の正当な後継であり、この最初の秘書官がいまやわたしの声を借りて我々の歴史上もっとも行政的な姿を現しているのである！

（そして周囲の沈黙のなかでのこの発火点からレスプリ氏の声は広がってゆき、仰天したキビ刈り人夫、根っからの床屋、躊躇い自信のない荷揚げ人足をその説得の聖骸布で包み込み、その教養ある雄弁でサトウキビとその酸っぱい沼の匂い、レザルド川とその徐々に涸れてゆく水、キニーネの配布に週一回並ぶ生徒たち、埃の道を全速力で走り始める戦後初めての自動車——ダッジ——、完璧なドリル織が浸かっていた青味洗剤、戦争が多彩な用途を編み出したキャッサバ菓子、街角であらたに大杓子で売られているチリ魚、ハエが雲なす古い病院からあらたに滲みだすエーテルの香りを覆いつくし、そして結局は、田舎の、あるいはもしかすると不在のなかに解消することはないものの物事の特徴なく居心地の良い組み合わせのように自分自身のうちに引きこもった邦の（いまだどこか他所の夢に打ち震え、世界はどんなありうべき知識をも超えた驚異だと思っている土地の）あの類の希望、——そしてとりわけ、月の下での通夜でしかないように見える朝まだき、風景を活気づけ風景が持ちこたえることを可能にする労働者たちの出勤——レスプリ氏の激越な声はそんなすべてを覆いつくし、しかもそれは〈サークル〉と名付けられ町の名士たちが集まる場所（午後の最後の仕事終わりと夜八時のスープの最初のひと掬いのあいだの儀礼的な空間と時間）の二階ホールのドミノ卓の周りにただひとつ灯された小さな点から発しており、あたかもそこからすべてが、そうすべてが（味気も一本のイラクサも折り返された匂いもなく平らにならされて）、——松明で黒ずんだ店舗、ぐるぐると動く茶色い砂糖、熱で液化するあの希少な赤チーズの糊、近隣住民が絶えず操っている水汲み場のヨーヨー、サトウキビを背負ったラバが通るのを見つめる子どもたちの膨らみ、なんだか清潔で、きれいで、感じがよくて、まるで食べられそうな埃、古いトウモロコシの上で末期《まつご》を迎え、その赤い蹴爪であいかわらずトウモロコシをめちゃめちゃに切り裂いているように見える一羽の雄鶏、町の入り口から狂った雄牛のように出てくるバスの金切り声、絨毯や腕時計やピカピカのエナメルの額に入れられた鹿狩りの絵を背負ったシリア人の行商人たちの首の周りにぐるりとぶら下がったゴムのサンダル、——そんなすべてがほころびて、錨をなくした物事の特徴のなさのなかに失われてゆき、誰かが「そういうもんだ」という時間さえもない、——そのただひとつの理由はかねてからレスプリ氏が才気あふれる演説を繰り出していたのが、〈サークル〉なり台なりクラスなりアトリエなり演壇なりといった選ばれた一点からであったこと、止むことのないその演説が物事の具体的な輪郭にカンナをかけてかどを落とし起伏もとんがりも鉤もないどろりとした充足をもたらしたことである。

シラシエは階段の上にうずくまって、レスプリ氏の木魂となって夢うつつのまま、言葉のハンモックに揺られていた。心のなかの憎しみは知らず知らずのうちに本当の対象であるレスプリ氏から逸れて白木の上にドミノを押し付けるそのやり方だけが聞こえていたドクターに集中した。シラシエは、海藻と鎖の青緑色の反映とを背景に、二人ながらに鉄でつながれて海に飲み込まれた者たちを背景に、枷に耳を打ち付けられ、口に唐辛子の轡を嵌められた刑死者たちを背景に、身動きする。彼は漠とした泥を、言葉にならない叫びを、中断された仕種を、松明に照らされた真夜中の少しばかりの赤味をかき混ぜる。けれども誰に向けて、誰に向けてこの深淵の塊を振りかざせばいいのか？　誰に抗って闘鶏を仕掛ければいいのか？　魔法の言葉の葉叢を通ってレスプリ氏は無事、逃げおおせる。ドクターは黙ったままそこに、二つの海のあいだにとどまっていた。シラシエはドクターの両腕を右腕左腕もろともエイや！と一息に肩の高さで引っ張り、ドミノ牌が吹っ飛んでポンシュ酒のなかに漂いレモンの緑色の断崖にぶつかるのを夢見ている。真ん中でダブル・ブランクの牌が見事としか言いようのないしかめっ面をしている。

皆さん歌ってください、夜から出てきたわが祖先を！　あれは〈フォー〉の下でのこと――つまり伝統が、単なる算数でなければということですが、すでに望むところではわれらが市庁を手にする者は議員職をも手にするというわけです。開明的な民は競って投票します。すると今度はほとんどよろめいてしまうくらいだった。ある総督が我々を急に嫌になったわけで、彼は地元のことなど何も知らなかった。扇動家連中は乞食たちに我々が卑劣な裏切りそのものだとしつこく説明した。我々の事務所を警護する憲兵ももういない。我々の開票を隔離する腕っこきの連中はもういない。ひどいものですよ。

皆さんその時ですよわれらが秘書官が投票箱の専門家を創案したのは――投票箱官です。規定通りの投票箱を作製したり、それを改変したり、配置したりできるだけでなく、それを取り換えたり、盗んだり、隔離したり、手つかずの様子で再登場させたりもできる男です。投票箱官はそこらの誰かとは違う。ほとんど秘書官の右腕、技師によって仕種の指示を受けている専門的な職人ですよ。投票箱官は控えめで、有能で、仕事熱心なのです。

正規の秘書官のなかのあの〈ナンバーワン〉が、事態がまずいほうに進んでいたことが分かった折に助けを求めたのが彼の投票箱官なわけです。十八時一分と十八時三分のあいだに投票箱は消えた。どこへ、どこへ行ったんだ？　そんなことを問うている場合ではなかった。中庭の群衆の前で秘書官は絶望に暮れた。市長、われらが〈フォー〉はお約束通りベランダの下に引っ込んでいた。われらが秘書官は共和国の伝統が踏みにじられたことに群衆の面前で涙した。彼は一人ひとりに誰かが確実だった勝利を横領しようとしていることを証言してもらおうとした。重要なのはそれを言うこと、それを叫ぶことだった。それから苦悩で狂ったように、市長にたった一つある電話（操作に限りない時間がかかり、無線電話よりも火災報知器に近いような受話器）へと突進して総督宮に繋ごうと悲しげな木魂を響かせた。そして群衆はこの半分現地語の通話を聞いたわけでここで皆さんにその全体を再構成して学問的様態でお示ししましょう。

「〈総督〉殿をお願いします。非常に重要な件で、こちらはランブルアンヌの市庁秘書官です。（そうお分かりのように何ゆえに本名を言わないのかと、みなさんはレスプリが子どもみたいに身を隠しているとお思いでしょうが、名前を口にすることは不幸をもたらすのです。）もしもし総督殿」

「もしもしご用件は」

「大変なことが生じましたもしもしはい総督殿大変なことに投票箱《ラ・リユルヌ》が盗まれました」
「もしもし何ですってもう一度言ってください」
「もしもし総督殿投票箱が盗まれました」
「つまり月《ラ・リユンヌ》が盗まれたと」
「はいはい総督殿我々は投票を終えたところでしたが突然真っ暗になって投票箱が盗まれました」
「なんですと冗談にもほどがある月が盗まれたとはなんですともしもし」
「はいはい投票箱です総督殿〔クレオール語ではフランス語由来の名詞がフランス語の冠詞と一体化している場合があり（例えばフランス語の［de l'］eau に対してクレオール語の dlo［水の意］）、それに重ねてフランス語の冠詞を前置した la l'urne（投票箱）が la lune（月）と聞き間違えられている〕」

そんなこんなであの日曜日の夕べはのんびりとして、目の前に群がる地元民たちはとうとう笑い出し笑い爆笑し丸ごと歌を爆発させてそれがいきなり群衆のなかで「投票箱が盗まれた」と次々に流れだし、こうしてわれらが〈フォー〉が次の日曜日に選出されたことはご存知の通り。つまりその間に秘書官は投票箱を見つけたのです。そこで彼が箱を投票箱官に助けられながら県庁所在地に移送すると、政府に派遣された憲兵隊の分隊にでくわし（まあ憲兵隊はあの乾季の月曜のあいだ街道をうろついていたのだけれど）そこで分隊に、探索の調書と発見の状況を記した詳細を添えて本物と認定されたブツを恭しく提出したわけです。そのあと秘書官は踵を返して家に戻ったのです。ご存知の通り「投票箱が盗まれた」はわれらが〈フォー〉の勝利の歌であり、我々は敵の窓辺の下にこの歌を思いっきり歌いに行ったのです。我々は行った――いや、それだと厳粛な客観性にもとることになる。わたしたちが行ったのではさらさらない、なぜならわたしは生まれていなかったから。

なぜあんな噂話が？　ドクター、そいつが何を意味しているかを問うてみましょう。我々は夜を逃れて、肩書や地位を征服することができた。それなら、市庁や投票箱、日曜日、議員職へのあの執着はどこから来るのか？　わたしはそれを一種の埋め合わせと見ているのですよ、ご同輩。力が問題なのではないし、だいたい権力なんてどうすればいいのか？　権力はそれをもっているやつらに任せておきましょう。大事なのは、**我々にはそれだけのことができる**、我々はしっかり代表している、と主張し切ることです。なにか心の底の渦巻きのようなものです。我々のことを認知してもらわないと、そうです、それが必要です。それを拒む者たちとは、一から十まで戦いますよ！　しかし、認知してもらうには、いと高き〈事情通〉たちに同意する必要がある。だからこそ母なる祖国なしには生きてゆけないわけです。

アンドロマックを愛するピリュスを愛するエルミオーヌをオレストは愛している〔フランスの劇作家ジャン・ラシーヌ（一六三九—一六九九）の悲劇『アンドロマック』が念頭に置かれている〕。フランスの白人を毛嫌いするベケを嫌悪するミュラートルをニグロは憎んでいる。すべての上には、エクトールがいる。すべての人々の上には母なる祖国がある。祖国こそが、その意志に従って選択し選出する。ですから皆さん、当然のこととして手に入れた金銭のことは別として、我々はわれらが市庁のために闘うわけです。エクトールが我々を選択したのかを知るためです。わたしたちと言えば、我々を認知する彼の権力を是認する以外には、彼のためにはほとんど何もできないのだから。そしてだからこそ皆さん我々は熾烈な戦いに挑むのです。

我々は自分たちを内側から評価するつもりはない。そんなこと何の役に立つでしょう？　我々は上の方からの認知を望みますし各人それぞれにそれを要求するのです。工場の友であったり、工場の敵であったり、民に担がれたり、屑どもに難じられたりしつつ、我々を夢中にさせ大きくさせる他所からの息吹にいつもしがみついているわけです。ああ〈大いなる祖国〉の胸に抱かれて横たわるわれらが安逸。そのために闘ってきたのです。これからもずっと闘ってゆくのです。

というわけで〈ファイブ〉です。〈ファイブ〉と言えば財務です。どちらかというと、我々の領分では素人ですな。わたしが先ほど口にしていた純粋なる市庁からすると例外ということになる。市長にはなりたくなかったが、何よりも自分の利益を守ろうとした男だ。酔いに任せるような男ではない。その通りに散文的な人間だった。いまや彼と共に経済権力の厚みに入ってゆくときです。いいや権力というよりも、そう現実的に考えましょうよ、むしろ特権と言うやつですな。それで確かに〈ファイブ〉はベケのサロンに席を得ようと何年もの年月を無駄に費やした。でも少なくともベケ連中のほうがやってきて商売の話をするまでにはなった。連中から具体的に諾《ウイ》という返事をもぎ取った最初の男です。

時はその収穫を蓄えてゆく。我々は坂道をよじ登ってゆく。それで皆さん、フランス白人はベケなりミュラートルなりニグロなりを選択するわけでしょう。でも実は自分の利益を選択している。それが我々の利益とうまい具合に行くかどうかは我々次第です。〈ファイブ〉もそうだ。彼は自分の方法を自分の性格に合わせたのです。テクニックとか演出《ブリッツ》とかはいちいち気にせずに、単に買ったのです。もちろんしかるべき用心はしてのことですが。乱暴な方法だ。

皆さん歌ってくださいこの三段階の勝利を。第一には、できるだけ多くのニグロを集めるのです。地区から地区へと、二十人ないし五十人のグループで。それからそれなりの額とはいえできるだけ少額の紙幣を選んで山のように集める。これは大事ですが、選挙権について熱のこもった演説で始め、それから紙幣を配るけれども、どの集会も、これはあらかじめ半分にちぎったものです。参加者一人ひとりには紙幣の半分を与え、残りの半券はとっておく。

第二段階が選挙です。誰が約束を守り誰が守らないかをチェックすることは無用です。あなたが負けるとなれば残額の支払いは中止になることはわかっているのだから。仕組みを改善して各投票者にはさらに三人連れてくれれば増額することにもしてある。各地区にはラバの通れるいい道を作る約束をしてある。投票者が権利をあまり声高に主張しないように気を付けなければなりません。品位というものだ。

第三段階。選出されたら、というのも選出されないことはまずないからですが、各地区で、だいたい〈議員〉の家の中庭でですが、私的に感謝の集いを開く。来場者は入り口のところの目立たないテーブルで記帳をするわけですが、実は紙幣の半券を出して残りの半分を受け取る。当時はそうやって貼り合わされた紙幣がたくさん出回ったそうで、それを冗談めかして**投票用紙札**とか**選挙紙幣**とか呼んでいたらしいですよ。でもいいじゃないですか、おかげでさらに面白くなるんですから。女店員さんにこう言うのは何とも楽しいですよ――「すいませんがこのお札、気を付けてくださいね、選挙紙幣なので、真ん中へんがちぎれやすくなってるんで」。聞くところではなんと素敵なことにある時には紙幣の再生がどこかのタマリンドの木の下でなにやら競りみたいにおこなわれ、思いつく限りの叫びや爆笑とともに、紙幣の番号が読めない連中やら、間違えてしまった連中やら、激しく食って掛かる連中やらで、大したお祭りだったとか。

というわけでわれらが市庁の建設を始めたのは〈ファイブ〉だったのです。しかもご存知のような諸々の重要な工事を完成させたのです。それ以来、われらが〈年代記〉はしかるべく流れゆき、イソップの舌の寓話ように、最良のものも最悪のものも画していています。我々は時に負けることもあったけれども、それは常に状況によるものであって、人の智慧によるものではありません。第一次世界大戦の折には必要がすべてだったので工場が地位を再獲得した。同様に一九四〇年には元帥が市長を任命した。

そんなわけで、わが友ドクター、これがあなたを待ちうけているものなのです。すなわち秘書官たちの訳知りの後裔によって差配されている古き投票箱官たちの頑固な伝統という巨大な患者というわけです。王の息子たち以上に自らの後継がゆるぎない市長たち、到来せんとする者よりもとどまる者に敏感な大衆、そしてドミノを百局やったとしても終わりが見えないあれだけのやり口のリスト。
第一に、
**二重底**――純粋に家具職人的なテクニック。この二重底に票を満たしてから両縁を押すだけで底が反転する。実に効果的で、間違いのない、目にもとまらぬ早業。投票箱は確かに、真正なるままに、無傷でそこにある。
第二に、
**死者たち**――厳かなる死者たち。死者たちがあなたを支持するために墓場から起き上がる。それは過去の声にして、将来を打ち立てる票です。これぞ民主主義。どんな死者も、母の胎から追い出されたものでさえ、成人なのです。それは沈黙です。死者たちは貴方に仕えそして黙るのです。幸運というものです。彼らによって天はあなたを祝福するのです。
第三に、
**行程**――回遊、そう言うべきかもしれない。周辺の自治体や集落から従兄弟、親戚、友達の友達を来させるのです。ここで生まれ、ずっと前に出て行った者たち。日曜ごとに義父母に会いに来る者たち。万聖節に昇ってきて家族の墓に灯を点す者たち。有権者の数を三倍に増やすわけですよ、なんて共和国でしょう！
第四に、
**説得**――もっとも気高き実践です。そいつは一仕事だ。つまり投票所の入り口に臍を固めた男子が六人もいれば〈無秩序〉も〈秩序〉も躊躇なくあなたに従うわけです。前進か死かということです。
第五に、
**あらかじめ思いとどまらせること**――敵に好意的な地区に対して十五時頃にこう宣言してもらう――

「投票するには及びません、誰彼が当選したも同然です」。誰彼とはあなたのことです。こうして状況はうまいこと改善するのです。

そのほかどれだけ無数のやり方があることか！

まことに我々は投票箱のなかで生まれたのです。われらがもっとも高き務め、それは投票箱を満たすこと。我々は投票箱によって進歩する。いいですか、ご同輩、我々は確かにアフリカでの兵役に召集されたでしょう？　つまりわれらが真の揺籠、有権者たちの魂が渾然一体となるあの投票箱に恥じないと認められたということです。投票箱の空洞と暗黒に投票用紙の白を注ぎ入れてご覧なさい、そこから出てくるのは愛国心と忠誠の存在でしょう。それが証拠に、ドクター、我々の町の外でのあの数々の逸話がありますし、それについてはたぶんあなたもご存じだけれども、それだってわれらが年代記の偉大さの一端となっているのです。繰り返されるヒロイズムの物語、その上に君臨するのが〈投票箱陛下〉です。邦じゅうに展開する当選者のあの軍団。叙事詩。崇高なる狂気。尽きることなき犠牲。

どんな運動からもどんな商取引からも遠く、聖体安置所のように孤立して森のさなかに仕切りのある投票所のように安置されているトロワ＝リヴィエールには、たとえばオトゥーヌという男がいて、扇動家や浮浪者や本物の農園奴隷たちが執拗に仕掛けてくる不毛な対立にうんざりしていた。パン屋のオトゥーヌは焦げたパン生地とほとんど同じくらいに投票用紙を窯に詰め込んでいた。彼は公共の事柄に捧げられた人生のなかで、すでにあらゆるやり口のリストを端から端までやりつくしていた。けれども休息などは無視し、引退があり得るなどという考えさえ嫌悪していた。

そんなわけで森のさなかである日オトゥーヌは自分が生まれ出るイエスのように裸であることに気づいた。選挙が近づくにつれて震えのようなものを感じ始め、これを最後にと服を纏うことに心を決めてなんとも素晴らしいアイデアである**住める投票箱**を考え出した。

市庁舎の入り口では今や家具職人や大工たちがじっとしているオトゥーヌの周りで忙しく立ち働いている。仕立て屋のように寸法を測り、といっても材木の仕立て屋だけれども、寸法を合わせ、継ぎ合わせ、釘で打ち付け、鋸で切り、鉋をかけ、磨き、ニスを塗り、飾りを施し、何に？ 投票箱、つまり物事を内側から見ようと決めた市長オトゥーヌに立った投票箱を着せているということ。というわけで磨きがかかり、上塗りをした衣装の出来上がり。でもこれを着れるのはオトゥーヌだけで、彼はその中に入り、秩序と法令順守を尊重させることを誓った。だからこそ、自陣営の人たちに囲まれた投票箱のなかから、あの日曜日に、そして選挙管理委員長が投票者それぞれの名前を高らかに読み上げるたびに、彼はただ一票のみの投票用紙が実際に自分の足下に落ちたことを知らせるわけだ。

「アポカル・チボン」、委員長がそう読み上げる。

（本当のことだけれど、アポカル・チボンはいつでもトロワ＝リヴィエールでは一番乗りで投票していた──市長が認めるところではこの第一投票は工作の展開に有利だそうで、これに基づき（黙示録《アポカリプス》の日に生まれたような）アポカルが最初に来ていなければ投票所は開かないようにしていて、二番目には運命の悪戯そのもので、七月十四日に生まれたフェトナ・モゾグランがやって来るのだった。）

「アポカル・チボン、市長殿、聞こえてますか？」

「が投票したことを証します」、と垂直の棺みたいな投票箱の底から、箱の腹に収まったオトゥーヌが叫ぶ。

「が投票しました」、と委員長は胸をなでおろして締めくくる。

「フェトナ・モゾグラン」と今度は委員長が叫ぶ。

「が投票したことを証します」と投票箱の彼方の声が吠える。

「が投票しました」と地上の委員長が締めくくる。


さらに何も起こらない合間の時間、催眠術にかかった選挙民がモニュメントの周りに集まって投票することも忘れているときにも、同じように感動を誘う会話。


「お出ましになりませんか市長殿？」

「いやいや公益のためには身を捧げねばなりません。このなかにちっちゃな腰掛を持ってこさせてくれませんか？」

「きつくないですか市長殿？」

「ええ大丈夫それからちょっと冷たいものをお願いします腕は上げられますから」


おお民主主義の交響楽、類まれなる完成度。投票箱なる納骨堂のただ一人の男に嵌め込まれた日曜日。身体運動的かつ公民的なこの偉業は、浮かれた住民たちの前で公然と行われ、人々は市長の手腕に完全に酔い痴れ、冷めゆくパンのような午後には徐々にざわつき始め、市長が何時間もちこたえるか賭けてみたりして、挙句の果てに教会の沈黙のなかに次の最後の対話が響き渡った時には叫び呻き怒号が爆発する。


「十七時五十九分です市長殿」

「よしよし出ることにしよう、最後の投票者の名を」

「ジュディカエル・オトゥーヌ！」


すると汗びっしょりの市長が出てきて、大層な投票箱の扉を閉め、見たところ最後に残った束から投票用紙をとって屋根の投票口に投入した。

「ジュディカエル・オトゥーヌ、投票しました！」
皆さん、これはまったく黙示録でした。ドゥロ・ココ・トゥナン〔ヤシの実の汁が回る。驚きや熱狂を表すクレオール語表現〕。

ご覧の通り我々だけが専一に公共事に身を捧げているわけではない！ それにあのアヴリル氏という市長はある日こう掲示しました――「有権者数一三一六、投票数一三一六、アヴリル一三一六、対立候補〇。」絶対的な理想だ。譲歩なき文面。お役所が注釈抜きで伝えた結果。アヴリルは対戦のさなかにいる。邦じゅうで同じ躍進。我々は休むことなく進歩してゆく、若干の事故を伴ったとしても。

事故。事故。

我々に事故の責任はあるのか？ 我々は秩序を守る側なのだから、どうして事故を引き起こしたりしようがあるのか？

誰がナンフォルを殺したのか？

誰がナンフォルを殺したのか？ そう、彼は下手をすると当選するところだったけれど、ある回廊で胸を二発の弾で打ち抜かれて死んだ。これが事実だ。ナンフォルはある回廊で胸を二発の弾で打ち抜かれて死んだ。誰がナンフォルを殺したのか？

建物に入るところだったのか、出るところだったのか？ 入るところだったなら、友人たちに殺されたとしか考えられない。出るところだったなら、広場に配置されていた憲兵たちにはどうして下手人が見えなかったのか？ それでは下手人が護られていたと言い張ったのは誰なのか？ 誰なのか？ それは九年後にご存知の銃撃戦で最期を迎えることになる同じ男なのです。あの知らぬ者とてない日に市庁舎の広場ですでに取り押さえねばならなかった、あの男自身なのです。皆さん、はっきり言いますが、われらが戦前はこの点では完璧です。我々には殺人など必要はない、あれは挑発でしかありえないのです。秘書官に任命されたあの日から、ひとりの候補者といえどもわれらが市庁を本当に脅かすことはなかった。その結果わたしは至高の闘い、勝ち抜き戦に召喚され、わたしはそれに勝ち抜いて皆の面前で、そして神の裁きに従って、我々のしかるべき権利を確言しなければならなかった。そう、わたしが。なぜならやつらが挑発の対象に選んだのは〈秘書官〉だったからです。それはわれらが系譜に捧げられた敬意に他なりません。

それ以来、皆さん、比べてもみてください。両アメリカの奥からわれらが地にきて挑戦状を叩きつけたあの殺し屋について、あるいはあれだけ自由の殉教者とやらともてはやされているあのナンフォルについて。二人とも死んだのです。同じ狂った妄想、つまり〈秘書官〉に歯向かうなどという妄想のおかげで。けれどもわたしが二人のうちの一人の死の責任を公言するにしても、もう一方は峡谷に追い返して正当な親を掘り返すようにさせます。アルマンド畜生喉が渇いた、決闘以上に死にそうだ。

(シラシエは空想にふけっていた。)

さて、ドクター、我々は何をかち得ることになるのか？　白ブドウがひと箱、ラメ入りの箱がひとつ、一カ月間の〈サークル〉巡り、回り放題というやつ。お認めいただけましたか？　ではそれまでにほら二のエースと来て少々厄介なことになりますぞ。ではこいつを、今度はこれにも賭けましょう。そう、これまで数え上げたやり口のなかで、わたしがあなたに向けて発動したのがどれなのか当ててごらんなさい。賭け金を倍にしますか？

(シラシエは天空を漂っていた。ラム酒の匂いのなかに転がされる言葉にいぶされて、いや言葉そのものというよりも、滲みや水面すれすれになんとか露出している泥といったものもなく、しっかりと捉えられすっかりきれいになった源泉よろしく言葉を繰り広げる仕掛けにのぼせあがって。投票箱の歌で頭に血が昇っていた。彼は忘れていた、暑さに突き固められた広場の斜め反対側の影と日向があふれる回廊も、夜と閃光に侵された二つの壁のあいだにちょうど銃声が聞こえたと思った時に何かが倒れるのを垣間見たことも、広場を横切る逃走劇も、そいつを逮捕するそぶりを見せる憲兵隊も、排水溝のそばの血のなかに封印されたかのような茫然自失も、そしてオディベールの分身あるいはたぶんゾンビが広場の奥に消えていったことも。シラシエはすべてを忘れ、すべてを自分の——傍らではなく——奥底に芽生えた森の片隅に、いつかすべてを再び見出すことのできるあの場所に押し返していた——今はとりあえず言葉の空間に飛び立ち、叫びをこらえつつ思っていた、自分はきっとレスプリ氏の陣営に投票するだろう、結局はレスプリ氏が一番強い、たぶんドミノではそうでもないかもしれないけれど。

そうして、血が昇って臍を固め、レスプリ氏に投票するつもりになっているシラシエは、いつか自分の体の傍らを探し、押し込められたものを山ほどそこに見つけ出すだろうことを知らず知らずのうちにもうわかっていた。言葉によって歪められた不幸な人々、棺のようないくつもの投票箱、なんだかわからないけれどアクア・シンプレクス、〈ナンバー十二〉レスプリそれに振動を追い払うのに手を貸す代わりに捕まえてしまったボートン、トロワ＝リヴィエールが食べることを余儀なくされていたオトゥーヌのパン、——そんなすべてをいつか再び見つけ出して、その上に、よく尖らせた山刀を振りかざすだろうことがわかっていた。

周囲には、埃っぽい足踏み。奪い取ろうとする情熱（なにを奪い取るのか？）。失墜した父が空位のままにしている席を手に入れる欲求。

言葉たち自身の、その意味の、それにまたその用法のあの苦しみあの不確実さ、それが言語を嘲弄の際にまで押しやるけれども幸運によってあるいは代償として言語にその特殊な、そして北の高みと南の塩をもつしわくちゃな土地のあの窪みのなかを玉のように回った者以外には気づかれることも、理解されることのない意味を与えている。なんであれ自らなすべきものの不在が人を嘲弄の深みに押しやるけれども幸運によってあるいは代償としてそれは脅かされた樹木のひとつの動きあるいはがくんと来る衝撃で人を不安にさせる。

周囲には、サトウキビの香りが沼の匂いと溶け合う平たい邦の草木に覆われた孤立地帯。農作業の赤い波模様に点々と見えるバナナの房、そして水たまりの間を小川が流れ落ちて広がり、マングローヴの実や腐った海水のなかに溺れている。薄緑と茶色い埃のあの広がりのなかでは大きな蚊たちがうなっていた。中央の土地のかけらには地面の切れ端さえも、そう、蟹籠が毛の生えたマントゥ蟹でまるでひとりでにいっぱいになるギザギザ枝突き出るマングローヴでさえも、空間のために、上の方の大きな森の未知の世界のために、それにあの下の方の塩田のかん高い沈黙のためにも取っておかれることはなかった。縮れた空の下では塩鱈を積み込んだ平底船が運河を遡り、サトウキビを載せた最後の貨物車が広場を横切り、工場の柵のなかに持ち込まれ囲い込まれた最後のコブ牛たちが農園に連れてゆかれるのを待ちながら、市場の裏の屠畜場の匂いに動転していた。

周囲では、世界とその叫び、際限なく広がるあれだけの土地、生きながら皮を剝がれたりゆっくりと息を止められたりしたあれだけの苦しみの声が、この投票箱の嘲笑とこの大地の脈動のなかにその力を集中しに来ていた。

男たちは、あの呼び声——開けた港と海——へその情熱を重みをもって運び入れるために農村から降りてきている。女たちは、どちらにしても重荷を担うのは自分たちだとわかっているかのようだ。あらゆるものの不在を担うのは自分たちだと。

シラシエは漂い、叫んでいる、マチウさん俺はあんたには投票しない！　俺は勧誘なんかしない、俺は投票箱官じゃない、選挙紙幣を破る役じゃない。そいつは仕事ってやつさ。そうじゃなくて俺は俺の住処でシラシエのままさ。誰もシラシエを買収したりしない。だが俺はレスプリさんに一票だ、やつには貸しがあるけどな。不幸な連中は飢えをたらし込む、変えるのは投票じゃない。今日びには六つの投票所があるけれど、昨日はひとつだけだった。俺はレスプリさんに入れるよ、あいつの舌には十馬力のエンジンがついてる。聞いてくれ、マチウさん、なにも変わりはしない、なにも変わりはしない。

そしてシラシエは言葉の波にそっと揺られ、毎晩〈サークル〉の階段の三段目で身を丸めるあの習慣のせいで目覚めたまま眠り込んでいて、まるで時間が一杯のポンシュ酒からもう一杯へ、ドミノの一手から次の一手へとジャンプすることなど決してないかのようだった――あの言葉の綴れ織りに包み込まれて、時間が経つのが見えなかった。ただドミノの手を読んでいた――レスプリ、ドクター、シャネット。

シラシエは眠っていた。ドミノが支配《ドミネ》していた。日々は姿を現しては、アルマンドが何も考えずに上り下りしているあの階段の足下で動かなくなっていた。墓地の上の方では空気が赤かった。

皆さん、こんな具合に我々は勝利しえたはずなのです！　二百から出発したがすばやき援軍を得て港に着くころには三千を数えたのです。ドクター、我々はあなたを痛めつけたことになったはずだ。

教育も身なりもなっていない野蛮なやつらが選挙を中断させることができても、そんなことはどうでもいい。痛くもかゆくもない《セ・アン・ラ・ショ・レー・レー》。我々の勝利は二週間延期されたに過ぎない。哀れなのは〈文明〉です。ドクター、おわかりかな、やつらは投票箱に火をつける。木炭みたいにかち割り、キビの絞り殻みたいに踏みつける。進歩の源泉、将来の容器へのこの不敬ぶりがあり得るでしょうか？　投票箱を操作し、盗み、できる限り整えることは、それを美化したり役立てたりすることです。ところがそれを壊したり燃やしたりするとは！　まったく我々ときたら我々のために作られたものに似つかわしくない、なんたる不名誉。

こうして輝かしい〈年代記〉の行きつく先は破片と欠片《かけら》なのです！　あの投票箱、われらが市庁にとっては王たちの手にする笏にして宝珠であったあの投票箱、賢者オトゥーヌにとってはユリシーズにとってのトロイの木馬であったあの投票箱、このテーブルの上で夜な夜な歌い上げたあの投票箱、それを今や嘆き悲しまねばならないのです。

ああわたしは連中の策略は知っている、あれだけ長い間その裏をかいてきたのだから。バクア帽のなかに厭うべき投票用紙を潜ませて礼儀正しさを装いながら帽子をとってカーテンの向こうに入ってゆく耕作人夫たち、もっともらしい振りをしながら結局は投入口に白紙の紙屑を投じる逃亡奴隷たち、大きな目をぐるぐるさせながら、まるで後生大事な文面を箱のなかの傾斜に落ちてからもかすめ取られるとでもいうように俯いて投票箱を見ている連中、船の前方の帆よりも大きなハンカチを旗みたいに胸の上に広げて、静かに挑んでくる連中、銃をもった監督が投票所の入り口で列を作らせようとするのを尻目に口笛を鳴らす連中。わたしは連中を知っている。けれども投票箱を燃やすような軽はずみなやつらをどうやって止めればいいのか？　嗚呼ナンタル時代、何というモール人ども〔ラテン語の成句 O tempora, o mores（「なんたる時代、なんたる風習」といった意味）のもじり。「風習、風俗」をあらわす mores（モーレース）と「モール人（ムーア人）」を意味するフランス語の maures を掛けている〕。

ドクター、あなたは全部で一六票、つまり八掛ける二の票を得ただろうと言えます。わたしがあなたのために介入しましたからな。正味二、三票を差し上げるというわけにはいきませんでした、あなたは友人ですから。一六ならば尊敬に値する数字に見えました。それに延期となっているので、今から二週間で占めて三一票、つまり一日延期されるごとに一票上乗せされることをしかとお約束しましょう。われらが新人ナンフォルのほうは、五、六〇〇票を集めるでしょう、それ以下と言うことはあり得ない。もっともらしさが必要です。

アルマンド、アルマンド、葬式の記念にポンシュ酒をもってくるんだ。我々は亡き〈閣下〉たる〈投票箱〉を埋葬するのですから。ああもしかすると、もしかするとドクター、この戦は〈秘書官〉の終わりを標したことになるのでしょうか？　わたしは自分のために話しているわけじゃあない、わたしはアンタッチャブルですからな。でもやはり、なにかが、なにかが空気のなかにあると思われるかもしれない。悔恨の風とか、ノスタルジーのようなものが。違いますか？　ああナンフォルたちには笑えます、なにやらパレードになりそうですね。この邦の片隅にいた最初の日からわたしたちにはパレードが定められていたのです。それが〈いと高きところの意志〉なのですから。

というわけです！　わたしは力を尽くしてわれらが武勲とわれらが闘いを吟じてきました。最後に雲雀は毛をむしられなければなりません〔フランスでよく歌われる童謡「雲雀」の歌詞が下敷きになっている〕。ご褒美として、あの悪党どもがそれでも平穏な結末を残してくれることを期待しましょう。わたしの詩想も涸れ果て、唾が口の内側に貼りついている。雄弁の車輪も止まってしまった。さあ列になってナンバー・ワンからナンバー十二までのわれらが市長たちに敬意を表し、宙に向かってわれらが秘書官たちの幽霊を褒め称えましょう。けれども悲惨な考えはまっぴらだ。頑張れ、レスプリ。出撃だ、秘書官。それに前に進まねばならない以上、またもやあの三の四としましょう、ドクター、パスですね、シャネット、あなたもパスだ！

（「ちょっとちょっと」、とシャネットが言う、「あなたは喋っては喋ってばかり、でもほら同じ二の三、パス、二のダブル、パス、ブランクの二、で上がりっと、なわけで〈年代記〉の結末は台無しですよ。ドクター、ドクター、二カ月以来ここではこんなことばかり聞こえています、なにやらシャネットは存在しない、シャネットはゾンビだ、シャネットは声なき者だ、シャネットは薬屋でしかない、けれども最後の一手でシャネットにファンファーレときた！　〈いと高きところの意志〉。アルマンド、ポンシュ酒を回してくれ、彼のおごりだ、さてさてレスプリ氏の集金箱に何が入っているのか見てみましょうか」）。

# （一九四五）

俺は鉄門をタイヤの足取りで通過する怖れを
　知らぬ軍人のように
シトロエンはうなりをあげる　こいつはご主
　人様を知ってる　こいつはオペラを叫
　ぶ
俺シラシエは通り過ぎる　あたかも見張りが
　俺によろしく挨拶するように　大佐さ
　ん
俺は司令官の運転手　そいつは決定済み時間
　厳守登録済み
シラシエはシトロエンを運転する　こいつの
　知ってるご主人様はそこでこう言うだ
　ろう

こんなふうによく塗装された貴族みたいなマシーンは
誰でもいいシラシエにも運転させてくれるさもしもシラシエが
運転しているのにその権利も免許証もなくても　その時には
見張りには俺は見えない　やつは車の音を聞いている
ラファエルさんあんたはまだこんな車の音を聞いたことがない
タルジャンさん　俺はシラシエさ　俺は言う
あんたはまだこんな車を味わったことはない俺は叫ぶ
後輪のタイヤが鉄門を通過する時に　俺は叫ぶ
マオギ＝隊長がいるなら俺はやつに飴玉のことで電話する
マオギ＝隊長の大麦糖がエンジンのなかにある
けれども俺は叫ばなかった　俺はすでに下っ

　ている
**舗道**《パヴェ》を　俺は一枚か二枚のボードを引っぺが
　しピストン全開
ブレーキを離せ　俺はサイレンを鳴らすムシ
　ュー・タエル　こりゃあ戦時
法廷こいつは戦時法廷
　そうさ戦時の
戦時法廷さ帰ってきたら
　戦時法廷だ
俺はそう言いそのあとはほら**修理場入り**《カレナージュ》と
　**ドック入り**《ラドゥーブ》
船はあるかいあるかい
　ドックに入れろ
グレゴワールのサスペンションこいつはシト
　ロエンのなかにあるハンモックさ　あ
　んたは**太平洋汽船会社**《トランザット》を通過する
あんたはどれだけのゴムをコールタールの上
　に刻んできた
黒に黒を重ねてそうしてサント＝テレーズで
　俺はバックミラーを壊す

あんたには何が見える**舗道**で
　**修理場入り**で
**ドック入り**と**サント＝テレーズ**であんたは見
　る　風が通ってゆくのを
**バー・友達亭**と**月光**で**全てが輝くバー・カミ**
　**ーユ軒**と**東方太陽**と**もしもの店**で双頭
　パンの頭
マダム・アドのフォノグラフィー　足を引っ
　込め踊るのは
マイテ　豆のアクラにマトウトゥにロジのフ
　ライ〔アクラはコロッケに似た揚げ物、マトゥトゥは一種の蟹飯、ロジのフライはタラをスパイスのきいた衣で揚げたもので、いずれもマルティニックの郷土料理〕　あんた匂いが
　つくよ
いやいや匂いはつきはしない　あんたは埃の
　なかに落ちた彗星になる
そうそうあんたが考えるにはお隣にあれが何
　がだっけそばに
お隣に片方の尻で座っている　あんたが考え
　るにはマントゥ蟹みたいな
レスプリ氏がいる　そこで何をしているんで

すかムシュー
どこから出るのかそしてあんたが考えるには
ジェルボーの鉄門のそばでスピードと
それにああ風より以前に
わが友シラシエくんジュヴァは故障してるこ
いつは奇蹟だ
あんたがあそこを通るなんて　行かないのか
い
そうあなたは行くんだろう　そう**カルバッシ**
**エ**へああ
とにかく乗って乗ってムシュー
レスプリ指揮官さんが
俺をあそこにお使いにやるんだ　苗やちょっ
とした野菜を買いに
乗って乗ってさあムシューそうすりゃまるで
ドミノを一局やりに
でなければ投票を一発やりに行くみたいさだ
けどあの人の右手にぶら下がって何を
やる
**ジェルボー　パヴェ　カレナージュ　ラドゥ**

**ーブそしてトランザットとサント＝テレーズ**

こいつはジャヴァ四型みたいに　エンコしたりはしないさ　今行く今行く
だろう　あん　すっ飛んでゆくさ　すべてを手放せすべてを手放せ
ナンバーM二一二八にはヘッドライトが一つだけあいつには自分の眼を棄てる時間もない　ケベック氏は後ろに消えたそして警笛で叫ぶ
グレゴワールのサスペンションは十一馬力に乗って仕事をする
そいつはラペビーより速くチドゥ小母さんよりも優しい優しい
**サント＝テレーズ**みたいな町では家一軒建てるのに一体何個の木箱が何個
少なくとも三百三十と四分の三
これは全部箱の話で　少しばかりのセメントをおくれエンジンの風に備えて

潰したのは箱じゃなくてセメントさ家をぶっ
　壊せ
気を付けろラ・ディオンだ曲がるぞ子どもら
　に気を付けながら
こいつらは知らないからな十一馬力は一度走
　り出したら止まらないってことを
どけどけ車庫に入れろ　速すぎて俺を追い越
　しちまう　俺　ゾンビのシラシエを
俺は自分の体を忘れてきた　ジェルボーの兵
　舎に　マオギは
俺の体に命令する　気を付け担え筒
知らないんだ　シラシエが自分の体を置いて
　出発したってことを
司令官のシトロンに乗って　なのにマオギが
　命令する
おまえの銃でお昼のミサをやれ俺は**エスペラ**
　**ンス**の丘を登る
ぶっ壊した箱はもうお終い　木々の幹から巻
　きついた蔓を取る
下の方は孤児たちのための〈作業場〉だシラ

シエにはパパもママもいない
作業場は不幸なやつらの頭の上で閉じる　シラシエは頭のなかでたった一人
レスプリ氏　彼はちょっとばかり死に始める風が
彼の耳のなかに吹く　民草よ来たれ　戦よ来たれ
シラシエは風を飲み込む　あんたは会うだろうボザンボに
**ジェルボー**から**カルバッシエ**まで　七分半で請け合ってもいいが
あんたはシャルルカンに会うだろう　俺は死んだ甥っ子に会った
聖体パンよりも白く　あいつの脚といったらまるで棒っ切れさ
俺は世界中で死んだ子供たちを見たんだ　眼を凝らして
俺はじっと見つめたまま　俺の両目は骸骨になった子どもたちに釘付けになってた
あいつら泣くことすらできないんだ　待って

　てくれよボザンボ・シャルルカン
　ここは**シャトーブフ**さ
オンガール神父様の家の近くだ　十二人の子
　孫と一緒にミサを唱えてる
十二人の侍者と一緒に　教皇様は言ったんだ
　オンガールは確かに正しいと
十二人の男の子とそれに教皇様までムシュー
　タエルの祭壇の前で
ちょうどその時　十二馬力はぶるっと震えた
　砂利道のなかで
まるでセレスタンのパパ　パンの実＝コラン
　トロックの豚みたいに宙に浮いてるみ
　たいだった
まるで頭から海のなかに飛び込もうっていう
　みたいに　俺たちはあいつの家のなか
　に
あんまり速くターンしたものだから　俺の腕
　は絡み合って　手はそこから出てる
あんまり速く迂回したものだから　俺はフィ
　ラオの木のなかにひとりでに突っ込む

シトロンはパラの草原を荒らし回りそれから
どれだけのちっちゃな手すりをぶち壊
したことか
**シャトーブフ**の上の方にほら　**ラ・ゴンドー**
に移ろうじゃないか
あそこなら天国への階段の数よりもたくさん
のカーブが赤土のなかにある
下りて行くとムシュー・パドゥヴァンがフォ
ードで上ってくる　知らないのさ　ど
んな風で自分のナンバーが震えるのか
を　Ｍ一二といやあ一番古い類さ　や
つが警笛で叫ぶ
天国　ホー！　ドクターだってあんたを天国
に送ってくれるさ　三錠と三滴をコッ
プに入れて
うちのドアにプレートを釘三本ででも打ち付
けりゃあ　俺だってドクターさ
あの連中ときたら　あんたたちの小銭を巻き
上げるためにやってるのさ　それでも
あんたはありがとう祖国なんて言うの

さ
俺はドクター　俺は刈り取り人だけれど地面でやるんじゃない　刈れや切れやじゃないのさ
ムシュー・タエル　あんたは刈ったことがあるかい　いいや　早朝のキビはやったことがないな
痒くて喉がひりついて　篩にかけられる真昼のことさえ言ってるわけじゃない
二十と六つの山刀で　肌を太陽に貼りつけてあんたは叫ぶ　叫ぶ
だが神様の水は世界の反対側の端にある　あんたは叫ぶかもしれないな　水をくれ
縄かけ係の女があんたに笑いかける　あんたの頭はぐるぐる回り　山刀ってやつはキビのためにあるわけじゃない
ベケのキビ　ムラートのキビ　けれどもシラシエのためのキビなんかはない
あんたが言ったからってすぐに　俺は切ったりはしない　あんたには向こう端にい

る二人の憲兵が見えるかい
それから二人の憲兵それから二人の憲兵それ
から二人の憲兵がここかしこに
あんたの後ろにいる〈兵士〉と〈中国人〉と
いうか　柵のムシューの二匹の牡牛み
たいに
その二匹は俺が囲いを一歩一歩横切るたびに
俺に駆け寄ってきて
俺は鉄条網のなかで高く跳びあがったりした
ものだけれど　ある朝　露が降りる頃
〈中国人〉が角の上に死んで固まって動かな
い〈兵士〉を載せてるのを見る
そこで〈兵士〉を降ろしてやると〈中国人〉
のほうもばったりと倒れて動かない
あんたの後ろにはいつも牛と憲兵隊がいるけ
れど死ってやつも同じさ
角　銃　長靴　蹄　そいつはでっかいタクシ
ーの**南の星号**
あるいは**俺の分もおくれ号**あるいは**目覚めの**
**美女号**あるいは**肥品**〔本来は「気品（grâce）」だが同音異義の「grasse

（太った）」の綴りになっている〕**あふれるマリー号**と同じ
　くらい速く走る
けれどもシトロンほど速くはない　なぜって
　俺があんたと喋ってるあいだに
**ディヨン　エスペランス　シャトーブフ**
**ラ・ゴンドー**
レスプリ氏は二回か三回は死んだからな　あ
　いつの口には白い鉄枷
さてと俺たちは**ラ・ゴンドー**で曲がるんだ
　何回かはわからないけれど
あんたは右へ切ろうとするけれど　中指がハ
　ンドルに触れる前に
左に戻す　あんたは自分の手もハンドルも道
　路も見ちゃいない
時間がないんだ　道路があんたを離れてゆく
　道路があんたを離れてゆく
ヒナゲシ　アカシア　火炎樹　フロマジェの
　木　道路があんたのエンジンだ
シャルルカン・ボザンボ　ホー　ほら見てい
　ろよ　すぐだからな　俺はもう**ラ・パ**

**ルミスト**だ
俺は停まらない　と　M一一一のナンバーが
　クライスラーの三本足　停まれ停まれ
シラシエ司令官が通る　クライスラー
は死みたいに警笛を鳴らした
おまえシラシエは訊く　兵舎のどこに山刀が
　どこに山刀がある
軍隊だ　軍隊が山刀を取り　銃剣をこしらえ
　上げる
偽善者　くる病患者　諸々の戦争が通過して
いった　地面はひっくり返ったけれど
銃剣は刺さっている
おまえの肝臓に　その上には十字架と鉄兜と
　葉っぱとが
おまえの山刀はどこにあるシラシエ　けれど
　ａｂｃｄの文字を全部綴ってみろ　お
まえにゃわからないか
山刀はお休み中だ　シラシエが軍隊で悪くな
　って苦しんでいる時には
もしかすると**ラ・パルミスト**で左の道を会計

棟へ向かって
仕事を探すための道だけれども結局どこに通じる道やら　曲がり角には犬たちがいる
おまえは朝サトウキビのなかで起き　夕べには穴のなかで寝る
その二つのあいだにあるのはただただ一一七もの竈みたいな太陽だけさ
気を付けろ　三つに四つに五つにと列になって　駐車しろ駐車しろ　シラシエ大佐が通る　そこのM八九七にパレル判事にデラックス　駐車しろシラシエ大将が通る
**ラ・パルミスト**じゃ**ラ・ゴンドー**みたいに急には曲がらない　子守歌みたいに優しい母さんみたいに行くのさ
おまえはボンネットの下でいびきをかいてる司令官の昼寝みたいに
おまえは白くなる
ラ・パルミストってのはケネット〔カリブ海地域に自生する果

樹、また、その果実〕青いサトウキビ　タマリン
　ド　アブラヤシの震えさ
下の方に雨が見えるだろう　流れ者のために
　柱を立てて家を作っている雨
雨の上を登ってゆくんだ
あんたは世界へと出発するんだ　ムシュー・
　タエル　あんたに言ってる
世界　**ラ・ゴンドー**の前だか後だかに**ラ・パ**
**ルミスト**を疾走するだけじゃあだめだ
　知らなきゃならない　見当をつけて見
　つけなきゃならない
海の周りじゅうにあるのは何だ　陸　山　そ
　れに不幸な人たちの消えかけた蝋燭
〈サークル〉の物知りのお歴々は一度だって
　問いかけるために両目を外して両手の
　なかにしまったことはない
両手の平にまるで二羽のキジバトみたいに置
　いて問いかけるために
二つの穴の開いた頭を**黒人岬**の灯台みたいに
　回しながら

宇宙って何だ　人間　ラクダ　象　どこに道
　はある
それにおまえが自分の片隅で角みたいに硬く
　饐えた何かに変わるなら　残りはどこ
　にある　薄いカーテン
シュレット〔カリブ海地域などに自生する果実。酸味が強く、ジャムなどにする〕の香
　りだ　優しい女が夕べの水のなかでハ
　ーブを使って身づくろいをしてる　女
　の黒く泡立つ緑の肌
おまえはハーブを使って前からそれを洗って
　る　名前も知らないし彼女からして知
　らないけれど
気を付けろ　スリップしないように　それに
　もうすぐ災いが　サイクロンが　そし
　て真昼が見える夜
真昼が見える夜　それは原子爆弾だ　気を付
　けろ　シラシエ先生は知ってる
本という本の近隣を開拓したりする必要なん
　かないのさ　宇宙がどこにあるのかを
　問うためには

宇宙が何を求めているのかを　宇宙がこれか
ら真夜中の片隅でおまえを呼び止めフ
ロマジェの木の下でおまえに問いかけ
るのかどうかを
けれども俺は**ジャンヌ・ダルク**を駆け下り
シャルルカンは十分たたずに知らず知
らずのうちに迷い始める
そしてボザンボは小川の流れのなかに転落す
るなぜって**ジャンヌ・ダルク**は十分た
たずにお終いの始まりだから
そしてレスプリ氏は埋葬されたのに満月の夜
以来身動きし地面を引っ掻きドアを開
けて甦る
彼は立ち上がり言う　いやいや見る　稲光の
なかにプレタンデュ氏の礼拝堂を　彼
はちょいと会議をやりたい
自分が十二回目にはどこで死ぬことになるの
かを知るために　でもプレタンデュ氏
はパパ・ロングエじゃない　違う
プレタンデュ氏が彫像の前で蝋燭を燃やして

も無駄で　逐一やってくるために何がいいかを言うことができない　将来をじっと見つめなければならない時に
一台のシトロエンに乗って　その車はあんまり速攻で地面を荒らして回るのでおまえの声は目の前のワイパーのところにぶつかりそして予言は後ろにたなびいてゆく
プレタンデュ氏に見えるのはただシトロンの風でそれは五十歩のところから彼の聖体箱の蝋燭を吹き消す
将来は速度のなかでばらばらにほどけ　レスプリ氏は知りもせず知らないままで何度も死ぬだろう
俺たちは**ジャンヌ・ダルク**を指し示す　気を付けることもなしに　何にだって
道の近くの埃のなかに横たわる黄色い小さな花の上に隠れている小さなテントウムシに
十字路で虫たちは俺たちが通るのを見る　虫

　たちは彫像の庭　枯れ木よりももっと
　燃える
もしバックするならおまえは岩から岩へと**シ**
　**ヤンボール**の方へ**ロン＝プレ**の線路の
　ほうへ降りてゆく　この道は深い淵だ
おまえの土地の縁のどんなにちっちゃな踏み
　分け道でも　おまえは世界の星にさわ
　る
けれども俺は真ん前で迂回する　俺はタエル
　のところには登らない　あそこにはベ
　ルゼビュートよりもでかい犬たちがい
　る　だめ　だめ　そのまま行くんだム
　シュー・タエル　シラシエは**ペイ＝メ**
　**レ**に辿り着く
ボザンボ・シャルルカン　ホー　ランプに油
　を入れてほしい　俺は道を荒らして回
　る　フロマジェの木の下で　どんなマ
オギもスークーニャンも司令官も牛も
　憲兵もシラシエを止められない
四十三秒もかからないうちに　あなたの背中

の筋肉に竜巻が荒れ狂うのを見るだろう　虐殺を聞くだろう　もう独房の匂いがするだろう　二十分以内の往復のために乗ったシトロンのせいでシラシエが辿り着いた独房の

あんたは俺が　穴の汗にまみれてるのを見るマオギとともに　マオギは永遠に監獄入りのシラシエの爆音の時間、日、月年を訊いてくるんだ

そいつはあんたのための野菜に苗だ　俺の司令官の十一馬力さん　こいつがフル回転しなきゃ　何もかも錆びつく　ご覧あれ　けれどそうすりゃレスプリ氏の力は前方に道のはるか果てをじっと見つめるだけしかない　入口の橋に永遠

やつの両目は将来の稲妻か埃に細くなっちまった　やつには俺たちが**ポン＝ヴェール**の竜巻を過ぎるときに両目に突っ込むヒルたちも　下の方の黄色い水のなかで果てしないタイヤの音の下で縮こ

まる魚たちも見えないのさ

やつには**スードン**も**プチ＝プレ**も見えやしない　あれは工場だそうだけれど縮んでる　リベットだらけ修繕だらけで星となって弾けるボイラーも見えない　鉄釜と鉄も　湯気とヴズー〔サトウキビの汁を煮詰めた糖蜜〕のなかで茹って飛ぶのは不幸な連中だ

ある日　そんなラム工場　製糖工場のひとつというかシラシエはあのブリキの蟹のひとつと言ってるが　それがあんまり萎びちまって　あんたは地面にマシーンの入り口を探すわけだ　でもあんたの山刀を追跡しても無駄だろうさ　あるのは昨日の匂いと朝の湯気ばかり

水銀より生きのいいシラシエは身体を自分の山刀に近づける　十一馬力から噴水まではもう百メートルほどもない　宇宙はなんとも気持ちいい木陰の**ペイ＝メレ**と**プチ＝プレ**のあいだで　おまえを

停めはしなかった　自問するために停
　めることはさせなかった
**パルミスト　ジャンヌダルク　ペイ＝メレ**か
　ら最後の**プチ＝プレ**は言うまでもなく
　おまえには　おまえの知っているあの
　美女以上の女が見えている　おまえは
そいつを枝叢のさなかで洗い　そのエンジン
　をうならせ　調子はずれの声を出させ
　る
**カルバッシエ広場**の真ん中にある入口橋を下
　るために　タイヤは軋み声を上げるけ
　れどブレーキは噴水の石組みから三、
　いや多分二ミリのところでぎりぎりさ
　そこまでに五十六のカーブ　幾知れぬ
　丘　四つの橋　轢かれた犬は数えきれ
　ない
レスプリ氏は死者のあいだから起き上がる
　埃のなかに倒れる　遠くをまっすぐ見
　つめる　パナマ帽を阿弥陀にかぶり
　これでいい　やっぱりこれでいいと言

う　そう言うと思っている　ヴァヴァル〔マルティニックなどのカーニヴァルの中心的キャラクター。カーニヴァルの王様〕みたいにこわばって出発する　大通りを上る　上ると思ってる　彼は右にも左にも挨拶はしない　今では〈サークル〉は閉ざされている

ボザンボがいる　シャルルカンは叫びをあげるたくさんの人たちの真ん中だ　俺は腕時計のマオギの腕時計の埃を拭うやつは訓練室で時計を探す　俺は叫ぶ二時七分から二時十四分半　こいつが証人だ

ボザンボは十分弱と言う　まあいい　ボザンボは証拠を認める　俺は言う　なんで十分弱なんだ　俺は言う　**カレナージュ**から**カルバッシエ**まで七分半だと俺は十分弱のために墓穴行きにはならない　七分半じゃなきゃだめさ

不幸な連中や子どもたちは胸をいっぱいにして木箱　泥　ボール紙の壁　渦巻く水

におさらばして　茨やコーヒーやカカオへと登ってゆく　パラ草のナイフをあんたの指で撫でてみろ　そいつが山刀
道ってのは羊皮紙で　俺たちは断崖の上に登った　そして埃は埃を食い　ムシュー・タルジャン　あんただけはシラシエを知ってる　あんたには夜のなかの夜がわかる　俺は七分半と言ってる
こいつは仕事以上だ　美だ　まさに真昼だ俺に言わせりゃ噴水の妖精が水の歌を歌ってエンジンを冷やし車体を慰めてるくらいさ
ドゥランさんメデリュスさん　こいつらは知ってる　当り前さ　こいつらがそこにいる当り前さ　予感がこいつらを連れてきた　丘の上のシトロンの風が呼んだんだ　こいつらは焼けたボンネットを撫でる　ひとつだけのハンドルに二人のシラシエ

あらゆるちっちゃな草　あらゆるちっちゃな生き物たち　俺が道端を疾走するときあんなにちっぽけに見えたやつらが降りてきて**カルバッシエ広場**で息をつく住人たちは叫び　俺は訊く　ラム酒はどこだと　シャルルカンは言う　シラシエ　シラシエ　シラシエ　シラシエシラシエ　シラシエ

# （一七八八―一九七四）

彼らは皮膚の上で固まっていた埃から起き上がった　彼らは地面から肉のなかに凝固した木の葉の山から思いっきり身を引きはがした　彼らは周りの空気のなかに乾いた皮膚をやわらげるために必要な少しばかりの湿気を掴んだ　彼らは閃光のように思い出した　小屋への到着と上陸したその晩に最初の男が逃げたことを　彼らは思い出した　ただひとつの長い闇のようだった日々と夜々のことを　そこでは昼間に昼の光のもとでただひとつの行為も成し遂げられなかったのだ　食べることも休むことも自分自身のなかを点検することも　言うまいが愛することも　そうした行為によって獣ではなく人間は人生を味わう喜びを得るというのに、長い歌の歌という歌が彼らの記憶に戻ってきた　歌への熱狂に身を任せる前に彼らは小屋へと走った　声が聞こえると思えた小屋に　彼らは小屋のむっとする熱気のなかに駆け込んだ――男と女は別々に独り言を言うのをやめた、彼らは恐れる様子もなしに二人を見つめた、すると彼らは男に身振り手振りや砂のようにばらばらになった言葉で自分たちが逃亡奴隷であり、追跡されているのだと説明した、そこで男は身振りのようなものをしようとしたが　女はわかった、わかった匿ってあげようという身振りをして、彼らはそれぞれ身にまとっていた布切れを抑えながら立ち上がって、小屋の真ん中の地面で赤い燠火になっていた炭のなかを探り、マニオクのはいった丸いクイを引っ張り出して三人の到来者それぞれの片手にマニオクを落とし、男たちのマニオクだらけの口は弱まってゆく火の届く範囲で少しばかり輝いていた、火を再びおこすのはたいして意味のない所作だったこの真夜中の火のうえで煮炊きするべきものはなにもないし夜食のダシヌも全然残っていなかった、三人のいわば裸の男は集中しながら太いマニオクを噛んでいた　その焼けた種が歯の下で弾けて食べる男たちを跳びあがらせていた　彼らは説明した　海の水の上に出発するのだと　帰還するために帰還するために　彼らはそれを仕草で　重たい仕草で言ったのだ　岸辺の彼方へと　際限のない大陸へと　海底の墓穴や積み換えなどを決して知るべきではなかったなにかへと向けた仕草で、すると女は夜の影よりも痩せ細った様子で　積み上げた木の葉を少し動かすかのように小屋の片隅からひとりの男の子　穴の開いた袋にくるまれ　両目は薄闇のなかでたぶん周囲が本当になにも見えていない男の子を抱き上げ、急いで小屋から出して茂みの奥で待っているように言い含めた、女は三人が仕草やばらばらの言葉で説明しようとしていたことを理解したのだろうか、彼らは自分たちが**アカジュー・プランテーション**の者だと付け加えようとしたが　男と女は何のことを話しているのかさえも分からない様子で　男と女は単にこう言った　自分たちはサングリの地所の外れにいるのだと　その地所は運のいいことに人が山のように死んでゆく所だと　でもたぶん三人は何のことを話したがっているのかさえわからなかった　三人はひとときそこにとどまって休んでいた　外回りにあるものすべてに聞き耳を立てることが休むことと言えればの話だが、そうしているうちに彼らには犬たちの息づかいが聞こえ　と思うともう彼らはたばこ畑をすっ飛んでいた　彼らの脚の周りで葉っぱも飛んでいた　彼らは取り囲まれた　自分たちがどうやって斃れたか　自分たちが走る速さにあわせて言葉ひとつなく虐殺されたか　けれど彼らは見て聞いて考えることができた　死ぬ前に男たちのひとりがこう言っていた　残念だけど骨折り損さ　高くついたなもう一人も言った　俺たちはこんなことでちっとも楽しむ時間だってなかったんだ　そして彼らは男と女が小屋のなかに押し返されるのを見た　分厚い炎で燃える小屋だ　どうやら藪のなかで子どもの無限の両眼が夜を空間を日々を食らうのが見えたようだった　そしてたぶんまさに遅すぎてあの三人にも男にも女にももう何もしてやることができなかった頃合いに犬たちが近づくのを聞いたときの子どもの恐怖について三人は考えた　男と女は子どもの生みの親だと考えられた　彼らは子どもの両目が森を満たすのを見た　彼らは森と夜と海の波をまるで遠くの邦の前にある壁であるかのように見た——彼らは腐植土から起き上がった　煙草の花崗岩じみた冷たい葉っぱが彼らの肉を少しばかりむしり取り、彼らは他の連中と一緒に　地面に肩寄せ合って置かれている黒っぽい小屋に囲まれたベランダ付きの家々に向かって走り、他の連中と一緒になって叫んだ　自由だ自由だと　風は彼らの喉と胸のなかを飛んでいた、彼らは何度目かわからないが丘を駆け下りてあらゆる小屋を粉々にして〈お屋敷〉のなかにサイクロンみたいに駆け込んだ、揺り椅子も、凝った作りのランプも、手に取られては急いで手放された火器も、錠前付きの金庫のよこでつやつや輝いているマホガニーの家具も、テーブルクロスもテーブルの上も、磔刑像の前にある蝋燭受けも見ることなしに　彼らはごく小さなレースに覆われた深紅の祈祷台も見なかった、彼らが望んでいたのはただ屋敷を端から端まで突っ切って吹っ飛ばし　荒らし回るだけでなくこれを限りに抹殺することだった　彼らは家の裏手に辿り着いた　雨季の埃のなかに　乾季の軽やかで弾けるような埃とはまったく違った分厚く柔らかく黄色っぽい埃　彼らは反対側のコーヒー畑の中腹に辿り着いた　黒地に白くなったマニオクの皮むき女たちや　アルタバンよりも忠実なお屋敷付きのニグロ女たちや　水の流れに溺れた子どもたちや　たくさんの勲しで彫像になった年寄りたちを吸い寄せながら　そして開け放しの扉から裏口の扉までの禁じられたこの限りない十五から二十メートルを稲妻のごとく横切ったおかげでどうにか元気を取り戻したようで　家を立ったままにしていたことさえ見ることなく、つまりあたかもはやる怒りが家を略奪することを妨げたか　でなければ彼らの未来の風で家を一掃しただけで十分だったかのようで、もちろん彼らは銃が向けられていることも見ず　彼らは民兵の司令官の**撃て**の声を聞いたかと思うと自分たちが三人ながらにして他の連中、女子ども年寄りたちと一緒に倒れるのを見た、彼らは限りなく倒れた、彼らは限りなく死んだ、その前には子どもが一人座りこんで首を右から左へ左から右へと傾げることをやめず、彼らは倒れなかった連中が枝々の下で散り散りになるのを何とか見た　散り散りにと言えるのならだが、彼らは民兵の将校が連中を静かに罵倒するのを聞いた　野蛮人の一味め　こいつらみんな皆殺しにしてくれ、そしてその間に彼らは　前に座った子どもの頭がなぞっているブランコの動きにしがみついていた　子どもはきっと銃撃の際に彼らの足下に転げ落ちたのだ　そして今やコーヒーの苗の下でゆらゆら揺れている、彼らは地面で踏みつぶされたコーヒー豆の腐ったような匂いを嗅いでいた、匂いは彼らのなかに死と一緒に入ってゆく、彼らは一頭の馬が早駆けるのを聞いた　そして一人の男が将校の傍らに飛び降りながら叫ぶ　しばらく前にあの野郎たちはことを成し遂げたんだ、それに対して将校が言う、それに対して下士官の男が言う　畜生め奴隷制廃止が可決された　荒れ狂った獣どもの蛮行も報われたってわけだ　この腐った〈共和国〉は奴隷制廃止を可決しやがった　俺たちの利益にも　俺たちの思いにも　俺たちの命そのものにも反して　俺たちは法律を擁護しなきゃならない　秩序が課されなきゃならない　畜生め連中は奴隷制廃止を可決しやがった　だがどっちにしたってこいつらのためなんかじゃないさ　と将校は言い　男たちの誰かを行き当たりばったりにブーツで蹴飛ばした　そして彼らはコーヒーで赤くなった小さな赤い球が男たちの死体に沿って終わることなく転がって　子どものところまで辿り着くのも見た　子どもは今や銃殺された連中の先頭で一番手の太鼓のように体全体を終わることなく揺らしていた――男たちは腐りゆくコーヒーの匂いのなかで起き上がったが仲間たちはすでに彼らを連れてゆき、彼らは鱗のように覆われた皮膚のしたで起こっていることについて考える時間も緑色のコーヒーに浸された分厚い埃の匂いを吸う時間もなく、あらゆるところを駆け巡って説明しなければならなかった、働かなきゃならないってことはないんだ　働いているんだったら払ってもらわなきゃいけない　どこにせよやめるんだ　十年前から奴隷制は死んでいる　俺たちはいつだって夜に落ちてしまう　どこにせよやめるんだやめるんだ　いまや〈農園〉はもう牢獄じゃない　工房という工房を閉めなけりゃならない　どこにせよやめるんだやめるんだ　この百年のどれだけの間なのかこの土地は俺たちの血を飲んでいる　俺たちはこの土地に流れている　どこにせよやめるんだやめるんだ　今日ではもはや自由な有色人もアフリカの奴隷もない　今日はおまえはおまえの根っこを自分で植え付けるんだ　どこにせよやめるんだやめるんだ　蔓を土地にはびこらせておけ　蔓と森を助けるんだ　小屋の前に座って死を待て　サトウキビのなかに倒れるよりも死んでしまった方がましだ　どこにせよやめるんだやめるんだ　思い描くんだ　どこにせよ枝はおまえの頭の上で星と広がり緑をなしている　根っこはおまえの足の下にある　思い描くんだ　おまえは終わりのない森に登ってゆける　犬たちは下の方で叫び　上って来やしない　ホー　〈マホガニー〉と〈アコマの木〉が道を塞いでいる　どこにせよやめるんだ、やめるんだ、仲間たちは丘という丘を走り　谷という谷を駆け下り　小川という小川を飛び越え　農園という農園の境界で散り散りになり　遠くの方で報せをうけた新参者たちで膨れ上がり、彼らはそれぞれの農園の違いに驚き、彼らは土地というものがこんなに違うものであることを知らず　彼らはあらゆる類のお屋敷や言わせてもらえばその中で働いていて彼らに従うことをときに拒むあらゆる類のニグロを発見する、すっとした脚と抑えつけられた尻をした娘たちはきっと白人女たちの生と死　昼と夜を司ってきたし　若い男の子や娘たちは燭台を運んだりグラスを拭いたりする係なんだ　彼らは三人ながらに言っていたのだった　どこにせよやめるんだやめるんだ　おまえたちには金を払ってもらう権利があるんだ　給料と呼ばれているものがあるんだ　毎週末にもらえるお金さ　でなけりゃ森に登ってゆくがいい　誰にも一本の根っこがある、彼らは木造の大きな家々の周りを回る　まっすぐに建って目の前に庭が開けている家々があり　庭には家庭のごみのまにまに杵や物置やマニオク用の板が散らばっている、別の家々はベランダの薄暗い影に囲まれて引っ込んでいて、教会の鐘楼のように尖った屋根のある家もあれば　藤色すみれ色の花々の塊のなかに　壁をつたう草のなかに並んでいる家もあり　どれも黒っぽい小屋が連なる上の方に雨季の晴れ間のように姿を現している、彼らは邦の真ん中をどれだけのマングローブを駆け下りただろうか　そのとき他の仲間たちからはぐれた三人は憲兵の一隊に包囲され　たぶん前に二十人　後ろに同じ数のやつらが行く手を塞いでいた、彼らに残された解決策はカカオ畑に身を隠すことだけで、なかば蛇のようになかばマングースのようにうずくまったり横になったりしながら枝の茂みに忍び込んで分厚い葉叢によじ登ると葉叢は彼らの体をなにかバネ仕掛けの脆くも切れ目のない鱗のように包み込み、彼らは憲兵たちが笑うの聞いた　あの三人ももうお終いさ、連中は元旦を見ることはないだろう、なあ猿ども　おまえたちはアフリカに戻りゃいい、もう働きたくないんだろうな、奴隷制廃止は日曜のことだったもんな、もしかすると俺たちがおまえらのボイラーを動かしてやるとでも思ってるんだろう、待ってろよ目にもの見せてやるから、そのとき彼らは突然　競争と逃走が嫌になり、相談することもなしに突進を考えた、彼らはカカオ畑の奥から姿を現して安心しきった軍人たちに襲いかかった、彼らが知っていたことはただ部隊がすでに周囲を襲撃していたことで　というのも彼らは襲いかかる前に半裸で恐怖と叫びのなかで岩の彫像のように固まって身動きもしない女たちの一団を見たからだ、女たちの一人が腕に抱えていた子どもは、まるであまりに多くを見すぎてしまったので太陽の裏側に引きこもってしまったかのようだった、しかし歩兵銃の筒を　それが歩兵銃だったとしてだが　横目で見て、たぶんこの三人を死の前に運んだ稲妻みたいな速さと怒りの爆発を注視していたのだが、彼らはその子どもが石の女の胸で眠り込んでいるのを見た、そしてひとりの奴隷監督が馬に乗って駆け付け叫んでいた　たぶんこいつらを撃ち殺すよりも仕事で殺した方がいいんじゃないか、けれども憲兵たちはそんな監督には目もくれず、三つの死体を叩いていた——三人はカカオの葉に包まれたミイラになって起き上がり　町の通りに駆け込み港の方へ駆け下り　そこでは何艘ものでかい船が南の方のフォワイヤル〔マルティニックの首都フォール＝ド＝フランスの古称フォール＝ロワイヤルのこと〕湾のヨール船のようにマストを揺らしていた　いやそうではなく彼らの疾走のほうが遠くから三本マストの不動の弓形を動かしていたのであり　何も動いてはいない　舷側用のボートが一艘　船からも桟橋からも同じ距離のあたりで硬い水に釘付けになったまま、水夫たちは救命ロープにつかまるようにオールにしがみつきながら陸の方を見つめ　太いマストに沿った帆布を休める港に帰り着くことを思い描いていた　彼らを追いかける者が誰もいないだろう港　彼らつまり駆け下りてゆく三人はたぶんマストの左右の索に今度は自分たちが結びつけられて位置につくことを　みずから操船を担当して水の彼方の別の邦へ向かうことを夢みていた、けれどもそんな夢は彼らに追いつく間もなく、彼らは夢にとってはあまりに速すぎて、彼らが桟橋の出口に侵入すると　そこには大小の樽がつい昨日まるで素晴らしいピラミッド型に並べられたところで　それは町にその物言わぬ祈りの火山を段のように積み上げていた緑のピラミッドの完璧な縮小版そのものだった、樽はいまや怒り狂った男たちのままに転がり、家々の隅で割れて誰も今すぐ飲もうとは思いもしないあのラムの熟成酒のつんとくる匂いを空気中に発散させていた、町の下の方では樽が狂乱していたがらっぱ型の桟橋のところは別で　無傷の樽山のてっぺんにある最後の大樽になにか彫像みたいなものが跨っていて　みんなが電光石火で気づいたことだが　この彫像は朝の鉛色した太陽に照らされた裸の黒人の子どもで　周りにあるすべてを平然とした眼差しで見まわしていた　ああ　と彼らは考えた　いつでもどこでもあんたが死ぬのを見る子どもがいるわけだ　岩を敷き詰めた坂道の上には聖堂と大劇場からやってくる恐れの匂い　憎しみの匂いが流れていた、彼らは町の高みに向かって登った　まるで火山の火口に向かってよじ登ってゆくようだった　彼らはレセプションと権謀術数の　スキャンダルと犯罪の　取引と宣言の首都を登っていった　彼らは叫ぶ　ベケもムラートもなく、彼らは知らなかった　その瞬間から意に反して秩序の調和を実現してしまっていたことを、歌という歌が彼らとともに谷間の底から立ち昇ってきた　際限なくそれを歌う時だった、木に透かし彫りを施したバルコニー　鋳鉄のバルコニー　奥まったバルコニー　棒のように張り出したバルコニー　が震えていた　排水溝を流れる水が震えていた　家々はイカサマ賭博《グレン・アンバ・フエユ》のように引っ込んでいた、町でたった一人の自由な生者はラム酒のピラミッドの頂上にいるあの不動の彫像だけのようで、たぶんあの娘は　たしかにあれは女の子だった　岩の分厚い壁を通して彼らを相変わらず見ていて、娘は自らの空から降りてきて彼らを目で追っていた、でなければもっと確かなことだが　彼女をあそこまで高く持ち上げた根強い勇気を少しばかり彼らに間接的に送り込むためにただ火山の頂上を目指していた　彼らはもはや働きたくはなかった　それが働くことであるとして　プラン兄弟のお偉方の醸造所なんかでは、二月に一度は誰かが百二十度のタンクに落ち　あるいは圧搾機に腕を挟まれ　あるいは蒸気で火傷をし　あるいはコンベアのなかに消えるんだ、彼らはもはや桟橋で樽を運んだり　一日十時間あたり十六もらって（それが十六スーだとして）グアノの袋をあけたりしたくはなかった、彼らはもうやりたくなかった、そして彼ら三人は白い小川のずっと上のほうの石の橋を通りながらでかい石鹸の泡に洗われた平らな岩という岩のことを考えていた　彼らは洗濯女たちのことを考えていた　ザリガニを釣る人のように波紋のなかに一日中座り込んで　彼女たちはお偉いさんたちの白い布を洗濯していた　彼らは考えていた　彼女たちは立ち上がって　小川の水を全部両手で掬って　それを町の上から投げつけて　石鹸の泡の味がする川の水で町を水浸しにしてしまえばいいのにと、そのとき彼らはムラートたちの演説を聞いた　われらが美しき町の民人よ　われらの大義をあしざまに言ってはいけない　われわれは皆さんのために市民政治の征服をもぎ取ろう　暴動で血塗られた手や無政府状態の不毛な精神でもって　わわれわれがあらたな世紀に入り　明日には進歩の曙光に浴するなどとは言いはすまい　われらが市民の皆さん　みんなして勇気ある行動をしよう　共和国の合法的な道に戻ろう　秩序が支配し　われわれによってわれわれのために法が課されなければならない、彼らはムラートの声を後にして登った　竹や羊歯の震える植生のなかへ　そこから命令が落ちてくるお屋敷というお屋敷の物言わぬ悪寒のほうへ、町の最後のあばら家をいくつも通り過ぎた　それらのあばら家は最初の倉庫と溶け合っていた　トウモロコシの　マニオクの　煙草の倉庫、そして女たちが太い根の皮をむいて板ですりおろしているマニオク小屋で　彼らは押し返された　圧力がどこからくるのかもわからないままに　彼らは皮をむかれた記憶よりも白い根っこで巻かれ、彼らはこの野菜の身が泡立っている板で体をすりむいた　これはもう白と黒と赤い血の大騒ぎ、彼らは女たちを護ろうなどと思った　彼らは部隊の最初の列に向かって突っ込んだ彼らは鞭をもったベケが自信満々で言うのを聞いた　総督殿はこの公共の無秩序をもはや見過ごしはしないご意向だ　秩序が支配せねばならない　行こう　やっつけるんだ　彼らはムスクトン銃の眼が　それがムスクトン銃だとして　自分の頭から三メートルもないところにあるのを見た　そして火山の火口湖に向かって星のように飛び散っていった　火口では次の思いがけない噴火が密かにくすぶっていた――彼らは生のマニオクにさんざんにやられながら起き上がって　代表団が行くべき食堂へと急いだ、彼らは組合の代表だった　彼らは持ち場を離れていることを心配していた　けれども彼らは他の代表たちが平然と食堂に向かって歩いてくるところに遭遇した、もう一月もストはもちこたえていた、工場のサイレンは毎朝一層けたたましく毎晩一層狂気を帯びて、すべてが止まっていた　レザルド川もその十か二十の微小な支流でコブ牛につく大きなヒルを転がすことをやめていたようだ、女たちは野菜の備蓄を使い果たし　商店はもはや塩漬け肉を掛け売りすることもなかったが、永遠のようなひと月以来ストはもちこたえていた、すると突然　田舎の放棄された畑の隅の農園の小屋の近くに　労働の自由を保証する任務を帯びた憲兵隊のジープが姿を現すのが見えたのだった、女たちは少しずつ大胆になってゆきサトウキビの山のそばでかさを増し　いまや女たちは緑やら黄色やらの葉っぱと混ぜ合わされた地面の金色っぽい茶色に溶け込み　そして時々　サトウキビのより多くの出来高とさえ言えそうなより良い収穫を得るために本当に丸ごと燃やされる最初の畑の黒っぽい黄土色にも溶け込み、ジープにはジープの言葉で話さなければならなかった　つまり　鉄砲や軽機関銃が腕の先でゆらついている前で説明しなければならなかった　言語では問題を解説することはできないこと　話し言葉で繰り返さなければならないということ　話し言葉で繰り返さなければならなかったということ　どんな話し言葉　とんがった赤土と苦い刺と葉叢に輝く脂肪と石まじりの砂とイラクサのなかの果実が固い混ぜ物、木々やサトウキビやカカオやコーヒーの顎からじかに歯を抜くような痛みをともなって引っこ抜かれた言葉の数々を細かく砕いて　アーモンド・シロップや苦いマビ〔同名の植物で作った飲料〕に混ぜ合わせたもの、腐った泥と白い唾でふさがれた口のよろめき、禁じられた記憶すべてが積もり積もっていきなり喉で炸裂して筋道も論理もない縺れ合いとなったもの、けれども彼らは歩いていた　もちろんそんなややこしい難解な言葉を振りかざすことなしに、　彼らは目下お日さまの塊にほかならず通りのわずかなアスファルトのなかにゆっくりと溶けてゆく、彼らは食堂の裏に沿っていった　食堂の庭では二本のアーモンドの木が暢気そうに腐り始めていた、彼らは捨て置かれ、鉄柵の向こうの騒ぎに驚いているようなあの二人の子どもを見た、子どもたちはどんな秩序や戦術があるのかもわからない軍隊の閲兵式をしているようだ、彼らは顔を上げて自動人形みたいに前に二歩うしろに二歩踏み出すだけにしておいた、一人ひとりが感じていた　あのジープは意味もなくサトウキビの間にあらゆる類の道を遺していったわけではないと、ジープ隊は何かを試みるだろうと、あいつらは何一つ防げなかったことで怒り狂っていると、そしてあいつらが流れ者がサトウキビの山に触れることを禁じたので（刈り取り人夫や荷縛り女たちに労働の自由を呼びかけながら）住人たちはそれぞれ山から一本のサトウキビを引き抜き、大勢の人が編みこみ帽や葉っぱの幟のようなものを作り、葉叢の畑となって集落の街路を歩く、暑さのなかで赤アリみたいに逆上したジープ隊はこんな挑戦が罰せられないことは認めなかった、やつらはカルバッシエ広場をぐるぐる回りじ伏せることのできないこの抵抗に地団太をふみ　噴水の周りで二つの車輪をキーキーうならせる　しかし群衆は見る目も聞く耳ももたず、群衆はジープからの命令ではなくみずからの規則にしたがって前進しては引き返す、ジープ隊は集落の大通りを突進した、やつらは群衆を離れ、組合の首謀者たちを探す、突然そのなかの一台が食堂の裏手に回り込み　大慌てで突っ走って　日陰で思いがけないほど涼しい小さな下り坂の角にある標石にぶつかった、ジープはスリップ音と騒音をたてて横転し、乗組員は敵陣に攻撃を仕掛けるように飛び出して　同じ動きで　気が付くとひっくり返ったメカを盾に射撃体勢になっていた　まるで作戦を決定したのがマシンで　マシンの命令に従っただけのように　やつらは一斉射撃を開始し　射撃は食堂を縦射ちでとらえたが　なぜかアーモンドの木のしたで前へ後ろへとやっていた二人の子どもには当たらず　通りの上のほうで　ながらく集落で一番の美しい家にしてモニュメント扱いされていた黄色い二階建ての家の正面を滅茶苦茶にし　ストライキの代表団に突き刺さった　ちょうどその時　知事の宣言が聞こえていた　労働の自由とともに秩序を順守しなければなりません　警告しますが　決定権は法にあり　法にあり続けるでしょう　そしてストの代表者の一団は　サトウキビの葉に巻かれた　もともとは逃げる人々に打ち捨てられたサトウキビにがんじがらめになった　例の三人組の上を　あちらからこちらへと飛び跳ねた　彼らは三人ながらにしていつの間にか　取り返しのつかない収穫であるサトウキビの層のなかに重なりあったようになり　彼らはそれでも食堂の方の二人の子どもを見つめようとした　たぶん孤児　でなければきっとストライキの子ども　どっちにしたって家に帰れない生徒みたいなもので　真昼の終わることない孤独のなかで揺れていて　たぶん捨て子で　彼らは子どもたちと血迷ったジープを見た　ジープからは粉々になって噴射する音が弾け出ていて　まるであそこに横たわったやつらが射撃をやめる決心ができないかのようで　撃つべきものがもう何もなく彼らは教会の屋根越しに道の下の方にある死者のモニュメントである四本のヤシの木　風に揺れるその先端を見つめた　すべてはむき出しで　埃のなかに蒸発するお湯のようで　下の方には音ひとつなく風もなく　上の方には身振りひとつもなく　ヤシの木は下の方で身動きし　食堂の正面の生け垣にあるハイビスカスは鉄柵に沿って　鋼鉄の緑色をした葉叢のなかにぎざぎざのピンク色をした亜鉛のようにぶら下がっていた　みんなが待っていた　彼らはまるで終わりそうもないこの沈黙のなかを地面を横切って立ち去った――彼らはサトウキビだらけになって起き上がった　彼らは木の葉のベッドから身を引っこ抜いて　これを最後とばかりに継ぎはぎだらけのいくつもの古い工場のほうを見つめた　サトウキビへの補助金のおかげでタンクのおんぼろの弁を閉めてつつましい利益を得られる時に　ベケたちはもう工場の幽霊たちを移動させ　そいつらを自動車整備工場やモノマグ〔スーパーマーケットのチェーンを表す。歴史的に実際にマルティニックに進出したのは、「プリジュニック」、「モノプリ」、「カジノ」などの本土資本のスーパー〕に結晶させていた、タンクは膨らんだ腹にもう泡や汚れたベガッス〔砂糖の搾りかす〕しかとどめていなかったのだ、彼らは海沿いの近道をゆき　小屋の立ち並ぶ中心街に辿り着こうと　警察が登ってきて不意を打つことができない切り立った通りの類をよじ登ろうと試みた、彼らは流れるように屋内市場へ向かって転がった　市場では女店主たちがなんとか野菜や果物を護っていた、彼らは少しの間だけスパイスや葉っぱの匂いに浸った、マシシ〔マルティニックの食用果実のひとつ〕、クローブの包み、病気に効く乾燥豆、洗濯用のムサッシュ〔マニオク（キャッサバ）の澱粉〕、ナツメグそれに　幸福をもたらしたり味を強くしたりするためのあらゆる商品、クリスマス用の七ページの讃美歌、編み込みの籠のそばにそのまま置いてある花束、キュウリにタマリンドに盆にのせられた何十もの甘いものの苦いものの群れ、箒の包み、鍋やら鉢やら、もしかすると家庭療法用の小さな一式やら、近隣の大きな店の進歩のせいでもう涸れ果てつつある分厚い灰色の紙袋にはいった例の発酵食品すべて、彼らはアントワーヌ・シジェ通りを駆け下りた　住民たちはこの通りをもともとの名前であるサン＝ルイ通りと呼ぶことをやめていなかった、アントワーヌ・シジェ〔マルティニックの政治家（一八四八－一九〇八）〕は市町村参事会のさなかにベケに殺された市長ないしは助役に過ぎなかったが　聖王サン・ルイが誰なのかならみんな知っている、それに一九四一年に提督が通りをサン・ルイの名に戻していた、彼らは家の立ち並ぶ地区から遠ざかっていたが　ヘルメットを被った市警察の連中が彼らの後を追って駆け下りていた　接近の動きをああだこうだと考えている場合ではなかったサヴァンナ広場の空いた空間に辿り着いて　警官隊に発砲しまくりながら散り散りにならなければならない　彼らはこの警備隊員の黒人たちに前言撤回させたかった　この悪たれのクズ黒人たち　五九年のクリスマスの　やつらの偉そうな様子や無礼の数々　彼らは忘れはしないだろう　ゲス野郎ども　憲兵隊長チガンバはイラクサか噴火みたいで　叫び　吐き出し　通りは荒らされたゴミになっていて　チガンバは何にも耳を貸そうとはせず　彼は武装して　狙いもつけずにサヴァンナを切り取る光の上に輪郭を見せている身体という身体に撃ち込んだ、転がり、破壊され、太鼓のように鳴り響く、ガラスも、鉄柵も、排水溝も、背中は転がりナイフは落ち排水溝、転がり、打ちのめされ、チガンバは心配することも追われる身になることもなく毎朝魚市場を回り続け　赤魚二キロ分やら　ときには揚げ物用のクリルーやバラルー〔いずれもマルティニックの魚の呼称で、クリルーは鯵、バラルーはサヨリに似た食用魚〕まで召し上げるだろう　彼はたぶん売子の女たちを冷やかすくらいはするだろう　ときには肩越しにのぞき込んだり　あるいは少なくとも最初はいきなり顔を背けたりしながら　そして誰もが知るだろう　あれが彼だ誰にしても彼だと　そして最後にはもうよく理解できなくなってもおかしくない　どうして彼に話しかけたり　彼が警察の小型バスから出てきて大臣の訪問のために部下たちを並ばせるのを見たりするだけでも気詰まりになるのかを、誰もよくはわからないだろう　どうして今度もまた公権力の人々は街頭で発砲したのかを、制圧すべきストライキなの

か　命令を出す尊大な男なのか　宣言を発するお役人なのか　別の大臣の来訪なのか　擁護されている受刑者なのか　大声で名指されている殺人者なのか、彼らは初めて間隔を置いて倒れた　二から三メートルの走行距離に物理的に隔てられて　けれどもチガンバの同じ弾によって側溝に編み込まれたかのように　彼らは最後のクリストフィーヌ〔カボチャに似たマルティニックの野菜のひとつ〕の籠のなかに転がった　本当に彼らは停止した　騒然としたなかで死人たちの喧騒のなかで　でっかい騒ぎと証人のない闘いの忘却と底なしの沈黙に打ち捨てられた死人たちの――彼らは起き上がった　クリストフィーヌの芽生えのなかで　いまや彼らは流れ去った時間を意識し始めていた　彼らには見えていた　地面が涸れ　切り分けられた道路と企業とホテルの分譲とで照らし出されるのを　そこでは知られる限りもっともでっかいトラクターが動き回り　工場は次から次へと錆びた亜鉛のバザールのように街道沿いで倒れているのが見えた　彼らには見えた　木を刈られ貶められ囲い込まれ溢れ出した地面が　四百年来自分のイメージを見つけ直そうと努力しているひとりの男のように力尽きてゆくのを　けれども沼地の黄色い水の中　プールの青い水の中　足で水をかき回すのは男が成り果てた　絵に描かれたマリオネットだけで　彼らはサヴァンナで催涙弾が弾けるのを聞いた　真夜中を過ぎていて　タイヤの山が四つ角という四つ角で燃えていた　バルコニーにはやじ馬がいて　煙は小路や泥の小道に　運河のところまで立ち昇っていたが　そこは軍隊や憲兵隊が相当な危険を冒さないと踏み越えられない境界だった　何かが変わっていた　黒人たちがはいと言ったり否といったりすることで反響も記憶もないままに銃殺されていた積もり積もる年月以来のことだ　彼らは考えた　ひとつの名が地上に置かれることもないままに　走ったところを踏みつけてゆくのだと　彼らは考えた　ラジオやテレビや新聞で叫ばれる呼びかけによって分電装置のように操作された悲しいカーニヴァルの悲しい忘却へ向かって引きずられてゆくことをやめることさえなく　彼らは考えた　よし　数え上げてリストを作り時間をほどき始めることができる　サトウキビの幹に沿って一枚のサトウキビの葉のように　節の一つひとつには倒れた者たちの肖像　その力その隠された名前が時間の中で俺たちの印になる　そしてずっと下の方におまえは根っこを見つけてそれを一息で　そう一発で引っこ抜き　来るべき日のなかに差し込み植え込むんだ　彼らは考えた　地面が露出して裸のまま無駄に　力なき埃になることを許しちゃいけない　地面がその蔓とその厚みを保つのを助けるんだ　でなければもしおまえが地面を耕すのなら　おまえのためにそうしろ　おまえの頭の上に一本の木を確保しておけ　いつか　ひとつの影もおまえを待ち構えたりおまえを護ってくれることのない　赤土の乾燥ぶりに後悔の臍を噛むだろうから　彼らは駆け下りた　城壁の上の熾火みたいに燃えるタイヤの山のあいだを笑いながら　それにしてもおまえたちは以前の父と王さまの城を知っているのか　彼らは警官隊のパトロールのあいだを通過して潜入した　だって夜が上の方の閉ざされた街路を引き受けているのなら　昼は下の方のサヴァンナの存在のなかに差し出されているから　彼らはモノマグの近くに集まったすることのない猶予の時間に驚きながら　彼らは見た　薬局の窓の縁に座る幼い少年たちを　まるで中断と休憩だった　催涙弾の破裂音さえもう聞こえない　この場所は何が起こっているのかを落ち着いて話し合うのに適している　空気は生暖かった　彼らは見た　機動隊のトラックがやってきて何やらスローモーションで行進するのを　もしかするとやつらは陣地を構えるつもりなのか　でなければ兵舎に帰るところなのか　彼らははっきりと聞いた　やつらのなかの一人が擲弾発射筒を肩に担いで言うのをこいつをぶっ飛ばしてやる　彼らは見た　射撃手の同僚が弾を逸らそうと試みるのを　だが集団の真ん中で少年はすでに倒れるところだった　何かが決定的に変わっていた　彼らには見えた　他の人たちが倒れるのが　少年たちはもう見つめてはいない　自分たちも死んでゆくのだから　もちろんトラックは曲がり角で姿を消し　どんな捜査もそれを再び発見することはできない　けれども　あの少年が捨てられた者たちの忘却と無のなかに落ちてゆくのをやめないにしても、少なくとも彼ら　あの三人は始めて

いた　思い出し　日々を測り　銃弾を数え　距離を定めることを　彼らはそれが　ものの本が歴史の狡知と名付けるものだとは知らなかった　彼らに残されているのはこの手の迂回を身をもって学ぶことだった　彼らは時間のなかおまえへと跳びはね　彼らは今回は坂でも道でもなく日々と夜々を駆け下りたシャツをはだけて催涙弾の前を駆け抜けていた高校生の若者たちを彼らは後にした　彼らは後にした野菜と果物の籠を　つまりモノマグの入り口のところに積み上げられた林檎　梨　葡萄を　コカコーラのケースを　ルブロション・チーズ、グリュイエール・チーズ、ピレネー・チーズの包みを　ワインのシャンパンのコンテナを　刺さりはしないそれなりの刺に覆われたクリスマスツリーの包みを　ブッシュ・ド・ノエルとフォアグラの缶詰を　少年が倒れ込んだ包装材のごみの山を　そのあと少年は向いの薬局へ　そしてやがて　すべてを整える忘却へと連れて行かれる　彼らはいかにも大西洋的な郊外のカリブ海のほとりの小さな町を離れた　その町ではただ一人のムシューさえ本国なしで生きようなんていう勇気はない　だって本国を心臓にではなくて孤独への怖れのなかに岩みたいに据えているから　彼らは未来に向かって駆け下りた　そして歴史は彼らを降ろした　どこに　どこに　待ってくれ　彼らはもう二カ月も走っていた　谷底から丘に　渓谷から高みに　彼らは最後の最後になって　何かを言おうとするだけでなく時間につれて、時は時を作り時をはなれるとしても、停まることない時間から夜のなかに散ってゆくものを　停止させ固定しようとする言葉たちを話し始めていた　彼らは二カ月ものあいだバナナのなかで話した　他のどこでも彼らの新しい声は聞かれぬままに　彼らは仲間たちと働いた　バナナ労働者たちは一日三十五フランを要求していた　彼らは説明する　彼らは要求する　誰も耳を傾けなかった　声なき者たちに耳を傾ける者がいるような場所が世界に一つでもあるだろうか、またもやジープが姿を現して　そのあとに近代の大きな進歩よろしくヘリコプターもやってきて　ラジオからの公式の声によれば　それは監視と死者ないし負傷者の撤収の任務しか帯びておらず朝駆けで手榴弾爆撃することはないという　彼らは信じた　再び見出された記憶が彼らを同じ歴史の泥のなかに突き落としたと　彼らは気が付くとフォン・ブリュレにいた　少なくとも百人の憲兵隊か機動隊がいて　少なくとも数百発の催涙弾が彼らの上に雨と降り　たぶん攻勢がかけられていた　けれどもこの度もまた彼らは逃げなかった　彼らはみな森に登り　いったん分かれて遠くのほうでの再会を期した　何かが決定的に変わっていた　サトウキビは腐っていた　海の向こうの彼方にあるビーツの畑のなかで　けれどもバナナだったらまだいいなんて信じちゃいけない　バナナを埋めるためにもう地面に穴が掘られ　そのあとに幾多のバンガローや三ツ星ホテルが植え付けられる　彼らはそれをまだ歴史とは呼んでいなかったが彼らはその最初の一語を口元でそれこそいきなり砕け散ったこの話のなかに結びつけていた　彼らはあれだけ多くの畑から歴史を引き抜きはじめ　彼らは今では時間の穴に土を積み上げはじめていた　歴史彼らの歴史はもうひとつの出会いに彼らを召喚する　どこに　どこに　待ってくれ　というわけで彼らはフォン・ブリュレを去った　フォン・ブリュレではまたもやランドローバーやトラックが柔らかい泥で濡れた頑固な草地でスリップし　ランドローバーの連中は目の前の地面が篩の上で切り裂かれたトウモロコシ袋みたいにすっきりと空っぽにならないことに地団太を踏んだ　ジープ隊が命令を下していたジープは集合した　ジープは互いに意志を疎通しあった　そいつらは作戦を準備した　そいつらはあまりに緑の濃い上の方の雨の多い郷に溶解してゆくようだった、そいつらは決して話すことのないセレスタン・コラントロック氏と賑やかなバーを経営しているテレーズの跡取りたちの方へと航跡を刻んだ、そいつらはさらに北へと向きを変えそして　彼ら三人が今度は　近くの集落へと　他の人たちに要求すべき点を説明しなければならない農園へと向かうストライキ参加者の一団のなかにいたときに　彼らはあまりに変わってゆく土地に驚いた　彼らは男たちや女たちが森のなかに隔離されているあらゆる類の〈プランテーション〉を発見したのだ　憲兵隊のジープ隊が登ってきて　小屋を一軒一軒訪ね　怖がらせ威圧し誘惑していたそして　彼らが三台か四台のトラックに追い越され　命令している男が　すべてはうまく収まるさ　こんなのは本当に大したことはないんだとでも言うように　わけありげの合図までしてきたときでさえ　彼らにはすぐにはわからなかった　歴史が彼らを連れて行っていたことを　どこに　どこに　待ってくれ　永遠に要求され続ける金額を払わねばならない場所に　けれども彼らにはもしかするとそれがわかった　さっきから彼らについてきている四台か五台のトラックを見たときに　その作戦から　彼らは戦術を知っていた　通りがかりに微笑んでから袋に閉じ込めるわけだそして　暑くてかつ湿っぽくて　そこから立ち昇るちょっとした湯気の層のある曲がり角で　彼らを追い抜いた車列がバリケードを作っているのを見たときに　彼らは知った　彼らはここで　そうそこで　休むことのない闘いを再開するだろうということを　すでに後続の車が彼らに圧力をかけていた　銃床が動き始めていた　すでに何人もが倒れていた　銃弾が発射されていた　一人の隙のない男が山刀を手に歩き　監視ヘリコプターからの風の下で一撃で殺された　彼は立ったままもはや忘却の方ではなく　おそらくついに知識と記憶をかき集め始めるだろう何かの方へと旅立った　何かが変わっていた　彼らには他の人々が死ぬのが見えた　彼ら三人はだからやるべきことを終えてしまっていた　だからそのあとに続いてゆく何かがあるそして　彼らはそのなにかの展開とおそらくその果てに触れることができるようになるその何かを彼らの時代と呼ぶこともできるだろう　しかし彼らにはたちまちわかった　そう　周囲をその眼で見まわしながら　彼らは知った　彼らがどんな狡知に捕らえられてしまったのかを　どんなあらたな不幸の場所に　彼らの歴史と呼べるあの死の行進が彼らを連れて行ったのかを　どこに　どこにどこに　隠れ場所も谷間も一本の木もない破壊しつくされた山稜に　上の方のあのすべてをはぎ取られた場所に　おまえは黒土の乾燥に後悔の臍を噛むだろう　そこにはおまえを護るただひとつの影もない彼らは笑った　十年も百年ものあいだそれぞれ順繰りに呼び交わし合い　意志よりも厚く繁った森へと

登るよう求めてきた彼ら三人が　銃弾で一掃されたこの道にこうしてまたもやいることを　どちらを向いても　枝にとまったトンボの羽のように平らに作りなされたパイナップル畑のなかに伸びている道にホー　トンボの羽一枚に身を隠すことができそうな幹＝道に　パイナップルの中か上を走るか飛ぶか滑空するかしかなかった　あの催涙弾の雨を落としている監視ヘリコプターのけたたましく熱い風の下をラ・カポットまで　ラ・カポットの白い水のところまで　服のまま飛び込むのに十分な大きさの水たまりを見つけることを期待しながら　こうして歴史はあの憲兵たちを雇ってその狡知を仕上げたのだ　こうして煙草　コーヒー　カカオ　マニオク　サトウキビ　サトウキビ　サトウキビ　バナナは　その葉その枝　その幹　その根　そして畝に沿って黒いシートが張られているパイナップル畑の星のような銀色の広がりのなかに捕らえられてしまったすべての者たちを　ぺしゃんこに潰してしまった、彼らは倒れた　パイナップル畑のなかで監視ヘリコプターの発する灼熱の風の下で、彼らが倒れるのを見た者は誰もいない　彼らを再び見つけた者は誰もいない　彼らは火口で腐ってゆくところを発見される類の者たちじゃない　誰かが捜査の振りをするような類の者たちではない、けれども両目を見開いたひとりの子どもが彼らとともにいた、まるで消え去ったかつての森が　みずからを満たしてくれたこの両目を空中に支え続けてきたかのように、子どもは倒れながら彼を見つめていた、そして彼らもまた倒れ　パイナップルのギザギザの葉っぱのなかに這いつくばった　パイナップルの葉は彼らの皮膚にへばりつきながら芯から抜け落ちたあと　彼ら三人を眠らせた　一本の木も支柱もなく打ち捨てられた熱く湿気た空気のなかで　火山のすぐそばに　いつも風に係留された霧の船のように見えている　上の方の雨の覆いの下で——彼らは酸っぱいパイナップルの引っ掻き傷から起き上がり　歩いた

# （一九三八／一九五八）

天使は身動きしていた。左の踵に鱗を一片引きずっていた。〈竜〉の鱗。そして三又の矛を竹竿のように突き出していた。襞のあるスカートが漂っていた。金の髪が漂っていた。恐ろしい形相で庭の隅を見つめる。そして身動きする。そっと。もっと速く。そして滑空する。飛ぶ。落ちる、左手に剣をもって。右手には矛。おお主よ。あれだ。あれがわたしの大天使だとオトゥーヌ夫人が言う。

天使は微笑む。そしてオトゥーヌ夫人の方を向く。そして微笑む。それから踵で一蹴りして宙を飛ぶ。後ろには竜の鱗が少し舞う。天使、恐ろしい形相で。金属製の胴着がオトゥーヌ夫人の目を眩ます。お大天使よ、あなたはまた落ちてしまう。天使は再び落ちるのだ。同じ場所に。いつもあの同じ場所に。あそこに。おおわが大天使よ、あそこに財宝が。主があなたを送り込んでいる。わたしの古ぼけた日々に救いをもたらすために。わたしの大事な夫、オトゥーヌ市長様を助けるために。

金髪の天使は情け深くしかし不動の眼差しでオトゥーヌ夫人を見つめる。わたしに何かが言いたいんだ。おおわが大天使よ話してください。なぜならそれは間違いのない確かな財宝だから。主よあなたはわたしにあなたの言葉をお送りくださった。主よあともう少し。三つの裾飾りに三匹のヒル。金の橋がひとつに二人の受洗者。信じればわたしは煉獄へゆく。天国は聖人たちのもの。あなたたち男は黙っていておくれ。放しておくれ、わたしは神のもの。あそこ、おお、あそこに。

オトゥーヌ夫人は彫像のようだった。立ち上がって、天使が叩いた場所に走ってゆきたかった。天使の力で麻痺してしまっていた。けれども首のところを引っ張ってなんとか身体から精神を引き離し、身体の方は揺椅子の上に古い布のように力なくずり落ちるままにして、精神は目ざす場所へと飛んだ。しかし天使がすでにそこにいた。その白い顔が輝いていた。その矛から先へはゆけなかった。氾濫した川以上に。サイクロンに見舞われた埠頭以上に。オトゥーヌ夫人の精神は揺らぐ。オトゥーヌ夫人の精神は震える。揺椅子と目的地のあいだで途方に暮れて。

おお王のなかの王よ。あなたはなにをお望みですか？　おお貧しき者たちの〈永遠者〉よ。施設向けの前日焼いたパンをお望みですか？　最初のミサのための二スー分の蝋燭ですか？　申しつけてください。天使は滑空している。そして突然跳ね上がる。オトゥーヌ夫人は耳を傾ける。**無垢なる手だ！**　天使は轟音をたてて消えた。怖じ気づいたオトゥーヌ夫人の精神は身体のところまで崩れ落ちた。オトゥーヌ夫人は揺椅子の上でフィラオの木のように身を起こした。

市長様！　子どもたち！

「行くから、いま行くから」と答えたのは誰の声？

オトゥーヌ夫人は気を失った。そして揺椅子のなかに再び倒れ込んだ。するともう、気付けの酢を擦り込む匂いがする。

マダム・オトゥーヌ、と声は言う。

「ああ、ああ、メデリュスさん。神様がおいでになったところなんです、おお主よ」

「神様がじきじきにですか、マダム・オトゥーヌ？」

「いえいえ、大天使が取り持ってくれました」

「大天使ガブリエルですか、マダム・オトゥーヌ？」

彼女は身を起こした。心臓の上に手をやった。

「わたしの夫、市長様はどこ？」

「知りませんマダム・オトゥーヌ。誰かの声がわたしをここに押しやったのです」

「誰かの声。神様の声ではないですか、メデリュスさん？」

「たぶん神様ですマダム・オトゥーヌ」

「それで声は？　声は？」

「マダム・オトゥーヌ、フランス語で、フランスのちゃんとしたフランス語で、マダム・オトゥーヌ、行けそして歩けそしてトロワ＝リヴィエールの方を見よと言ったんです。仕事が見つかるであろうと」

「あなたの手は無垢なる手ですか、メデリュス？」

「二日前から断食をしています、マダム・オトゥーヌ」

「では女たちとの付き合いは？　メデリュスさん」

「もうだいぶ前からさっぱりです、マダム」

「ではお酒や煙草はどうですか？　メデリュスさん」

「元日にカンキーナ・デ・プランス〔食前酒の一種〕をわずかばかり、しかも煙草は木に生えているのも煙草入れにはいっているのも見たことがありません」

「あなた、キリスト教徒ですか？」

「神のキリスト教のキリスト教徒です、おお誓って」

「メデリュスさん、大天使が場所を教えてくださったのです」

「マダム・オトゥーヌ、声が来るようにといったのです」

「市長様に話さなければなりません」

「マダム・オトゥーヌ、貧しき者たちは苦しんでいます」

「市長様に話さなければなりません」

「わが姉妹よ、わたしは無垢なる手です」

「主よそういうことがあり得るのでしょうか？」

「あり得ると主は言いました、おおマダム」


「おまえは何を考えているのかな、あんたたちは手足をもがれている。財宝っていうのはそんなものじゃない。教えてあげよう。甕ってやつがある。油の甕。わたしをその中に入れればわたしは潜るさ。金の甕、これは結構なものだ。小銭の甕はそれほどでもない。甕は地面のなかに固定されてる。時には庭の奥に。時には家の入口に。だが家は本体を移転させてしまった。最高の甕、それは礼拝堂だ。司祭様は誰もが同じことをやっている。祭壇の下に穴を開けるんだ。それから甕を頭を下にして置く。聖人様を冒瀆しないために。古い礼拝堂を見ることがあるだろう。今ではバナナが生えている。通路の見当をつけるんだ。通路の突き当りに祭壇がある。そうしたら十字を切って掘るんだ。ラガン＝レテルは宝物係だ。甕をどうやって手に入れるかを知っている。だがやつの脳味噌はラム酒漬けだ」

「エピファーヌさん」、とメデリュスが言う、「あんたは生みの親のなかをいったい何年回りまわっていたのかな、十歳くらいに見えるのにな」

「おまえは何を考えているのかな、わたしはいたるところを歩いている。ダイアモンドに聞き耳をたててごらん。ランビ貝の真珠に。金の杭に。キャベツ首飾り〔マルティニックの伝統的な装身具。金のネックレスで、キャベツ型の粒をつないだ形になっている〕に。そいつは小梁の上に見つかる。大昔に引っ越してきたところにだ。蔓を切って分け入らなければならない。

だがだいぶ前からそういうのは珍しくなってる。それなら、掘るんだ、それが一番さ。だが掘るためには知らなければならない。ラガン＝レテルが一番手だな」

「エピファーヌさん」、とメデリュスが言った、「あんたの喉のなかにゃピストン付きのエンジンがあるんじゃないか」


メデリュスは掘削棒を突き立てた。オトゥーヌ夫人が叫んだ。そのときドゥランが現れた。オトゥーヌ市長が場を仕切る。住民たちもいた。彼女はおかしいとオトゥーヌは言った。メデリュスはごろつきだ。この人には声が聞こえたのとオトゥーヌ夫人が言った。無垢なる手はアポカルだと市長が言った。この男は選挙でわたしに幸運をもたらしてくれる。アポカルとフェトナもだと誰かが言った。アポカル、フェトナ〔それぞれ黙示録（Apocalypse）、国民の祝日（Fête Nationale）に因んだ名前〕、前に出なさい、と市長が言った。二人は掘削棒を手に、進み出た。力いっぱい掘って、とオトゥーヌが叫んだ。二人の泥棒だな〔新約聖書に出てくる、イエスの傍らで十字架にかけられた二人の泥棒のことと思われる〕と誰かが言った。二人は同じ動作で地面を打った。

貧しい者たちのために、とメデリュスは祈る。この地上で何をする？　なんて無駄なことをしてる？　おまえの中でおまえのために喋ってるのは誰だ？　サトウキビを刈れ、それだけ。サトウキビさえも涸れ果てた。地面を掘るのは誰のためだ？　一生のあいだ一生のあいだ。

いいや、とドゥランが言う、いいや見てみろ。とうとうエピファーヌさんのお出ましだ。お知り合いになれてうれしく思います。いつか登っていって二歳にならないセレスタン・コラントロックさんに会わなければなりませんね。三本指のなかにパナール〔フランスの自動車メーカー〕を持っているという話です。口に食べ物を運んであげてください、うまくいきますよ。あなたといいペアになるでしょう。お二人とも同じくらい物知りですから。わたしたちにも色々と教えていただかなければなりません。

だがやっぱり見てみろ、とドゥランが言う。地面を掘って、降りていかなきゃならない。下の方に池がひとつある。池の中には百十頭のラバがいる。どのラバもベッドをひとつ背負ってる。テーブルかトイレか風呂を。誰かがおまえに言う、一頭選びなさい。働けばお金は払いますよ。ラバ一頭につき仕事がひとつ。百十頭が終わったらまだ三千頭あります。三千がお終いになったら三百万。三百万やりつくしたら三十億。俺はおまえに言うけど、降りて行かなきゃならない。深く掘り下げなきゃならない。

なぜってエピファーヌさん、あんたはパナマ運河と出会うスエズ運河みたいに、つまり二つの海がぶつかって動かないみたいにそこに突っ立ったままじゃしょうがないのだから、どんな運河も自分の池に落ちなきゃいけない、つまりはほらあんたの池にほら下の方に何が見える？　それに幾年月にどれだけの仕事になるやら。

つるはしで掘れ掘削棒で掘れ、鍬で掘れ！　アポカルあんたはわたしのパン捏ね職人。フェトナあんたはわたしの窯入れ職人だってことを思い出してくれ。何も昇ってこないならあんたたちが降りてゆけ。

「こいつは無垢なる手なんかじゃない、ほー、市長様！」

「それは最後の受洗者だとでも言いたいのか？」

穢れがないっていうのは掘っているやつっていう意味じゃない。息を合わせて一発かませ。オトゥーヌさんにはラム酒を一発。見てるのは疲れる。

貧しき者たちのためにとメデリュスがぶつぶつ言う。

地表を離れなけりゃならないとドゥランが呪文を唱える。

ダブロン金貨の甕、こいつが最高だとエピファーヌが説く。

やめろ無学者たち！　彼らが振り向いた（自分自身が地面に突き立てられた掘削棒みたいになっていたメデリュスは別として）先には、専門家ラガン＝レテルが近づいてくるのが見えた。

メデリュスはカイミットの木陰の入り口あたりを掘っていた。黄金色の木の葉がいい予兆のように思えたからだ。大天使が枝に触れてそこに落ちたの、とオトゥーヌ夫人は言った。メデリュスはできるだけ狭く深い穴を掘り下げてゆく。一気に降りていかなきゃならない。彼は少しずつ消えてゆく。やがて彼の目は地表すれすれになり、彼の髪も。もうスコップで丸く掘り出された黒い土の山しか見えなかった。

アポカル・フェトナは別の戦術を試していた。オトゥーヌ市長に命じられたのだ。二人は地表を探り、地面の表皮をひっくり返してゆく――ここには白っぽい砂利、すぐ隣はねっとりと黒い土、二歩先は赤い砂。廃墟と瓦礫の地理学が財宝探しの戦術だ。水みたいな深い音が聞こえたら。音が聞こえたらそれが甕だ。彼らはもう三日も掘り続けている。トロワ＝リヴィエールではパンが不足している。夜は埃っぽい。朝は熱っぽい。夕べは太鼓のように轟く。

ドゥランはのんびりと子どもたちに下の方の財宝について教えていた。すぐ下の方に植えることができる、そしてすぐに収穫だ。太陽はどこにでもある。深いところの太陽だ。のんびりと月末を待つ。そして何が何だか、月末になると給料日さ。花畑のなかを歩き回るんだ。地下の花畑だ。星みたいにたくさん亀がいる。蜜よりも甘いランビ貝もいる。ランビ貝が蜜の味だったとしての話だけれど。ぴりっと辛い蛸もいる。

夢に見たことを信じちゃあいけない。エピファーヌは大人たちに子どもだったら誰でも知っていることを教えている。大層な用心深さは家族の財宝。土の甕は大急ぎ。大急ぎは教会の財宝。セメントの甕は大層な用心深さ。大層な用心深さは家族の財宝。男たちは言う、おまえさん、おまえさんは変装した幽霊だ。女たちは目の前で欠伸をする、あんたが大きくなったらもっと物を知らなくなるよ、あんたが大人になったら沈黙に捕まえられるよ。エピファーヌは彼らに悪態をつく。やめろ無学者たち。おまえはどっちが地球の北かわかってるのか？　四つの水平線で四つの元素を測ったことがあるのか？　市長様、この土地は冒瀆されている。ここは後ろに引っ込んでラガンに仕事をおまかせあれ。ラガン＝レテルと誰かが言った。おまえの母さんのラガン、とラガンが言った。

サイコロ遊びの卓が花と開いた。オトゥーヌ夫人はお慈悲をと叫ぶ。市長は各テーブルから寺銭を徴収する。縦に折った紙幣を指の間に扇子みたいに挟んでいる。現ナマ。子どもたちが見つめる。女たちは遠巻きにしながら静かに呪詛する。ランプの黒い煙のなかで手と手が交差し、サイコロを温める。現ナマだ。

ムシュー・メデリュス、お終いです。大天使はお望みではないでしょう。甕は深いところに嵌っています。地球の真ん中に。

マダム・オトゥーヌ、我慢の上にも我慢です。きっと神様が貧しきものを助けてくださいます。けれども罪が大地を汚してしまった。ラガン＝レテルの知識も無駄だ。アポカルは天から生まれたわけじゃない。

森の奥から岩また岩と川の水が落ちてくる。一番高い岩々は太陽のもとで灰色から白に変わってゆくのだった。流れが曲がるところにはザリガニのための小さな堰がいくつもある。子どもたちはそこで釣りをする、丸い波紋のなかに座って根っこを抜かれる。なかの一人が水源近くにまで高く登りすぎたのだった。そして水のなかで蛇に噛まれた。一昨日の夜に彼は死んだ。羊歯の輝きが葉っぱの裏側で銀色に照り返していた。

おまえが降りてゆくとして、どのくらいの時間なんだい？　鋸を持ってかなきゃいけない？　池の下には何がある？　ザビタン〔Les habitants（「レザビタン」）：フランス語では住人の意だが、クレオール語ではザリガニのこと〕たちのところにお邪魔するんだ。そいつと戦っちゃ駄目さ。ザビタンたちにこう言うんだ　上の方では地面は俺たちの足には硬い。降りてきたから受け入れてください。温かい地面が俺たちのもの。仕事があるなら、ください。休憩があるのなら、ください。子どもたちはドゥランを見つめていた。あの人はラガンよりもおかしいよ。

北に三十歩そして西に四十歩そして南に三十歩そして東に四十歩。四隅には柱、そして左手で穴を掘る。そこに祝福されたヤシの葉を一片置くんだ。跪いて拝む。顔を東方に向ける。最初のひと掘りをするために木を切って矛にする。場所を選んだら小さな男の子を一人来させる。キリストのヤシの後に最初に通りがかった坊やだ。坊やの左手に蝋燭を一本置く。炎が向いた方に向かって坊やの年の数と同じ歩数を数える。一撃で矛を突き立てろ。掘って掘ってまた掘るんだ。俺さまラガンが言ってるんだ。

十二人の子どもがいるエヴァリスト。歩けないマダム・シャペル。鍋から食べてるマドモアゼル・ローレパ。シシーヌ・マジェンタの葉っぱ三枚の家。俺は飢餓と悲痛を数え上げることをやめない。メデリュスはもう六つも穴を掘っていた。七つ目にとりかかるところだ。喋ることが腕を支えていた。黙ると仕事も止まった。

男の子が要るんだったらそれはこのわたしエピファーヌですよ。泉の水のラガンさん。祝福されたヤシの葉のあとに探す必要はありません。わたしは幼子殉教者の日に生まれました。ムシュー・ラガン、わたしは風を知ってますよ。風とわたしは一緒に走ります。風はしかるべきところに吹きます。あんたは大きすぎると誰かの声が言った。小さな男の子って言ってたぞ。あんたはもうのっぽじゃないか。輪っかに乗ったのっぽさん。川まで歩数を数えなければならないでしょう。もうオトゥーヌ夫人の幻視じゃあない。幼子殉教者の日になればわたしは八歳ばかりになる。いえいえわたしは公現祭に生まれてきたわけじゃありません。

わたしはサヴァンナで十日過ごしました。届け出は公現祭だけれど生まれは無垢なる幼子殉教者の日。甕を見つけるのにこんなに向いてる人間がいますか？　年末の幼子のほうが新年の公現祭よりもいいでしょう〔カトリックの暦では幼子殉教者の日は十二月二十八日、公現祭は一月六日にあたる。エピファーヌという名前は公現祭（エピファニー）に因んでつけられたという設定。なお、幼子殉教者はフランス語ではSaints Innocents（「聖なる無垢な者たち」の意）というため、オトゥーヌ夫人の聞いた「無垢なる手（la main innocente）」というお告げと重なり合う。また、「サヴァンナで十日」というのは、生まれてから届け出までに十日かかったということ〕。九歩ではなくて八歩と勘定しなければ。あんたは知りすぎてるなとラガンが言った。

人がいっぱいいるとオトゥーヌが言った。そのときシラシエが現れた。彼は馬鹿にするような様子で喧騒から離れたところにいた。すると悪魔がやってきて、恐怖で大騒ぎになった。四角い頭はガラスのかけらで傷だらけになっていた。光が砕けていた。体はグアノの袋とバナナの乾いた葉っぱ。どう動くか予想もつかなかった。ここかと思えばまたあそこといきなり暴れまわった。怖じ気をなした子どもたちが駆け寄ってくる。と思うと四方に逃げてゆく。カーニヴァルのことを忘れていたのだ。カーニヴァルが甕の蓋を開けにやってくる。

雨が午後を降り込めた。乾季の、珍しくも強い雨。白い瓦礫が赤い泥のなかに落ちた。艶やかな葉が泡のなかに封印されている。足は一瞬の足跡を地面に記していた。水が地面の背と穴を覆っていた。ムシュー・ドゥラン、池が昇ってくる、とエピファーヌが言った。

アポカルとフェトナは、雨をいいことに現ナマを集めていた。使い込まれてふわふわになった札が手から手へと渡る。みんな札を護っていた。テーブルの周りで帽子から水が滴っている。雨に降られた四角いベランダのように。アポカルが叫ぶ。銭だ。オトゥーヌ市長はあちこちを探し回る。カーニヴァルのパンは焼かれていない。やめた、やめた、とオトゥーヌが言った。ラガンのやつ毒よりひどい。

悪魔が掘削棒を手に取った。そして自分の前に投げた。それを追いかけた。飛んでる棒を捕まえた。それを空中に突き立てた。悪魔は財宝を掘っている。大天使のつもりね、とオトゥーヌ夫人が呻いた。悪魔は見つけた振りをした。みんなが叫んだ。悪魔は黒い水の中に跪いた。そしてバケツ何杯分ものダブロン金貨をかき集めた。お玉杓子何杯分もの真珠を。クイ〔ヒョウタンで作った杓子〕何杯分ものダイアモンドを。それを巨大な頭の上に置いた。それでぼろ着をいっぱいにした。周りに順にプレゼントした。それからいきなり悪魔の仕事に戻った。口をぽかんと開けたひとりの子どもを斜めざまに追いかけた。みんなが叫んだ。子どもは大声をあげて杏子の並ぶ陰に消えた。カーニヴァルが通り過ぎていた。

やめた、とオトゥーヌが言った。ここは人が多すぎる。こいつはもう庭じゃなくて誰彼構わぬ採掘場だ。マダム・オトゥーヌ、大天使にはおいとまを願おう。わたしが好きな声は投票箱のなかにある。さあさ皆さんここは炭窯だ。そろそろ解散の時です。さようならご一同。市長さんは市役所だ。

言っただろうこの場所は冒瀆されているって。五万くれたら、運命を変えてみせよう。貧しき人々は追い払わなければならない。ムシュー・オトゥーヌが十スーくれると思うのなら。ラガンは失敗を知らない。五万で何百万だぞ。俺はこれまで百六十九の甕を引き上げてきたんだ。大天使様聞いてはなりませんとオトゥーヌ夫人が言った。

森の奥から岩また岩と川の水が落ちてくる、聞いてくれ。

不足に苦しむのは
いつだって貧しき者
たち

言っておくが貧困の
ためなら財宝は決し
て見つからない

ここは俺たちの足に
はよくない降りよう
降りろ

さあ　大きな街道は
乾いている　出発で
きるぞ　出発しろ

エピファーヌよりも
断然　無垢なる者
つまり九年の代わり
に十年

降りるためには登る

パン生地に泥を入れ
るな　フェトナ　捏
ね係　窯係

俺はあと少しだけ掘
る　俺は声を聞いた

運よく俺は見つけた
ブダンのための杏
子の実をもうひとつ
突然のこと

すいませんが小さな
穴をひとつだけ　そ
の穴で俺はどうする

二年後にまた選挙

道がいる　ムシュー
・ドゥラン　再び登
ってください

トロワ＝リヴィエー
ルではサイコロ遊び
は死んだ

掘削棒よりパン生地
が　掘り出し係より
捏ね係がいい

いやいや　大天使は
怒っている　市長様
も同じように

さあ　土は土で埋めるんだ

大天使様　お願いです　聞いてはなりません　とオトゥーヌ夫人が言った。

そして彼ら（ドゥラン・メデリュス）は何年も後になって、いなかったも同然だったシラシエに向かって結末と呼べたはずのものを語った。混乱と乱雑。途中でやめたくはなかったけれど自分の土地の荒廃をそれ以上耐えられなかったオトゥーヌ氏。うかうかと市長の土地を踏みしだくのに満足している住人たち。死を叫びながら水の穴に落ちてゆく子どもたち。まるですべての事態が崩壊して冗談と軽蔑の種になってしまったかのように、突然立ち去ったエピファーヌ。

オトゥーヌは惨憺たる状況を見つめ、彼もまた、神の顕現のような声を聞いた。アポカル、と彼は叫んだ、二つ目の窯を建てるぞ。せっかくの基礎工事を利用しない手はない。十分に掘ったのだから、今度は土をかき集めるんだ。市長様は抜かりないと誰かが言った。

そこで窯がこしらえられたがそのあいだオトゥーヌ夫人は叫ぶことをやめなかった、お許しください神様。アポカルが工事を担当し、休む間もなく働いた。自分の窯、自分の焼き上がり、自分のパンとなるだろう。フェトナが素直に後に続いた。一週間が閃光のように過ぎた。

窯が財宝の場所、天使がオトゥーヌ夫人に示した場所のうえに完成すると、窯は祝別された。そして最初のひと窯分のパン生地には少しばかりの聖水が降りかけられた。みんなが同席できるように午後の終わりに窯出しが行われると、窯から、丸焦げではないけれど火と灰で黒ずんだパンがぞろぞろ出てきた。

アポカルは頑固に焼き続けた、自分の窯を認めさせたかった。けれどもそこから出てくるのはあの半焦げのパンばかりだった。ムラートのパンだ。そしてすべてに失敗するわけにもいかなかったので、オトゥーヌ氏は焼けたパンを売りに出し、トロワ＝リヴィエールはその味を覚えざるを得なかった。おかげでこの天と地との奇妙な産物は財宝パンあるいは大天使パンと呼ばれた。

手が呪われているとパンは焦げる。どんな手？　幾多の見解が噴出した。声を聞いたにしても、メデリュスは無垢じゃない。投票箱に入れた票にもかかわらず、アポカル・フェトナは無垢じゃない。高みを滑空しているにもかかわらず、ラガン＝レテルは無垢じゃない。それにもしかするとオトゥーヌ夫人は身体のなかに不純の観念を抱いている、残念ながら。

オトゥーヌ夫人は揺椅子のなかで胸をどきどきさせている。枝ぶりの先端にある一枚の葉を見つめている。話すことも、考えることもない。彼女は大天使を待っている。いつか来てくれるはず。彼女は窯の口を見やる。金にして白い大天使が地面を叩いた場所だ。焦げたパンしかくれない窯の口。彼女は地獄の蒼ざめた入り口を見る。

ああシラシエさん、と彼らは言う。農園の時代にはあんたは土曜日の四時に労賃の銭を受け取って、三歩いや三歩も行かない間に、全部の銭を〈農園〉の商店に落とす。それが理由さ、と彼らは言う。今となっちゃあ連中はあんたにはした金をくれる、おおたぶんそんなに働かなくたって。あんたは三歩あるく、そして合板造りのストアに入る。地上のすべてが〈農園〉だ。あんたの人生を消費するためにくれるんだ。それが理由さ、と彼らは言う。テレーズさんがあんたを探す、あんたは十一人の子持ち。彼はその上あんたみたいのを十人だって探す、難しいことじゃない。彼はあんたがこれこれの給料だと届け出て、その分の社会保険料を払ってくれる。あんたは十一人の子どものためのこれこれの手当てを貰う。あんたは彼に手当ての四分の三を渡す。みんな知ってて気にもしていない。それが理由さ、と彼らは言う。マドモアゼル・エリア、彼女はいつも妊娠している。だからどうしたって働けない。手始めにバナナで働くことさえ。毎回手当は高くなる。フィリベールは生まれつき抜け目がなくて、子どもたちを届け出る。フィリベールが給付金を受け取り、金は彼のもの、なんやかんやを買い、賭け闘鶏に出かける、とマドモアゼル・エリアは言う。みんなが満足ってわけ。マドモアゼル・エリアと子どもたち以外は。それが理由さ、と彼らは言う。そうさ俺たちは貧しき者たちのために努めている。現ナマは畝よりもよく燃える。畝が百万だった頃のことを思い出すんだ。今じゃ現ナマは流れ星みたいに通り過ぎてゆく。ひと畝があんたを一日生きさせていた頃のことを思い出すんだ。それが理由さ、と彼らは言う。畑で働くやつらは死を掘り出す。あんたは誇りを声にすることなんかできない。手を差し出すと現ナマもどきをのっけてくれる。どうもありがとうございます、とあんたは言う。生はごてごてとした飾り物。死はどうでもいいもの。その二つのあいだに貧しき者たちがいる。それは生でも死でもない。それが理由さ。それが理由さ。

　それに他のどこでも、と彼らは言う。どこかに場所があるのか？　そこではすべてが知られているような場所が。地上で起こることすべてが。そこにもっとも小さき者たちが自らの歴史を置きに来るような場所が。ひとつの涙も忘れられないような場所が。あるのか？　と彼らは言う。シラシエは激昂して叫ぶのだった――ありゃあしない、あるわけがない。

そうして彼ら（ドゥラン・シラシエ）はラガンのように四つの水平線のほうを向き問いかける、なにを問いかける？　彼らは言葉に耳を傾ける、それがどこから来ようとも。彼らは希望を抱く。議員様はこう言った、シチリアみたいだ、法律という法律がある遠くの邦、そう、シチリアみたいに法律のための投票をするべきだ。

いいや見てみろ、とシラシエが言う、あんたの周りに見えるのは、シでもチでもない、あんたの眼の奥の奥を、見てみてほしい、それはフォン・マリゴだ。

（一九四〇—一九四八）

それにもし俺たちも四つの水平線の方を向くのなら、もし俺たちもまた、火山の上の方か川の源に、俺たちのなかで少しずつ膨らんでいるけれど、今のところごくわずかな震えしか感じられない飛躍を置きにゆくべきひとつの場所を求めるのなら、静かな住人たちで溢れるあれだけの海の方に、岸辺で子どもたちが体を洗いながら飲むあれだけの真水の方に、大群衆の煙に黒ずんだあれだけの石と人間によって大地に結び合わされた風と天災のあれだけの騒乱の方に、もし俺たちドゥラン・シラシエ・メデリュス（俺たち、彼らの一部）が活発に動き回る世界が描き出される港湾と海の方を向くのなら、もし俺たちが自分のなかにあの疼きを捉え、その源泉を手に入れるべき子ども時代と無垢とのかすれ声からそれを引き離し、無防備な青春の悲痛な言語から遠いところで、それを研ぎ澄まそうと試みるのなら、もし今度は俺たちが世界のこの身動きと俺たちの震えとのあいだでどんな距離が尽き果てるのかを問うのなら、俺たちはまず聞く、ドゥラン・シラシエ・メデリュスからは遠く離れていても思いがけない打撃音のなかではあまりに似通っている、あの人たちを、いま俺たちは彼らがいつでも俺たちの地平を覆い隠し、いつでも俺たちの眼差しに刻み付けられてきた人々であることを見出す——糊のきいた襟に変わり映えもなくぶら下げられた太い結び目のネクタイ、ポケットのところで少し下に伸びていた背広を合わせた白いドリル織のスーツ、ぴったりとした細身のズボンの下のごつい編み上げ靴（もちろんこれは、布地を手に入れるのが難しくなり半袖シャツが登場した一九四〇年の占領時代の前か後の話だ）、空中で織りなされる何かのお伽話をいつも追いかけている様子、という具合で、そして俺たちは言う、知っている、遅ればせながら、どうにもならない発見や確認のもつ重みとともに、あの人たちが天賦の頑迷さで存在の同じしつこい疥癬を掻いてきたことを、不快感の極みまで押し進みながら自らの性癖の滑稽さには配慮しなかったことを、まるで行きつくところまで自分たちの戯画を生き、最後に自分たちが閉じ込められた虚無の穴から悲壮にも脱出することを希望しなければならなかったかのように。

ラネックは、ケベックとは英語教育の同僚で、その尽きることのない流儀で知らず知らずのうちに俺たちを、周りのあらゆるものを単純化する見せかけと艶出しにおいて、ある種の特殊性であるいは少なくとも差異の静かな眩暈で捉えたのだった。

あの涼しい朝ラネックは植民地の街道の真ん前に面した窓にそっと寄りかかっていた。もう外出用の衣装を身にまとい、清潔さへの気遣いから部屋に影を作っているマグノリアの枝の二、三本を背広から遠いところに固定していた。ベレムという、ある文学教師の車が曲がり角に現れた。ベレムは快活な男で、教室が近かったので、この二人はよく会っていた。

「こんにちはラネック」とゆっくり下ってきてさらにスピードを落としながらベレムが叫んだ。

ラネックはそこにじっとしたまま、下の方から差し出された裏箔のない鏡でも見つめるようにベレムの顔に見入っていた。

「やあラネックこんにちは元気かい？」

一羽のハチドリがマグノリアのなかでじっとご馳走を食べていた。

「ラネック具合でもわるいのかい？」

ラネックはハチドリと同じようにじっとしていた。

「おいラネック病気じゃないだろうな？」

ベレムは周りを見渡し、据わった眼のほうに視線を戻し、廊下の薄暗がりを通して家の奥を見ようと試み、車から降りようという気にもなったが、諦めた。そして家の前の小道に駐車するのには大きすぎる、銀色の車をゆっくりと進ませ、バックミラーに注意を傾けたまま、窓とスフィンクスの方へ漠然とした合図を送りながら、曲がり角に姿を消した。

俺たちはあの人たちが好きだ、この言葉の停止において。あらゆる事柄が中断され、マグノリア香るあの朝という朝から「街場の」下宿の小さな食事部屋（彼はそこでよく立て続けに二回分の食事をし、同じ型通りのくぐもった宣言で区切りをつけるのだった――「わたしは二回分の食事をしたので二回分のデザートをください」、と）のあの悲しい正午という正午まで、ひりひりする暑さに穿たれたような、蛾があまりにもひらひらと飛ぶあの温かい夜という夜までを彷徨う生活。俺たちはあの人たちが好きだ、しこたま喋ってしこたま黙るあの人たちが。彼らはまるであの文体過剰からあの沈黙の極みへと、俺たちが名づけることができたかもしれない何かの編み込みを探していたかのようだった――だが俺たちは何も名づけることはできず、気づかないうちに自分自身のなかですり減ってしまって、ひとつの沈黙というよりも俺たちの持ち分であるあの編み目を解かれた不在へと切り詰められ、そこでは話すことの戯画も口のきけない有様ももはや何の意味もなさない。

俺たちはあの人たちの、口の中で言葉を太らせて一文一文を着地するまでこねくり回す快楽が好きだ。彼らは単語という単語と格闘し、目の前で切り抜いた言葉のレース飾り、まるで自分の息の先に垂れ下がっているようなレース飾りが、ある頑固な欲求の印であり、彼らの根本的な違いの合図であることを知らない。そして彼らが芝居のように黙り込むとき（彼の丸くてずんぐりした頭はマグノリアの背景から打ち出されることでいっそう奇妙な、家の二階に永遠に閉じ込められたブロンズの看板のような肖像となる）、自分たちが良き口調の印だと信じているあの言語の時代遅れの形態を研ぎ澄ますのをやめるとき、俺たちはあの人たちの周りに聞く、そしておそらくあの人たちが消え失せた今の時代にあっても聞き続ける、彼らがおそらくさんざん知ろうと望みつつあれだけ激しく自らには禁じた、あの話し言葉の未来の反響を——不可能ながらも追い求められているわれわれの言葉の。われわれ？　他者と対等になりもしかすると他者と一体化するという夢のなかに迷い込んで、自らと対等になる代わりに、数限りない方便を使ってそんなことに勤しんでいたあの彫像たちの類（新学期になるたびに、新品のズボンと軋む編み込みサンダルを身につけて、英語のクラスの生徒全員に向けて行われる同じ儀式——リズムとアクセントをつけて苗字を名乗ること、——一九四二年の最初の授業の冒頭で新入生のドゥルゼールが味わったあの恐怖、無邪気なこの生徒が自分の名前を平板に「ドゥルゼール」と言ったあと、先生は彼に、口を無限の奥底にある惑星みたいに丸めてこう叫んだのだった——「着席しなさい、田舎者！……動物の名前にはアクセントが一カ所あるのに　この子はそれを使いもしないんだから！……ドゥ＝ルウ＝ウ＝ウ＝ゼールですよ……」）、けれども彫像、しゃちほこばった記念碑、まったくの戯画であることには変わりはない、そんな彫像たちの類、俺たちがそうなっちまったあの細長い影の類じゃないそんな彫像たちの類の、悲しき末裔だ。

木陰さす街道の静けさ、無用で打ち棄てられたような高いマホガニーの木々、曲がり角には葉叢から落ちる蔓が、頭の高さで濃淡のある渦巻きを揺らし、影の軽さと緑の閃き、夜の穴の突然の緊張、生け垣の頂に置かれたような太陽のそよめき、整えられた田園の空気、そこではラネックの家は（二階部分がベランダの上に張り出し、木材は白と青に塗られ、扉の前には植木鉢が雑然と置かれている）額の出っ張った禿げ頭の若者がまるで自分の髭のなかに浮かんでは消えたかのように見えていた。

メデリュスは軽やかに、その場で揺らめく生ぬるい暑さの震えに泡立ちながら、ハイビスカスの生け垣が木製のベランダを隠すというよりはベランダのほうへ開いている、この立派なお屋敷が並ぶ界隈でまるで変身したかのようで、そして彼は彷徨い歩いている気分になるためにカーブに差し掛かると跳ね回り、そぞろ歩きをして（気取った足取りで）鎧戸の後ろから様子を窺っている召使の女たちによく見られようとしたり、できれば庭掃除とかタンクの中身を空ける仕事とか水槽の穴の修繕とかの仕事——賃仕事——を手に入れようとしたりしていたが、結局はラネック氏の家に行くだろうことはわかっていた、言葉の選良たちの高尚な共犯関係のなかで、言語に言語を戦わせて教師と対決する欲求に駆られてのことで、この機会になにか仕事を得られるだろうという確信からというところもあるかもしれないが、それとて実際はいつも言葉での襲撃の口実にすぎないだろう。

俺たちはこの人たちが好きだ、脆くて捉えどころがなく、骨組みが半分砂に埋まった丸くて頑丈なヨール船、骨組みが腐ることを拒み　取るに足らなくても明白な名前（「いつも君のため号」とか「イエス様あなたが見えます号」とか）が遂には白熱した鱗のような剥離のなかで出航するヨール船のように、自分たちのドラマにしがみついている彼らが。

糊のきいたドリル織か重くて柔らかいリネンのスーツを纏い、堅苦しい仕草とぎくしゃくした足取り、けれども格好をつけた上品さにも包まれて、彼らは思いこんでいる、ギリシアと明晰さ、古きフランスと伝統、ラシーヌとあるがままの人間、ユゴーと「夜の海」を生き直しているのだと、しかもそのあたりで停まってしまい、ヨーロッパの十九世紀のさなかに立ち止まって、さらにはたぶんルコント・ド・リールの象たちにしがみついている、そして彼らは心安らかに**十九世紀**と言うのだ（その傍らには、古ぼけたマホガニー材の家具がつつましく置かれノルマンディーの鳥籠のように閉ざされたサロンで、早くも自分たちがプルーストの登場人物だと思っている珍しい人々がいることも知らないで）、というのも彼らは信じているからだ、この百年かける十九はいまや自分たちのものなのだと。けれども彼らはわけのわからない怨恨の数々や、反対したいという突然の欲求や、興奮による痙攣や不意の曲がり角の上でよろめき（彼は中央郵便局のある窓口で金の嵌め込みのある重たい万年筆のキャップを悠然と厳かに外していたが、別の窓口で手続き中の同僚の一人の魅力的な女性が上品に「ラネックさんほんの少しのあいだあなたの何とも立派な万年筆をお貸しいただけますでしょうか」と訊くと、彼は彼女の方にぐるっと向き直って、響き渡る声で「いいえ」といって彼女を釘付けにするのだった）、そのあとにまた落ち着きを取り戻して自分たちの偏執の四角四面の居心地よさに舞い戻るのだ。

「こんな早くに何をしましょう」、とラネックを惑わそうと気を配りながらメデリュスは言う、「あなたは物知りの後光が輝いています、けれども純粋なるものの住処は夜よりも深いところにあります。わたしは純粋さの純粋なる者としてあなたに学問を提案しましょう」

というのも問題は思考を（あるいはその代わりとなる精神の動きを）幾多の単語の迂回の背後に隠し、それによって相手に音という障害物を解きほぐす力を認めることだから。言われた事柄が、狂った音色という音色を通過して頭のなかに安定と乾いた純粋さをもって根付くあの、言葉のど真ん中に相手を至らしめることとなのだから。

ラネックは笑う「ご同輩、あなたの言い方にはぶっきらぼうで無垢な天性があります、野蛮さのようなものも見られますな、まああなたの言うことには同意しましょう。しかしよく考えてもご覧なさい」

「考えてもご覧なさいとはしかるべき言い方ではありませんね、ムシュー、ムシュー」

「何というか　あなたは自惚れてますね」

「ムシュー・ラネック、自惚れてなんかいない不幸な男に対して嘘をつくのはご立派とは言えませんね、何というか、あなたは嘘をおつきになる」

「いやわたしはまだ一言も口にしていない！」

「口にする一言は」、とメデリュスは言う、「諦める一言じゃあない。（そしてラネックは微笑む、こいつめ。）けれどもあなたはご存じない、あの日つまり天使の財宝が落ちてきた日々にオトゥーヌさんのところを荒らし回ったあの悪魔のガラスの仮面の下にオディベールがいたってことを」

「オディベール」、とラネックは叫ぶ。

「オディベール、銃弾の名人にして推定殺人者、誰も何なのか知らないものに乗って永遠まで漕いでいったあの男です」

「オディベール」、とラネックが繰り返す。この名前がこんな風に、一見したところ言葉をダイヤの粒みたいに鳴らす目的しかなかった会話のなかで――これほど正確な情報を伴って――出現できたことに彼は驚かない。

「アン・ヌ・メデリュス」、と彼は叫ぶ。「バ・コー・ウ・ムヴマン、ジャダン＝ア・パ・カ・アタンヌ〔カタカナ部分はクレオール語で、「さあ、メデリュス。急ぐんだ、畑は待ってはくれない」といった意味〕」

　言葉のこんな稲妻の交差が彼らにとっては名前のない何かに対する共通の闘いであることを二人のどちらも知らないままに。どんなにか異なる武器をもって、二人寄り添って戦いながら。メデリュスにあっては、この言語の威信に満ちた普遍性の破砕をもって、一言一言を打ち砕く狭い構文のなかに単語を積み上げることをもって、自らの息を探す困難な呼吸をもって。ラネック氏にあっては、超越の眩暈をもって、口のなかの無限の天空をもって、唇の先に投げ縄のように揺れる**彼は白人と同じくらいフランス語を上手に話す**という一言がもたらす完璧さの陶酔をもって。両極端において同じ遅延の律動を追い求めながら。

　というわけであの人たちだ。この時代の選ばれし者たち。俺たちはあの人たちが好きだ、たぶん彼らがドゥラン・シラシエ・メデリュスとあんなに見事に遠く感じられるということそのものからして。とはいえ実に近くもある。現在の嘆かわしき者たち、血を抜かれた彼らの子孫たちとはおよそ無縁である。彼ら、怪物じみた構成要素たち、例外なき犠牲者たち。

　シャダン、細心さに凝り固まった男、首回りで丸く刈られた髪のなかにまでユーモアも欠如もない正確さを示し、それによって周りのすべてを律している男。シャダン、数学（という以外にこれを言い表すやり方がないので）を説き、リセへの道すがらすれ違う車すべてのナンバーを素因数分解する男（ということは、とドゥラン・シラシエはのちに言うのだが、今だったら、後部ガラスに接近しすぎずに走ること／接近しすぎずに走れ／セッキンシスギズハシレ／ハシレセッキンシスギズニ／チカヅキスギズニ／チカスギルゾ／チカスギルゾ！　パパさん／ハシレパパ云々と書かれた文字にもかかわらず五センチ間隔で行列しているあの車の有様じゃあ、たいへんな骨折りだったろうな、頭のなかに電子機器でも引っ掛けてない限りはね、それにそんな機器だってルノーの上に積み重なったシムカの上に積み重なったシトロエンの上に積み重なったプジョーと来た日にゃおかしくなっちまっただろうし、一つひとつ数え上げるだけでももう大変さ、メデリュスさんあんたが素因数分解すると言ってるものを見てみようじゃないか）。二人の嫡出子と正妻を文字通り育て上げたシャダン、彼は彼らつまり妻エンマ、子どもたちヴィクトワールとシャルルを、家のゆるぎない君主であるこんな夫にして父をもったことへの同じ小心な歓びに縮写するのだ（ということは、とドゥラン・シラシエがまた言う、シャダン氏は三人の未成年の子孫と二つの内縁の世帯とともに生まれた男やもめっていうわけだ）。

ラネックの英語教育の同僚であるケベックは、埃っぽい街道やアスファルトの植民地道路の上ではナンバーM二一二八の片方だけの頑固なヘッドライトで知られていたが、それ以上にあらゆる良い家庭ではその捻りに捻った甘美な修辞で知られていた。彼は、他では人々が商売に長けていると評判を得るところを、教養人として知られていた。この邦では「教養」は地位を授けるのだ。リセで英語のポストを得る前に小学校で教えていた頃、お気に入りの書き取り課題にとりかかるときの彼の態度はもちろん流儀と口調によって最初に有名になった――「それはメガラだった、**カンマ**、カルタゴの一区画で、**カンマ**、ハミルカルの庭園でのことだった、**ピリオド、改行**」といった具合だ。そしてハミルカルとメガラは彼の口から出るや彫像になり、宝石を散りばめられ、そこには知と、思いもよらなかった遠い超越と、俺たちみたいなぼんやりしたチビ・ニグロの頭の遥か上の方を通過するあの洗練の感覚が煌めいていた。彼らは物知りニグロ。

　彼らはこうして、一人からまた一人へと、赤いビロードか天蚕糸でできた同じ組紐を編み上げていた。「さて、わたしの娘ペトロニーズをご存知ですか？　マドモアゼル・ペトロニーズ・ケベックです。リットレ辞典を熟知している子です。わたしはある男の子の求婚を断ったところなんです。おわかりのように道端の鳩じゃあるまいし、ペトロニーズ・ニ・トゥットゥ・ラジャン・イェ〔クレオール語で「必要なお金はもっている」の意〕、いえいえ、友よ、これは単に**学識**の問題です」

　そして若者たちはシャダンに近づいて大げさな挨拶をするのだった――ご機嫌よろしゅうございますか先生？――そして彼がこう答えるのを上品な快楽でもって聞くのだった――思いがけなく、お若い人、思いがけなく！

　そしてベレムだ、そこに偶然やってきた彼は、と言ってもこうした人から人への動きや移動に偶然というものがあると認めるとしての話だが――それにそこに、というのはここに、もっとも暑い沸騰地点にということだが、――終いには彼一人だけで組み紐のなかの一本の紐となる、それはあたかも当時の俺たちはやってくる誰かを味方にしたり堕落させたりする力を彼らを通じて獲得したかのようで（今では俺たちは他者の真似をすることで自分の姿を消す弱々しい能力を使い果たしてしまっている）、ベレムは煙草をくわえた唇で舌打ちみたいな音を立てながら、生徒にこう言い放つのが常だった（煙草というのはいがらっぽいマディで　朝に火をつけてからは一日に吸う三箱ものこの大量の重たい煙草が途切れることなく続くのだ）――みなさん、わたしはこの邦で三つの発見をしました。順番に言いましょう――ラム酒。ピーナッツ。わが妻。――すると、打ち明け話がつづくのを楽しむために、生徒の一人が**太い声で**つぶやく――先生、こちらではピーナッツではなく、ピスターシュと言います。

またまたシャダン、彼は子どもたちに偉人を愛する技を教え、そのために子どもたちが自分の書斎に入る時にはまず必ずノックして　そのあとにドア越しに著名人になぞらえて名乗ることを課していた。


「誰だい？」

「シャルルだよ、パパ」

「シャルル誰？」

「シャルル大帝だよ、パパ」

「よしよし、入りなさい」


「誰だい？」

「シャルルだよ、パパ」

「シャルル誰？」

「シャルル＝カンだよ、パパ」

「よしよし、入りなさい」


「誰だい？」

「ヴィクトワールよ、お父さん」

「殉教者、聖女ヴィクトワール誰？」

「ヴィクトワールよ、お父さん」

「よしよし、入りなさい」


「誰だい？」

「シャルルだよ、パパ」

「シャルル誰？」

「ポワチエのシャルル・マルテルだよ、パパ」

「よしよし、入りなさい」


「誰だい？」

「シャルルだよ、パパ」

「シャルル誰？」

「シャルル＝フランソワ＝マリー・フーリエだよ、パパ」

「よしよし、入りなさい」

「誰だい？」

「ヴィクトワールよ、お父さん」

「ヴィクトワール誰？」

「サモトラケの勝利の女神よ、お父さん」

「よしよし、入りなさい」


ヴィクトワールは名乗りを上げるのにイングランドやプロシアのヴィクトリア女王を使うことを特別に許されていた（シャルルのほうは上手く名づけたものでたくさんの在庫を使うことができた）。こうして子どもたちは選ばれし場所に入る。飾り襟をつけた肖像画の数々が段落の端で切手のように反り返っている辞典類、とにかく重くて扱いにくい辞典類の情報源を使い果たすまでは。そのあとには子どもたちは一連の名前をまた繰り返し、怖い父親の不注意や記憶の衰えに賭けるのだ。

俺たちはあの人たちが好きだ。俺たちは知っている、あるいは予感している、彼らがあの瞬間を標していることを、言葉が表現するためにも役立つことをわれわれが一気に感じるあの瞬間を、だが何を表現する？――周囲の大地にはもしかするとある表現の法則が、芽を出して言われることを求めるひとつの根があることを――前方にいまだ言語ならざる言葉たちの呼びかけが聞こえる、発見ないし到着のどんな合図（**陸だ**、陸だ！）よりも重くて担い難いあの瞬間――彼ら偵察兵たちが、規定済みの物の金ぴか飾りに陥る瞬間――ニュアンスなき自信をもって彼らが飾りたて、競り上げる瞬間――入門儀式のなかで聖別されたあれらの言葉が別の言語を打ち立てるための材料に過ぎないことをあえて知ろうともせずに――彼らは大きな身振りでビロードか天蚕糸の組み紐を掴む――そしてわれわれにかかっているのだ、あの見事なまでの犠牲者たちの気難しい子孫であるわれわれに、知識はあっても根が涸れ果てたわれわれにかかっているのだ、われわれの言語が芽吹き始めるあの泡を風すれすれに組織することは――
その時われわれは躊躇う
われわれは言葉を宙吊りにする
われわれは待ち伏せる、われわれの仮想の歴史の謎の数々、われわれがその秘密に決して近づくことのないひとつの神話のなかの怪物たち、われわれの将来の窓辺、マグノリアというよりもわれわれを魅了するあらゆる他愛のない事どもによって飾り立てられた窓辺にある肖像と沈黙の数々が、われわれの目を曇らせる――われわれ、そう、蒼ざめ流され、いかなる豪奢さも去勢されしかしひとつの抵抗の意志がそれを通じてみずから明らかになるあの過度な放蕩も除去された者たち、もはや選択が許されていないゆえ、受け入れる必要ももはやない色褪せた者たち。

もしかすると（このような死を叫ぶべきときには）あの言語の閃光と恍惚を諦めろと？　もしかするとドゥラン・シラシエ・メデリュスとともに報いのない来るべき言語を掘り返せと？

その時われわれはあの人たちを思い出す。装飾過多の人たち。普遍知の中毒者たち。いっときたりともおのれの文を疑ったことのない人たち。
そして思うにわれわれが彼らと一堂に会する許しを得るためには、それが彼らの甲冑をはぎ取ったあとのことであったとしても、みずからの行動や流儀によってわれわれが、彼らが偏執と壮麗な無価値によって、言うことの嘲弄と魂の死によって赤児のようにまさに喋りはじめたこと、すなわち何かが変わりそして自らのなかでそれを動かさなければならないことを、叫び続けるのにまずは値する（**どうやっ**

**てああどうやって？）**者たちでなければならなかったのだ――われわれを意識が高いとか活動家だとかお望みの言い方で呼んでいただいて結構だが、彼らの許しがたい精神の貧困、彼らの輝かしい吃音に比肩するに値しなければならなかったのだ――それはシャダンの子どもたちが、商店の倉庫のように埃っぽく、そのうえ家庭用地球儀が屹立している灰色の部屋に滞在する許可を得るために自分を歴史上の人物に仕立て上げなければならなかったのと同じことで、子どもたちはさらにこのあらゆる罠の恐ろしい集結地である地球儀を、左の人差し指で、そして灰色がかった巨大な球を**常に同じ向きに**、つまり右から左へ回しながら、場所、邦、町、川、入江、湾、大洋、火山、首都、デルタ、中心都市、大河、源泉ないし尖ったあるいは丸い山頂という具合に指し示すことで必ずや手なずけなければならず、入室者が書斎のなかを三歩あるいて、いくつもの埃っぽい色を丸めたゾンビのような地球儀に手が届くあたりに立ち止まったまさにその瞬間に、父親の口から土地の名前が大弓で岩を発射するように噴き出すのだった。

ラネックは、もしかすると組み紐のなかでももっとも強く撚られた、いずれにせよ物理的にもっとも頑丈な紐で、ある日リセの上の曲がり角で泥にはまった巨大な自動車をわれがちに引っぱり上げようとする生徒たちを、「だめだめ、通して通して」と言ってかき分け、それから後部のバンパーのところでぐっと踏ん張り、レールを滑るようなゆっくりと止まることない、ただひとつの動きでもって、車を引っぱり出したのだった。彼の力はシャツと上着を通して汗のように滲みだしていた。だからといって彼は頑固さの点ではもっと弱々しく見えていた。黒くて丸い顔の下には口が作る赤い丸があった。

それから彼らの宇宙への熱中ぶり。つまり、彼らが宇宙であると信じているものへの、あるいは彼らが宇宙との付き合い方と信じているものへの。世界のなかの遠いところで崩れてゆくものにしがみつく彼らの純粋に素朴で英雄的な熱情。

ラネック、彼はヴィシー政権による占領時代のさなかに、教室の黒板の左上のほうに決然とBRITISH LANDと書き付けたうえで、色紙をヤシ材の短い棒に巻いてこしらえた二本の「ユニオン・ジャック」旗で飾り立て、教室を清掃する係にこの書き付けを消さないように気を付けるようにと、そしてもし消したらひどい仕返しが待っていると、わざわざ忠告したのだった。

ベレム、いきなりやってきた彼は、いつもの灰色交じりのマディを口の周りに巻き付けるようにして、しゃがれ声で思春期の俺たちの頭の上で朗誦する、というよりしゅうしゅう音を立てる――「わたくしことベレム隊長、フランス将校の孫にして、フランス将校の息子にして、**本人も**フランス将校であるわたくしが、国旗にドイツ流の敬礼をするだって？　断じてない、断じて、断じてない」

シャダン（ここで地元産品と言われているものに立ち返るとして）は、年に一度か二度は、壁の向こう側に正妻がわざとらしく近づいてくるのに気付き、階段のすべすべした板を歩く従順な妻のほとんどフェルトを敷いたような足音を聞き、彼女が書斎のドアのところに来たことを告げるあの慎ましい引っ掻き音を、彼女が思い切って実際に音を立てる前から察知する。すると顔を上げることもなく、彼女が白い山以上に踏み越えがたい扉の向こう側で身を縮めているのを思い描きながら、いつにもまして例の声音のぞっとするような深さを強調しながら尋ねるのだった――

「誰だい？」

するとと彼女はこう答えることしかできない――

「エンマです、シャルリュス」

「エンマ誰？」

「エンマ・ボヴァリーです、シャルリュス」

「エンマ・ボヴァリー、エンマ・ボヴァリー、それればかりだ。エンマ・ボヴァリー。何か別のものはないのか！」

彼は、おそらく哀れみを感じながら、彼女が薄暗い階段の方へと廊下を戻ってゆくのを聞き、次の晩のことを考えるのだ、つまり次の晩にはこの同じ階段の上から一度だけ彼女を呼び、手すりの土台がむき出しになった支柱あいだを叱るような声が通り抜けると、彼は彼女が丈の高い夫婦の褥へと登ってきて妻の務めを果たすことを許すのだ。

そして片目のヘッドライト、ケベックだが、俺たちは彼の言うことが本当なのか（言い換えれば、俺たちが彼について話していたことが本当に起こったことなのか）あるいは彼の言い間違えや錯乱の力に押されて彼を実際よりも複雑に捻じれた風に作り上げてしまったのかがどうしてもわからなかった（たとえば俺たちはこんな話をあえて信じた　彼が男を受け入れやすい若い娘――と彼なら言っただろうが――つまりは何でもござれの愛人兼召使――と愛の交わりをしている最中に　そしてこの泣き虫娘がアイッ・ドゥドゥ・アイッ・シェリ〔ドゥドゥはクレオール語、シェリはフランス語でそれぞれ「愛しい人」の意〕と声を上げていた時に――彼はぴたっと動きを止めて叱りつけた――こら　下品だぞ、**ムシュー・ドゥドゥ**、**ムシュー・シェリ**だろう――そのあとに彼は女と**交渉を再開した**というのだ――俺たちはあえてそんな類の話を信じたものだった）――そのせいで俺たちは閃光や夢の数々が続くなかを航行するのだけれど、重要なのはそれらの、誰もが知っている文字通りの中身を報告することではなくて、山のようなとんでもない物語の語りを作り直しながら（その場合でもそれらの話はわれわれを驚かすというよりは才気の氾濫で魅了するとも仮定できるかもしれないが）、そのなかにニュアンス、八分休符、声の転がり、あるいは沈黙のリズムを再び見出すことであり、そうして見出されるべきものはいずれにせよわれわれにとっては、そしてわれわれがまだ知ることのないまま、狂気や愚行というよりも、あれだけの狂気や愚行が予告していた真実への欲求を強調していたのだ。

つまりそれらを報告し、それらを再び身に帯びることが重要であるような物語、大部分はすでに話してもらったものであるとはいえ　われわれみんなが個人的には全体として体験してきたと確信していた物語――われわれはあれらの言葉を聞き、あの紐を編み、あの侮辱を耐えたのだと確信していた。そうすることでわれわれはあの眼を、たったひとつのヘッドライトを、われわれの汲みつくせない軽さのなかに封印された世界の平板さをこしらえてもいたし、知らず知らずのうちに言葉と戦いはじめていた、つまり、これも知らず知らずのうちに、与えられた言葉によってわれわれを教養ある安楽さで窒息させていた自己＝の＝行き方を拒否しはじめてもいた。

世界はわれわれの遠くを行っていた。われわれはわれわれなりに世界に追いついていた。われわれは世界に追いついていると信じていた。誰が物語を語るのか、誰がそこから教えを引き出すのか？Gentlemen、とラネックは朝の一時限目に、ドアの敷居に芝居のように立ちはだかって、あたかも少なくとももことが明らかになり、あるいはわれわれが明らかにし始めるまでは入って来ないことを意味するかのように、扉の外側の掛け金に手を置いて言い放つのだった、Gentlemen, what news about the war? もちろん俺たちは、一週間前から情報局の前に張り出された曖昧な公的声明という話題にそれ以上ないほど絡み合ったニュースや情報でパンパンになっていて、そうした情報はイングランドとイギリス海軍への彼のある種職業的な情熱を満足させるのにもってこいではありつつも、それ以上に（しかも結果として）われわれが英語の時間の深淵を飛び越えて、添削されて揶揄されたり不規則動詞の朗誦のせいで立たされたりすることから逃れることを可能にしてくれるのにうってつけだった。

「Great news, Gentlemen, great news you know, われわれはグラフ・フォン・シュペー号を撃沈しました」

それに煙と鉄屑のなか、爆発する飛行機や引き裂かれた船体や、孤独の狂気や閉鎖された船の通路に上昇してくる水のなかで砕け散った数知れぬ人々のドラマ、あの頃はまだそれが、いわゆる限定的な、けれども確かにより致命的な戦争の長い行列の始まりでしかなかったことがわからなかった世界戦争の進行全体、世界のこの苦しみの全てがそこでは単に他者とその精神に住み着く情熱に変成していて（ラネック氏はいつも他者の思想とともに考え、それらを夢みつつ白日の下に展開していた、そうベレムは密かに言っていた。そしてシャダン、知のようにこわばり、**同じ船に乗っている**ゆえにラネックに気を使う必要のなかった彼はこう付け加える——これはいわゆる**外的**モノローグだ）、この情熱は頭のなかに戦争とまったく同じように破壊的な別の闘争を導きいれるものだった。霊感を得たラネックが授業をやめて、恍惚として夢みたあの瞬間まで——「Well well Gentlemen、わたしたちはこの一歩について女王陛下に祝意の電報を送りましょう」。これが今度は俺たちを探検と冒険への情熱で満たす——俺たちは切り開くべき道、枝を落とすべき木々、渡るべき末なし河を探す旅に出て、イギリスないしアメリカの海に包囲されながらヴィシー政権の水兵たちに占領されているこの土地の上に、慈悲深き英国女王陛下への賞賛と忠誠のメッセージを送ることのできる奇蹟的な可能性が——もちろんそんな好意も——あるかもしれないどこかの郵便局を見つけにゆく。結局失望の苦い搾り汁のなかに埋もれてしまうかもしれないと気に病む必要さえない探検と冒険、だって俺たちのなかの誰一人、みんながひとつながりになって同じことだけれど、ラネックについてゆくことも、したがって彼がその電報を送れたことをはっきり知ることもできなかったのだから。

こうして夢と他処とが一緒になって俺たちを抱擁し続けていた。エンマ・ボヴァリー、エンマ・ボヴァリー、いつもエンマ・ボヴァリー。なぜなら俺たちは、結局のところ、ラネック氏の家でのメデリュスと同じように、あの夜の穴に落ちることをやめることはなかったからで、ラネック氏もこの穴に崩れ落ちたのだ、ある蒼白く汚れた昼に、気づいてみるとパリのメトロのラ・モット＝ピケ＝グルネル駅の鉄柵の下で、世界から見捨てられて困窮の限界を踏み越えてしまった自分を見出した時に。他処の夢はそこでついえる。ラネック氏は夜の入り口にある薄暗い階段の出口に、メトロの駅のこの後背地、白いサヴァンナ、鉄柵の背後に穿たれた渓谷に決然と降りたった。夢に見たパリの邦はこのくすんだ灰色のなかにほぐれ去ってゆく。ラネック氏はやんわりと拒否した。彼は言う、誰も知らない船のなかへと階段を降りているオディベール。グラス・フォン・シュペー号が撃沈された、と彼は言う。――誰もこの流れ彷徨う、けれどもまだお洒落な、そしてすべての感覚を失ってしまったとはまだはっきりとは言えそうもない太った黒人の言うことを聞いていないし、聞いている振りもしていなかった。

移住民のベレム、彼はいつも動くことを拒み、フランス本国での休暇もイル＝ド＝フランス地方での解毒治療も受け入れない――たぶん（帰化した）予備役隊長の地位をもって植民地の酒飲みの伝統をやらかすために、ラム酒に沈没していた。

ケベック、金銭ずくの愚かさのなかに消えてしまった男――つまり彼は県会議員に（選ばれたというよりも）自分を選び、人生の良き年月のバロック的な壮麗さからは程遠いところで　まったく内容がなっていないうえにまっ平らな月並みさも備えた演説の数々を繰り出していた。

シャダン、二つの内縁の世帯ばかりか妻と子どもたちをもこの地に植えた男――ある日のこと彼が書斎に座っているのが発見された、彼はあの入りなさい誰だいを言う必要はなくて、たぶん逆にドアの向こうで何かがこうつぶやくのを聞いたのだ、こちらは死神シャルリュスだと、そしてたぶんその何かがでかい地球儀の上の、彼が引きこもっている今や彼だけが知っているある場所を指し示したのだった。（ということは、とドゥラン・シラシェが言う、あの書斎でシャダン氏は最後の数字を素因数分解したわけだ。）

みんな同じ縄からほどけた紐。みんな、哀れなラネックみたいに現実の他処のなかには想像上の他処の夢を追い求めることはなかった。それぞれの金ぴかのスタイルで、消えるか、生き続けるか、あるいは死んだ。家の窓辺のラネック氏のようにみんな沈黙していた。

　そしてわれわれはいまや——フラマンド湾やロシュ＝カレ高地より遠くまで動いたことがないにもかかわらず——ラ・モット＝ピケ＝グルネル駅の下にある中年の夜が何なのかを感じているわれわれは、頭上でメトロの車両が金属とガラスを震わせている〔パリのメトロ六号線はラ・モット＝ピケ＝グルネル駅では高架線になっている〕あいだにラネック氏が不確かなあの小道を漂うのを見てしまったわれわれは、もう一度二人に、メデリュス氏とラネック氏、クロワ＝ミッションの流れ者と高校教師に再会するべきではないか、燃えるように騒々しい、サバトよりも錯乱した二人の沈黙に。

「それでは島とは何かなメデリュス」

「島とは　ああ　ムシュー・ラネック　島とは炭火オーブン　一番奥の方は見えない」

「島というのは単純に海に囲まれた土地の広がりということですよ単純に」

「先祖も子孫もない母の広がりだね　ムシュー・ラネック」

「でもわれわれは程なく国民《シトワイヤン》になるでしょう　そう　つまり同化ですね、東方やアフリカでそれを望んでいる人たち全部のなかでもわれわれだけですよ」

「でもあんたは不幸な男にはできないような大した言葉で俺に言うもんだ　そうさ　ムシュー　俺たちはじきに何かの中間民《ミトワイヤン》になるさ　海がある」

　この決闘のなかで　どちらも止むことなく相手の出方を読み、前に逃げ、側面から攻撃を加え、腕前を認め、術策に叫び、上首尾を褒め称え、同じ言葉の狂気に結ばれていた。カタログにある家具のように様式のある捻った言葉の数々。赤い水や木の幹を運ぶ急流のように目の前で錯乱するむき出しの言葉の数々。

するとわれわれにはたぶん周囲の押し込められた言葉が聞こえる。植民地街道の木蔭さす曲がり角で、別荘の周りに巻き付いた温かいそよめきだけではなく、遠くの方の高台で膨らむあの緑の業が少しずつ焼き畑から焼き畑へとまばらになって海岸までいたるさまや（あたかもあまりに重く分厚くおのれの夜に繋ぎ留められて夜のなかを幾多のもぎ取られた邦そして幾多の夢みられた邦に向かって蛇行している意識がついに迷い込むことを、そっと善良なる愚行と諦めのなかに迷い込むことを選ぶかのように、そしてそこに誰もが消えてゆくのだ、消えゆくことを知りつつ、真に己を知るために横切ることを受け入れねばならなかったはずの夜の広がりよりも愚かで心地よいあの明るさを選びつつ）、われわれが携帯ラジオを装備して、涸れ果てた川まで、腐ったデルタまで、死んだ魚まで、焼けた樹木まで、なくなってしまった菜園まで、やがてはマリーナや、観光大臣たちと無駄話に明け暮れる議員たちが走り回るどこかの横断道路に接ぎ木された突堤が乱立するだけになってしまうかもしれないもののなかで寄り添ってきた、あの荒れ果てた植生すべて。

われわれにはたぶん世界が、われわれが夢見させられる限りのそれではなく、二つの極のあいだで揺れるものとしての世界が、つかみ取られることを許すあらゆる土地に、涸れさせることを許すあらゆる緑をサイクロンや地震がそっと荒らしてゆく以上に、爪痕を残してゆく音が聞こえる、いまや世界のドラマは世界にあるというほどに――数々の大変動、戦い、死に、子どもたちの目のなかで復活する者たちの荒々しい偉大さ、しかしまた、否認のなかに積み重ねられた幾多の民、世界という分子がおのれの質量を探し求める中で奪取された幾多の島々の知られざる、そしてもしかすると居心地のよい、また柔らかい粘土のように諦めで捏ね上げられた断末魔の数々。

そしてもしわれわれが、物知りで綿密で、いや何と言われても構わないわれわれが、苦難に陥った縄を留めるかもしれない結び目を結ぶのに、あるいは少なくともこの結び目を結ぶための行為を素描する仕草を開始するのに、あるいは少なくともこの仕草の開始を命じる言葉を綴りあるいは呼びかけを叫ぶために大地を開くのに値しなければならないのなら、あの謎の人たち、生きたドラマ、われわれの哀れな真正の先駆けをさらにじっくりと見なければならないのではないか、自分たちが人が言うのと同じ物であると、あの言語をそれにふさわしい正しさで話していると、世界について知らねばならないことを知っていると、自分たちが持続するに値するもの、すなわち〈帝国〉や〈連合〉や世界にとって重きをなすより大きな〈総体〉に与っていると、狂気の果てまで信じた人たち、しかしまた少しずつ縄がほどけたとき、風に覆いつくされた冬の大通りの白い岸辺がそっと目に入ったとき、そこで彼らが、肌のひりつきや上滑りする眼差しによって、自分たちの場所がないと芯から感じたとき、漂う沈黙のなかに引きこもった人たちを――海のない空間に出航した島々を――なぜなら彼らの途方もない信仰とそれに続いた千々に乱れた彷徨のなかにこそ　われわれの頑固さのいくたりかが力を得たのではなかったか――われわれはみな今日、高みにあるあの植生を踏査したのではないか――われわれはあの鉄柵で仕切られた階段を幾度も降りなかっただろうか――

たぶんその時われわれは少なくとも涸れゆく川がどこに消えるのかを理解しようと試みるために、われわれ自身の余白のようなところに身を置かなければならない――あの朝のベレム、街道でがたぴし揺られながら、断酒中の酔っぱらいの苦しくもこわばった威厳をもって運転するベレムの位置に身を運ぶために――あの他者になろうと試みるために、かといってわれわれがそうでありたい物であることをやめないままに――マグノリアに囲まれて固まっているあの顔を思いながら、そんなことを言ってもわたしは決して完全には理解するにはいたらないだろうと思いながら、あいつもしかすると病気なのかもしれない、こんな風に放っておかなければよかったと思いながら、いやいやこいつはまたもや例の狂気の発作だぞ、たぶんあいつは力ずく以上のやり方で俺を立ち退かせたかもしれないじゃないかと思いながら、本当にこの道は本当にと思いながら――肉厚の草の上に露が輝く柔らかな影の広がり、奥まったところで、すっと伸びながらも重たくのしかかるパンの木々のポーズ、そして、曲がり角に曲がり角を重ねながら、半透明だったり薄暗かったりするこの緑の重なり合いのなかで、竹、羊歯、タマリンド、時にフィラオ、家々の境や生け垣の縁でハイビスカスの色鮮やかな炸裂が織りなす饒舌のようなもの、慣れ親しんだ日々の赤、繊細で貴重な白、貴婦人のように他の花の上に高く突き出す上品な斑模様――本当にこの道は本当に――すると彼は転がり落ちるうなり声を、質の悪い燃料に蝕まれたエンジンの轟音を聞き、そしてバックミラーに、彼に襲いかかる銀色の獣を、カーブのない何メートルかの平坦な道をいいことに、その死んだ両目で彼を窺うキラキラした車を震えながら見て（それが戦車なのか魚雷型自動車なのか誰にもわからない、開口部――ドアにしてもウィンドウにしても――がどこにあるのかもはっきりと示すことのできないマシン――まるでラネック氏がもはやこれまでと白い金属のシーツで体を包もうと思ったかのようだ）、そしてキイという音をたてて彼の安全運転の車の前の車輪数個分のところで道を横ざまにスリップしてきた車にぶつからないように慌ててブレーキをかける――煙をたてるこの銀ピカ機械からラネックが跳び出してきて、ハンドルを握って彫像のように固まった彼の方へと駆け寄り、ドアの窓のなかに丸い頭を突っ込みそして、左脚を泥除けに載せ、両腕を窓枠の上に力なく交差させながら、太鼓のようなリズムで耳元に、友情をよりよく表現するために調節されたあの深く響く声を吹き込む――「友よ、どうぞお許しください、どうぞ、でもわたしは思いきり沈黙にふけっていたんです」

それに何が何だか、とドゥランが言う、言葉が命じている――海を渡るんだ、と。あっちの海の彼方におまえはいくつもの陸を見つける。おまえは見つけるんだ、深い池の下の方でも星の高みにでもなく水平方向の海への出発のなかに、おまえはパンやドライソーセージ、ハムにチーズ、それにソーダや上物のシャンパンをしこたま作っている陸地を見つけるんだ。

　でもダシヌとシュー・デュール、パカラ芋やポルトガル芋はどこにあるんだ、ミガンやフェロスはどこにあるんだ〔ダシヌ、シュー・デュールはタロイモの種類、パカラ芋、ポルトガル芋はヤム芋の種類。ミガン、フェロスはマルティニックの伝統料理名〕、とメデリュスが言う。

　そいつは海にある。そいつは海のなかの山々だ、おまえは水に横たわる、そして航行する、そして山のなかをまた登ってゆくんだ。

　つまりムシュー・池ドゥランとムシュー・星ドゥランがいまやムシュー・海ドゥランのなかで溺れているってわけだ、とシラシエが言う。

　ここいら界隈をまあるく広げたってわけだ、とメデリュスが言う。

　橋の舗石にじかに座り込み、アスファルトの広がりの上の虚空で脚をぶらぶらさせ、やがて欄干が取り付けられることになる鉄筋の先端に時々つかまりながら――夜が岩のように落ちてきても　遠くの方には縦横三キロないしは四キロもあろうかという平坦な範囲が拡がっているのが見え、右手にはごみ集積場の煙る下り勾配が、左手には赤土のなかにぶら下がり　ひと雨降れば県の土木工事の現場に崩れ落ちてしまいそうな渓谷がいくつもあった。

海にはたぶんコルシカが見つかるだろう、議員さんが言い立てることには海の遠くの方でコルシカが地位を求めているのと同じような法律を要求しなければならない、と誰かが言う。

いや実にありがたいけれどもここは同じ海じゃない、とドゥランが言う。おまえが何列もの海を渡った日には、大渦に飲まれるのが落ちさ。遠くにゆくためにはおまえの海にとどまるんだ。

海の水のなかにとどまれ、と彼は言う。――まるで目の前の夜の穴に話しかけるように、けれども彼は背後で、そして橋の両側の線の上で、他の人々、賭け事好きな連中、隣人、うろつく子どもたち、サヴァンナ広場でサッカーをする連中が、足の指を赤土で化膿させせながら聞いているのを感じていた――水のなかにとどまって海の上を走ってゆけば、邦々が見つかるだろう。見つかるだろう、と彼は祈願した。

だが遠くには気を付けろ、とメデリュスが言う。

そして彼らはあちらの開けた方に向かって虚空の上から身を乗り出した。

**ところで彼らはたぶん暑さの靄のなかに垣間見たのかもしれない、斜面の赤や黄色のなかのアスファ**

ルトの切り傷の方ではなくて南へ（海へ）と通じる平らな開口部のほうに身を乗り出しながら、同じ湾の別の側のように見えて誰も不安がることもない　あの輪郭線が水平線に切り出されているのを――どこかの子どもが時々　とさかを頂いた影のほうに身を乗り出して　あそこにあるのは何　などと訊いたり　それを大人が顔を逸らさずに　あれはセント＝ルシアさ　ウィスピチングイングリッシュのイギリス人たちの島さ　と言ったりすることがたまさかあるくらいなのだが――その子もその大人もそしておそらく夜の何だかの上でゆらゆらしている彼ら三人も知らなかったのだ、〈農園〉のどこやらの店舗沿いに建っている長い小屋の前に途方に暮れて立っているのを見かけるあの男たち（たとえば日曜日に、サン＝テスプリとヴォークランのあいだの道路の途中にある　工場の線路を越える小さな橋を通過したときにモルヌ・バベの交差点で見かけるような）、サイクロンに遭った谷間よりも孤独で荒れ果てたあの男たちが、ここの人間ではなくセント＝ルシアの人たちであり、安くつくからといってベケたちが来させた人間の群れであることを――この人たちはおまえにあまりにも似ていて、たぶんどうしたってわからないいくらいにそっくりな言葉を訛りもなしに喋り、店に入れば　マン・レ・デ・フラン・ランモリと言うし　仮におまえがフランスの正しいフランス語で答えたなら　まあもちろんそんなことはしないだろうけれども　とにかく　二フラン分のタラが欲しいんだねと答えたとして　彼らは大きくて平らな顔をぽかんとさせながら　一言だって理解できずに　たぶんそれならとギヴ・ミー・フォア・トゥーとかなんとか英語で言い直すことで　自分とよく似たフランス領の女とただちに肩を並べる　つまりおまえがお高くとまってここの言葉を彼らには話さないのだと思うからなのだ、――そんなわけで　彼らがこうして奴隷船時代のように、たぶん百人単位で船で輸出されて　大洋ではなくてセント＝ルシア海峡という海峡名で呼んでいるあの湾のようなもの（そしてセント＝ルシアでは　彼らにとっては北になるので北海峡と呼んでいて　もしかするとこちらの邦の名前でも呼んでいる）を渡った折には、到着した彼らは自分たちが農業労働者のストを破るために来させられたことを発見し、彼らはクレオール語でつまり同じ言葉　たぶんおまえの声が歌っていると思うところでもおまえの耳にさわることがあるような訛りさえない言葉でわかり合い、想像してもみるがいい　松明のなかの集会でセント＝ルシアの言葉がアドベンチストの牧師が説教するみたいにしゅうしゅう鳴ってここの言葉がオーケストラのチャチャチャみたいに研ぎ澄まされるわけで、彼らは労働者同士でわかり合い、そして彼らは帰っていった、つまりそれは海峡の両側に同時に存在するやり方　同じ感覚　同じ方向　そしてもしかすると同じ運命の始まりだった――けれどももちろん　あの子どももあの大人も　彼らドゥラン・メデリュス・シラシエも（遠いけれどもあんなに近い陸地　同じ陸地がいつだって姿を現す水平線に顔を向けるわれわれも）知らないのだ――われわれも――昼間の明るみに消えてゆくあれらの事柄を。

気を付けろやつらは鞭を入れるぞとメデリュスが言う。

夜の彼方に八つの黄色い点が、動いていないかのように現れた。右端に五百フランだ、と彼らの背後の闇の穴で誰かの声が言う。これは言葉を面白がっているだけで、賭けが締め切られたのはだいぶ前だった。この同じ日に二枚帆のレースが惨憺たるありさまになっていた。「嫉妬しないで」号が他の三チーム、「社会負債」号、「処女懐胎」号、「社会保険のおかげ」号を打ち負かすことができるなんて誰も信じたくはなかった。この件については社会という言葉が多すぎて、多くの人々の頭はぐらついた。つまりこの船はたっぷりの嫉妬者を生み出したのだ。そして船が旋風のようにマストを倒したとき、鈴なりになった人々は勝利を祝福するために、あるいはおそらく火照った頭を冷やすために海に跳び込んだ。何千フランもの金が手から手へと渡った。ほとんど桟橋の上で、朝の興奮のなかで、夕方にこの別のレースが開催されるという話が広まっていた。金をすった連中は　来月稼ぐはずのわずかばかりの銭を失うために駆け付けた。

八つの黄色い点はいまや二つずつに分かれていた。エンジンの騒音と車輪の軋る音は遅れてやってきた。右端がそれたぞ、と誰かの声が叫ぶ。

コースは四キロ八百メートルでこの橋は道路工事の終点直前の通過地点だった。黄色い明かりが（虚空にかがみ込み、鉄筋につかまり、罵声や歓声を叫んでいる）彼らの脚の間に放射したときには、レースの結果はもう出ていた。他の車を一メートル足らず引き離して、真ん中右側のヘッドライトが最後までもちこたえ、それに続くようにテールランプが見えた。八つの黄色い光線が通過し、八つの赤い星が前の方へと逃げて行った。真ん中右が他を押しのけていた。


あれはセラファンの息子セレスタンだ、と誰かの声が言う。

「左手に三本指エンジンをもってる」、とドゥランが言う。


**あるいはおそらくおまえの北で雨が降るとき　そしていつも雨が降っているけれどもそのとき、水平線にある二つの雨のダムのあいだの道がくっきりと浮き出すなか　灰色の上に灰色が積み重なるのを見つめ　おまえが通ってゆくとき　あれはドミニカで　おまえが知っている通りあそこではカライブ人たちが　自分からそこに行かなければ火炙りにあうのだった　彼らがどこに漕いでいったとおまえは思うのか　あそこには少なくとも　登りと降りしかなく　丘と谷間とで　あれは避難所　未踏の地　泡立つ波のなかに接岸するべき岸辺すらなく　おまえがインディアンのもとに赴けば　前髪とともに額に垂れ下がる時間の痕跡や　顔のなかにある過ぎゆく昔が見える　それに不幸と断崖の風を　断崖ではもしかするとおまえはもうひとつの日曜日**〔ドミニカ（Dominique）は「日曜日の（dominical）」という形容詞に通じる〕**を祝ったかもしれないが　そこから彼**

らは妻たちや子どもたちを突き落とした　太陽の奥を見つめながら　そしてぎざぎざの岩の上に自分たちも落下したのだ　そしていまや再び　彼らは周りの周りの丘のなかで心安らかに真面目に暮らしている　オレンジやレモンやとりわけ底知れぬ緑のなかの岩から垂直に落ちる水の地だそうだ　わが親愛なるマイテよ　こんなことを言うのは　過ぎゆく一日一日がおまえの不在でわたしを悲しませると言うため　わたしはたった一人でこの邦にいる　ドミニカ　わたしにとってはおまえの顔から遠く離れてとても悲しい邦　おまえのお父さんお母さんは元気かな　わたしの挨拶と敬意を受け入れてくれるだろうね　わたしはここにまだ二カ月とどまるつもり　幸運なことに住民はわたしたちのように話す　それに英語も　愛しい人よ　わたしはあなたのことばかりを　また会えることばかりを思っている　一生の愛を誓う恋人として　だからよければちょっとでも手紙を書いておくれ　海の彼方に無垢のまま丸まっている　ドミニカ（たぶんいかにも物がなくたぶんいかにも貧しくビルディングのひとつもないけれど　人が自分が植えて収穫した産物を食べているところ――たぶん）（人が　自分を自分ではない他者と思ったりはしないところ――たぶん）　そしておまえの北の　雨の二つの生け垣のあいだに　灰色に灰色を重ねた水平線の彼方にそれを垣間見るとき　おまえはドミニカと言う　突然　道がこの遠くの地へと広がりおまえは通ってゆく

彼らが権威をもって自動車道と名付けるものが四キロ八百メートルあり、そしてこの邦に見出せる唯一のほぼまっすぐの線、速度による未曾有の眩暈で頭を燃え上がらせることになるこの線の上では自動車乗りたちはなんら特別な手はずを整える必要はなくただ道路をその両端で遮断すれば事足りたわけで、そうすれば片側二車線の道、一方は登りでもう一方は下りになっているその道は、スピードレースの四コースになって県庁のある一角にまで続き、そこで彼らが自動車道と呼ぶものはその短い降り口に突き当たる。そしてそのおかげでたぶん仕事を貰ったやつらもいて、つまり彼らは高速の両端で車線を遮るようにドラム缶と板を渡したり（いまでは閉鎖されている倉庫や工事現場の現状ではそれを選ぶしかなかったのだ）それに——出口側では——道路を横切るように立って、ライトを振りかざして最終ラインがそこにあることを知らせ、ドライバーたちがまだコールタールが滲んでいるドラム缶に跳び込んでゆかないようにするのだった。彼らはドラム缶の前でじたばたと手足を動かしたあとに両側に飛びのいた、セレスタン・コラントロックとあとの三人が板づくりの柵のところで死ぬほどブレーキを踏んだのだった。たぶん、彼らはこの仕事で何フランかを受けとっていた、もしかするとそれさえ受けとっていなかったかもしれないが。そこには町の自動車のほとんど公式な洗車係がいて、白い前掛けと大佐を示す本物の肩章を身につけてゆったりとした様子だ。あんぐりと口を空けたマイテもいた（ある日　息子の金髪の黒人少年を薬局につれてゆき、店主が子どもの頭を優しく撫でながら「きっと誰か水兵さんの息子だね」と言った時に、きっぱりと「まあ、誰か水兵さんですって、そうじゃなくて水兵さんたちの息子よ」と答えたあのマイテのことだ）。いまや彼女はヘッドライトの光の中にいるセレスタンをまるで彼一人が大型豪華客船の乗組員一同ででもあるかのように見つめている。ゴール地点の両側に集まっている賭け事好きの連中がいた。彼らは口々にわけのわからないことを喋っている。ヴォークラン山の夜の暗闇よりも死んだようになって。毎週水曜日土曜日そして日曜日の三時に開かれるテレーズさんの闘鶏場以上にいきなり荒れ狂って。銭がないので、手形で賭けていた。だから敗者は手形を決済せねばならず、勝者の手形の六カ月分が上乗せされて、こういう場合には勝者は大抵こう叫ぶ——「マン・ラシェバヨン＝モワン！　バヨン＝モワン・プ・シ・モワ！〔クレオール語で「俺の手形をもぎ取ったぞ！　六カ月分の俺の手形！」の意〕　現ナマのあとには手形、小銭のあとには現ナマ。手形は現ナマを産み、現ナマは小銭になる。六カ月分もぎ取ったんだ。では敗者たちはどうするのだろう？　神様が助けてくださるさ、と誰かが言う。土の山の上には二日前から動くことを拒んでいる男がいた。男の母親、妻、親戚たちがどうかお願いだからと説得に来る。人々は憲兵を恐れていた。人々は子どもたちを遠ざけていた。二日前から彼はそこにいた。あれはイボ人だ、と一人の老人が言った。あれは何人だって？　と人々は叫んだ。はかり知ることのできない秘密のように、老人は繰り返した――イボ人、と。

**おまえは通ってゆく　おまえの眼は北の方にそれ以上遠くは見つめることはない　どこに何を探すのか　月のない夜に哀れな筏を海へと押しやりながら彼らは何を探していたのか　工房の連中　畑の連中　竈の連中　碾き臼の連中　そして大きなお屋敷から逃げてきた連中は　お屋敷では連中の忘恩ぶりについていつまでも後日譚を語るだろう　そんなみんなは誰も知らないのだ　一日の最初の陽光が出る頃に自分たちが線の向こうに消えてしまわなかったのは　首に縄を巻き　少なくとも腰の下に腕を突っ張って　誰もが頭のなかにトゥッサンの噂を抱いて　とは言え誰もが知っていたのはただそれが彼方のほうの大いなるニグロだったことだけだが　彼らは息を切らしながら、希望のなかで裸になりながら、口に泡を湛えてトゥッサン**〔一八〇四年のハイチ独立を導いた政治家トゥッサン・ルヴェルチュール（一七四三―一八〇三）のこと〕**の名前を吐き出しながら　トゥッサンはどうなったんだ　トゥッサンはどうなったんだ　その名前はどうなったんだ　陸だ　真昼の空よりも高**

い山々のあるあの北の陸地　トゥッサンは貧困とまるで熱湯のような抑圧のなかに出発した　鍋のように閉じられたハイチ　弁護士たち　執行官たち　公務員　博士たちは飛行機に乗ってあそこに鳥たちを狩りにゆく　そんな鳥たちの一羽としてここでは生き残っていない（そしてボナパルトの軍勢やスペイン人たちを散々にやっつけた同じ農民たちが　沼の水に首まで浸かって　もはや哀れな筏を海に出す必要のないあの連中によって流れ作業で殺された獲物を回収してくるのだ　連中がもはや筏を出す必要がないのは　彼らが実に快適なジェット機をもっているからだし　あそこに三度死んだトゥッサンを探しにゆくのではなく　自分たちの空から逃亡した鳥たちが飛んでいるのを探しにゆくからだ）雑貨屋を営む女たちは工芸品を探しにいって　波止場で黒人の品々に目のない観光客たちに売りつけ　呪医たちはたぶんロアに助言をもらいにゆき（パパ・レグバ・バン＝モワン・チタック・プ・シャイエ・ア・カユ〔ロアはハイチのブードゥ教における神格のことで、パパ・レグバもそのひとつ。カタカナの引用部分はクレオール語で「パパ・レグバ、家に持って帰るものをちょっとだけください」の意〕）、　もはやトゥッサンを見る者は誰もいなくて　変化に富んだ広がりの将来を見る者も誰もいなくて　彼らはポルト＝オ＝プランスの上を行く道路に目を上げる観光狩人たちを見ることはなくて　ただその道路のところには　大きな山を喰う伐採の浸食が巨大な傷跡になり　現在の悲惨全幅　来るべき悲惨全幅でおまえの心を締め付けるのだ

レースは三分も続かなかった。興奮の稲妻のようだった。彼らがこの三分間に駆け巡ったのは、人々が仰天まじりの誇らしさで自動車道と呼んでいるもののへたくそに広げられたアスファルトのリボン

（マングローブの盛り土と干上がったサヴァンナのなかにへたくそに切り取られた上り下り路線の四キロ八百の道）というよりも、頭のなかに持ち運んでいる無限の陸地、ブレーキもなしに広がっているあれだけの土地の陶酔で、それらの土地のとんでもない連続性は思い描くことさえできないし、それらの土地の存在感は脳味噌を攪拌し、迷い込むべき森の数々、境界のないサヴァンナの数々、休みことなくギザギザを刻むアンデス山脈、境界や限界の観念までも燃やしてしまうものすべてを目覚めさせる。というのも無限小のなかに、シエラレオネにせよシエラマエストラ〔キューバ最大の山脈、マエストラ山脈のこと〕にせよ広がりというものが去来するから。そして脳味噌がもう見ることも知ることもできないということに擦り減ってしまうときに、黄色い光が下の方の葉叢の致命的な刈り取りと空き地のなかに消えゆくときに、おまえにはもうどこが水源でどこが岸辺なのかがわからないときに、セレスタン・コラントロックが公立学校へゆくためにサンダルと弁当箱を両脇にブランコみたいにぶら下げて電柱から電柱へと駆け下りていったあの六キロの泥と石の道を思い出せるということすらもはや感じ取ることとさえできないときに——元気を出すために数えていった、あの八十八本のすべすべして硬い木の柱の周りを——帰りには——もっと遠くへ、シテール・プラムの木とバシニャック・マンゴーの木のあいだに辛うじて見分けることができる脇道のところにまで飛んでゆくためにぐるぐるとプロペラのように回ることだってできたし、その脇道を通って息絶え絶えになりながら父親の家に登ってゆくと土のなかに嵌め込んだ玄関の大石の前でいつも一匹のペシャンコ豚が待っているのだった——、そんなときには別の道を走らなければならないのではないか、出発する前に到着するほどに、おまえの頭のなかに閉じ込めるほどに、速度と流れる地面を、その場で眠ったままの時間とおまえを遠くに運んでゆく夢を。

　四キロ八百をたぶん二分前後で。だから彼らは見なかった（たぶんそれまでも見たことはなかった）建造物の中ほどの右側の山腹に工場が豪華な台座に載ったように打ち捨てられ、錆や色褪せた銅で引きつっているわけでもなく新品で、輝く鉄板をまとい、やがて幾多の見せかけの捉えどころのない流動になるはずのものに沿って在りし日のことどもの博物館のように置かれているのを――どういう理由でこんな機械が建設され太陽の光のもとでかびるに任せられているのかを問う者は誰もいないだろう。とくに彼らはそうで、なにしろハンドルにしがみついて、できることなら彼らの誰もが猿轡のように口の周りに十年ないし二十年分を結んでいた六カ月の手形を手放してだれか別のやつの手のなかにうまい具合に滑り込ませようとしていたのだから（誰か隣のやつの手形の重みをさらに引き受ける羽目にならないとしてだけれども）。翌日にこの出来事のことを知った道路工事の技師はこう言った、なんて無責任なやつらなんだ、こんなことのために銭を払うのはまたしても本国じゃないか。彼は財産が増えるのを待っているのだ、手数料とか、割増金とか、優遇措置（黒人どものところでもう二年やるか）とかで稼いで本国に帰ったらサン＝ナゼールのセメントに投資するというわけだ。

**アンデスだって？　たぶんアンデスさ。空の高みの青色はフェルトと毛織物ですっかり覆われていてそこに――溶けて泡と消える氷も　鼻から鼻孔から噴き出す雲も勘定には入れないとしても――アフリカ人の誰かが行って暮らすことなどあなたは想像もできないだろうが、実のところそのアフリカ人は〈海岸〉に住み着き　漁をしてタラやチチリ〔クレオール語で「稚魚」の意〕を食べる　〈海岸〉の縁に　巨大な陸のせりあがる前に降ろされたひとりのアフリカ人　彼は再び道をつけはじめる　彼は何に乗り出す？　ひとつの〈大陸〉？　たぶんひとつの〈大陸〉で、あなたが彼を追うことができるなら　それが存在することを夢見ることができるのなら　彼はラマよりも高いところによじ登るだろう　奴隷で鎖につながれた彼**

が　どんな想像力よりも高いところに　誰に出会うため？　トゥパク・アマルに？　たぶんトゥパク・アマル、インカの王　辱められた気高き酋長　彼は天の苦悶のさなかに　切り取られたピラミッド　ぱっくりと口を空けたまま積み上げられた岩に向かってインディオの拳を上げる。だがわれわれはこの天が存在したかも　その苦悶も知らない。そして叛逆の首領はまず　手の届くところにいた　もっとも獰猛な受託者　法官　コレヒドール　金と銅を食らう者　血を飲む物　大洋の彼方の地の権力の代理人に対して拳を握りしめ　そしてかのインディオはその者に死罪に言い渡した　誰が死刑執行人？　あの黒人？　たぶんあの黒人で、つまりこの黒人は公の場で高みから派遣された者の手に　聖なる腕の上にあえて手を置き　公の場でそれが麝香ネズミ　雪のリンクス　赤いくちばしのハゲタカでしかないことを示してみせたのであり　彼はこうしてあのアフリカ人　そう　この〈新大陸〉の最初の死刑執行人だったが、裏切りと歴史の策略によってインカの不敗の首領が打ち負かされたときに——彼は死のなかでももっとも緩慢な公開の死に処され、その子どもたちは彼の責め苦に叫び、彼もまた魂のうちに子どもたちの責め苦に叫んだのだ——その妻も彼の面前で責めさいなまれたのだ——もはやひとつの大陸ではなく　何世紀にもわたってあの死者たちや他の幾多の人々が広がりのなかに積み上げられてゆくひとつの世界の　恐るべき沈黙のなかで——すでにコンキスタドールの子孫たちの家々を越えて、〈海岸〉の砂や小石にまで広がりゆくことになるあの死の劇場の上で——（しかしわれわれは　この舞台とこの沈黙がこうしてある日むすばれたことを知らない——われわれは　四頭の猛り狂った動物の速駆けによって冒瀆者であるインディオを四つ裂きの刑に処そうとしても無駄で　彼がその体に周囲の土地全体をそしてまた遠く海を、　土地全体の力を集めたこと　彼があまりに長く四つ裂きの刑に耐えたために　見世物を短縮するためにとうとう彼を絞殺するか生きたまま切り刻むかするように命令が下されたことを知らない）——彼はまたそこにまたもや初めてのアフリカ人として立ち会うために、抵抗のなかで立ちすく

**み続ける呪われた王に死出の道を開くために名指されたアフリカ人だった。まさにあの人？　最初の判官だったまさにあの人、あの拳を支えたアフリカ人、サヴァンナの蜃気楼のようにアンデスの高地で生み出された黒人、そうだ、そして彼は最初の人として誰にも目を向けることなく死んだのだ。**

到着地点だった——日銭仕事の終わりだ。コールタールのドラム缶は脇によけられ、彼らが自動車道と呼ぶものがふたたび開かれて、いつもの続きとばかりに多くの犠牲者を両側の土手に横たえたり分離帯の上でぶっ壊したりすることになる。

でもそんなのはスピードじゃない、とシラシエが言う、スパイダータイプのオープンカーみたいに一気に行くのさ、十一馬力のやつがあればシラシエが何をやってみせるかわかる。

それから彼はだらだらと散ってゆく小さな群衆を軽蔑の目で見つめる。

何も何でもない、とドゥランが言う。

海のなかに降りてゆきたいんなら、あいつらはバチスカーフなんとか〔バチスカーフ（深海探査用の潜水艇）のこと〕をもっていて　そいつがゆっくりと降りてゆく——オッスさんのテレビのなかであいつらがそいつを引き揚げるとき、つまりそいつが深き淵より昇ってくるときには、下の方にガラス窓があるのが見えて、船体の周りを海水が長い髪みたいに落ちてゆく。

地中に降りてゆきたいんなら、あいつらは洞窟探検家とやらを発明して、そいつは額の真ん中に灯のつく目、ヘルメットやらの装備一式を備えていて、あの底の方でも眠りそうに見える。

星に昇っていきたいんなら、あいつらはもうロケットを発射している、おまえは煙に巻かれたままで、おまえがやっつけた五段目はすぐに落下する。

（おまえの周りにぐるぐるとスピードを繰り出したいんなら、あいつらはジョゼファみたいに直線を描いている、俺はスピードがどこにあるのか言っているんだ、とシラシエは言う。）

宇宙飛行士、洞窟探検家、ボーイングそれに自動車道。あいつらは道路のそこかしこに関所を設けてそこを通らせる。

（みんなのために何か地面に植えたいんなら、あいつらはおまえになんだかとにかくひと区画をくれるのさ、とメデリュスが言う。）

海を走りたいんなら、あいつらは三本煙突の大西洋横断船を通過させる、それはアメリカの観光客のためで　市長だか司祭だかがポスターを貼らせる

VISIT THE CHURCH
GOD BLESS AMERICA!

けれども船がストでもすれば二日のうちにもうパンもジャガイモもリンゴジュースもレンズ豆も米もタラも塩もたぶん砂糖も缶入りの牛乳も瓶入りの牛乳もなくなってもう何も入ってこない、たった二日で島には何もなくなるニンニクもタマネギも。

でも島ネギ〔現地では「オニオン＝ペイ」と呼ばれる、日本のネギに似た野菜〕がある。

どんな島ネギ？

そのとき彼らは「島ネギ、どんな島ネギ、島ネギさ」、「島ネギ、どんな島ネギ、島ネギさ」と単調なメロディにそっとリズムをつけて歌っていた。

ああ　言っておくけれど

俺には厳しい自由の戦士が見える　彼は早駆ける　闘う　埃のなかに倒れる　彼は戦闘とゲリラを指揮した　森のなかで話した　砂のなかを歩いた　岩の上に眠った　ほら彼の肖像が　壁から壁へと伝わってゆき　薄く色褪せる　彼は純粋な心をもった良き植民者なのか　いやキューバの黒人将軍マセオ〔キューバ独立戦争を率いた将軍アントニオ・マセオ（一八四五—一八九六）のこと〕だ　白い肖像画にされても　あれはマセオだ

ああ　言っておくけれど

俺にはどこかの街道にいるひとりの女が見える　埃のなかを探している　顔にはいっさい涙もなく戦闘で死んだ三人の息子の思い出を胸に温めそして　馬が転倒した道の土をかき集める　彼女は幾世紀と幾山脈の道行きを再びゆく　あれはマセオの母親

ああ　言っておくけれど

俺には木の枝ひとつない埃の平地が見える　そこには確かな道ひとつ通ってはいない　転倒する一匹の馬も　自由のなかに倒れた息子たちに悲嘆する一人の女も通りはしない　俺にはゴミや梱包材の広がる場が見える　そこにはほんのわずかな水流も　おまえを包み込む森も　別の幾多の戦いを起こすために身を隠すべきスイバ草も置くことはできない　おまえが知らない誰か　それでもその名前がおまえのなかで蠢く誰かの存在も　それはマセオ

ああ　言っておくけれど

俺には区切られた平地が見える　そこに生えるのは戦いに入るためにおまえが耕す夜ではなくて　彼らが自動車道と呼ぶものの果てるところのアスファルト　そこに現れるのはモノマグ　ドゥースレット〔ココナツをベースとした砂糖菓子〕よりも甘い店舗のスピーカー　一辺が少なくとも二百か　もしかすると三百メートルの

**四角形　そこに閉じ込めるのはあまたの車やオートバイよりもっと大きなもの　そこに閉じ込めるのは源泉と植林に退却した邦全土の思い出　そしてそこでは一人の男が馬を疾走させて駆け下り　みずからの邦に根を下ろす　おお　マセオ**
**ああ　言っておくけれど**
**敗れた英雄たち　切り刻まれた土地　落ちてくる幾多の不幸、マセオに増して漂白されたおまえの記憶のなかで**

海を渡るんだ、とシラシエが言う。でもどうやって？　オディベールみたいに船尾に二本の櫂をつけて、でなければヨットマンとやらみたいに帆に風を受けて？　誰が海の彼方に渡ってゆく？

仕事を探す男？

ごろにゃんといちゃついている男？

女とヤッてる男？

里芋《シュー・デュール》を引っこ抜いている男？

どぶを洗っている男？

サイコロを転がしている男？

三十七人の子どもを罵る男？

正午に叫ぶ男？

エピファーヌのパパである男？

窓口の前の男？

素っ裸で山刀も持っていない男？

（じゃあ女は、とドゥランが言う。）
真夜中に茫然としている女？
五十歳にしてバナナで？
スリップを着ていない女？
第七日〔セヴンスデイ・アドヴァンティスト教会のこと〕の女？
十二回出産した女？
週に十フランの女？
おっぱいの垂れた女？
聖体パンを食べる女？
ペエミ〔ＰＭＩ（母子保護施設）のこと〕にいる女？
（じゃあどうやって渡る、とドゥランが言う。）
小型フェリーで？
双胴船で？
穴のない網で？
鰹の群れで？
観光船で？
パナマ帽で？
右に左に櫂を漕いで？
（それで何を見つけに、とドゥランが言う。）
邦　おまえの邦を見つけに。

おまえの兄弟以上のやつに遭いに。
母なる粘土を抱きしめるために。
死にゆく男たちのために。
海に囲まれた陸の広がりのために。
手に水を取るために。
パカラ芋のために。
唐辛子添えのパンの実のために。
スースカイ〔戻したシオダラや細かく刻んだ野菜を混ぜて作る料理〕と友愛のために。
（話がすごく上手だな、とドゥランが言う。）
いや　フランスに行くためなのさ。
誰かさんに投票するためさ。
向こうで白くなるためさ。
西洋ゴボウを食べるためさ。
一歩一歩死んでゆくためさ。
臨終を飾りたてるためさ。
（話が上手なんてもんじゃない、とドゥランが言う。）

そして周辺のあれだけの土地のむずむずする感覚だ　俺たちはその叫びが俺たちに呼びかけていることを知らないけれど——ジャマイカでは高地に逃亡奴隷の共和国ができて　やがて権力が交替するたびにスペインの総督と交渉し　ほどなく逃亡奴隷志願者を追い詰めて　それから鉛みたいな首輪をした重厚な犬を連れた低地の奴隷狩りの植民者たちに引き渡した、そのおかげで少しまた少しと（つまり下の方の刑場で引きちぎられる腕一本一本に合わせて）この自由の共和国には　自由へと走る人々を追跡する習慣があらわれて、結局はひとつの異例な結びつきができあがった　つまり　拒絶して高地に逃亡した人々が追跡者であり〈逃亡者〉の子孫は警察のスペシャリストとなり、〈否定者〉の記憶はボーシャンに縮減され、チガンバとなって消え去り、もちろんわれわれが〈逃げたやつ〉と呼ぶオディベールも、隣人が膨らませようとするイメージを心のなかでいつも圧し殺そうと望み、オディベールはだから　あらゆる隣人のために　ぶち壊さなければならない蜃気楼を思い描く運命にあった——たぶん遠く　とても遠くの、泥水の大河とサトウキビのあるノルデステの大地では、思いがけずブラジルの太った腹では、ズンビ〔ブラジルの逃亡奴隷共同体キロンボの指導者（一六五五?—一六九五）〕側の指導者たちはエンリケ〔ブラジルのアフリカ系軍事指導者エンリケ・ディアス（?—一六六二）のこと〕側の指導者たちと恐ろしく似ていて、拒否する者は受け容れ協力する者の上をなぞったようで、まるで最初の日からそれがわれわれの仮借なき宿命であったかのようで、一人のベリューズがいつも一人のロングエを三本の黒檀のあいだで根絶やしにする使命を帯びているかのようで、——けれどももちろん　こちらは本のなかの話で、その渦巻きは辛うじて午後の陽光の悲しい金色のなかで震えているにすぎない、——もちろんどんな意味も　エピファーヌがその眼を名状しがたい汁でいっぱいにしながら、止むことなく駆け下りてゆくあの競争やあの道の数々から離れていった、——もちろん　われわれはどんな狂気のためにいつもひとつの影が（それになぜそれを一人の殺人者オディベールと言い　そう名付けないのか）徘徊して　そのどうでもいいゾンビの外見についてわれわれに訊くのかは知らない、——そしてギャラ

**ンについて言えば、見てみることを認めればいい、とメデリュスが言う。**

道路工事はまだその果てまで行ってはいなくて、竣工を表すテープがレースのゴールみたいに張られてもいなかったが、ドゥランはもうそのレースをあらためて天空で走っていた。というのも彼は言葉を聞いたからだ。神様が助けてくださる。

神様は「末世の降誕」によって助けてくださる、と彼は言う。わが兄弟たる人々よ、走るのを止めなさい。出発するのを止めなさい。主がやってきて　おまえの胎盤が埋められた木蔭でおまえを拾い上げてくださる。この「末世の降誕」の祝福されし日に、おまえはドゥラン修道士に出会うという至福を得るだろうそして修道士はおまえの手を取り主へと導くだろう。神様が助けてくださる。わが兄弟たる人々よ、不信心者の言葉に耳を傾けるな。レースに賭けるのは地獄の罪業である。遠くに出立することは煉獄の罪業である。何やらわからないカトリック聖教会の演説にもアドベンチストにもエホバの証人にも第七日教会にも耳を傾けるな。周囲一キロでは少なくとも十一の言葉が聞こえる、「歓喜の朝」だの、「唯一慈悲の聖母」だの、「降誕の幼子」だの、「明日の信者」だの、そんなこんなは悪魔ベルゼブートの言葉だから耳を傾けてはいけない。「末世の降誕」があなたたちを待っている。ドゥラン修道士があなたたちを待っている。主があなたたちを待っている。

毎日午後になると、あちらの集落またあちらの集落で、彼が葬列について行って、涙にかきくれる親族の傍らにこれ見よがしに位置取りしているのが見られた、かつては初めての遺体降ろしの折にあれだけ上手にステップを踏んでいた彼がだ。いまや埋葬は名士連中もてかてかした黒い背広姿のいかにも立派そうな老人たちもすみれ色のスカーフで頭を覆った近所の女たちも、とにかく誰もが欠席しようとはしない真面目な行事なのだ。埋葬はまるで国民的スポーツみたいになって、視聴率が最も高いラジオ放送で告知されていた。誰もが、避けがたい事どもの無頓着な順番に従ってそこにやってきて、自分の人生について夢想するのだった。なあアンテノールあんたは俺がここ生まれ故郷で何になるのかを訊くが俺は課長さんになったんだ、なあ知ってるだろ俺は今度帰ってくるのが心配だったとくに十九年もアフリカにいた日には、そうさ請け合ってもいいが早く任命されるようにしろよわかるだろ、アフリカ人はあんたを長いこと雇いはしないさあの連中はひとつのことしか望んでいない俺たちをお払い箱にすることだそれにこうも言えるがここのほうがまだましさあんたはいわば同じくらい稼げるし周りの人たちもいるしそれに誰もあんたを目を剥いて見たりはしないし反対にみんながおべっかをつかうさだって後ろ盾がいるからなそれに無責任な野心家たちについての噂があるにしてもこうも言えるんだすぐには変わりはしないこの結構でご大層な海外県さまさまの前途にはまだだいぶ時間がある。白い街は足踏みする群衆でいっぱいになり誰もが行列の先頭になったり家族のメンバーと握手をしてすばやくお悔やみの言葉を呟いたりするためにうまい具合に立ちまわる——白く塗られた小さなセメントの家々、金泥を施した四角い大理石、混ぜ物をした石膏で縁どられた塚を横切るように置かれた真珠の冠、黒や白の十字架を建てられた墓穴、そんな風景は周囲の土地のなかではまるで輝ける括弧みたいで、周りの土地にはいまやただひとつの池さえ丸い穴になりはせずもはやせき止めて一匹でもザリガニを採ることのできる池さえなく、そして〈死者たちの家〉に降ろすべきひとつの遺体だけがそこからは見える。周りの土地には毒入りの泥の痕跡が、ハマベブドウが干からびてひとりでに燃えている浜辺の縁にいくらか残っているばかり。われわれには世界に到来する方法がこれしかない——腐敗する乾燥によって。それがわれわれの関係だ——本当は世界のいたるところで土地はこうして脅かされ、水はまったく涸れ果てているのではないだろうか——だからその点では少なくともわれわれは宇宙となにかを分け持っている。
　群衆の端の方で、二つの墓石の間に立ち、ドゥランはみんなに見られながら静かな言葉を繰り出す、万聖節の夜になれば何千本もの蝋燭の震えが燃え上がるこの白い街の住民として。神様が助けてくださる、と彼は言う。そして、カトリックの司祭と同時に、地面のなかに置かれた男や女を祝福するのだ。

**　そして踏み分け道を仕上げるのは、ほら、カリブ海のどこかの丘のように土地の上を走る一本の道の砂の積みあがった先頭部分だ、ほら、〈高み〉から深海まで落ちていった時間のあれだけの波の果てるところ、ほら、海水に洗われた木の株にも増してかちかちになって動くことなくうずくまっているのは、輪郭定かならぬ一人の女——いつもあの慎みを身に帯びた同じ女、肌に白い粉を乳のように噴き出させながらタロイモを擦り下ろす女たち、石鹸水のなかで胸を揺する洗濯女たち、地獄の扉口にいるオトゥーヌ夫人、階段の下にいるエンマ、行ったり来たりしながら〈サークル〉の常連にはもう見えてもいないアルマンド、数知れぬ水兵たちに踏みしだかれないために足を内側に引っ込めて踊るマイテ、腰を愛撫するだけのために梯子がいるほど背が伸びたジョゼファ、パリに暮らしてもっとも教養ある世界記述**〔マルコポーロ『東方見聞録』のフランス語タイトル「Devisement du monde（世界の記述）」による〕**を生きていると信じているペトロニーズ、公衆の前には決して姿を現さないけれどもことの成り行きで「末世の降誕」の「大いなる修道女」となってしまったドゥラン夫人、シラシエが言い寄って爆発させるハーブで身づくろいする女、子どもたちの父親に政府がお情けで**

ほんのちょっぴりの金を恵んでくれることを期待して社会保険事務所の前で待っているマドモアゼル・エリアとシシーヌ・マジャンタ、猛り狂った狩人たちによって家のなかで黒いキャッサバみたいに燻され焼かれた夜をまとった痩せた女、そうやって海の彼方へ帰還の旅立ちをしなければならないことを重々承知していたあの女、一八四八年の奴隷解放の片隅で憲兵隊のパトロールによって一網打尽となりながら垂れた乳房に目の据わった幼子たちを貼りつかせていた花崗岩のような母親たち——太陽で温められた煉瓦よりも生気のない女——海に囲まれたあれだけの陸地の広がりのなかで女はいわば長すぎる沈黙の細長くて白い岩の切れ端を選びそこにその疲労と諦めを永遠に埋め込んだかあるいはもしかするとそこに、ドミニカやハイチやキューバからペルーの山脈の麓にいたる幾多の島の谷間を走るあの踏み分け道の果てに、巨大で不動の忍耐を植え付けたのだその忍耐のおかげで女は秩序も記憶もないまま繰り出されてゆく数知れぬ年月の昔から持ちこたえて集うことができたのだ、いわく言い難い色をした女が大洋に海に蒼ざめた両手を置いている

　的玉を投げよ！　とドゥランが叫ぶ。わが兄弟たる人々よ、きみたちはそうやってみんな姦淫の罪を犯しているみたいに一個の的玉の延長線上にある二個の玉を覗き込んでいる。おまえは三年前からペタンク〔最初に投じた的玉に向かって鉄球を交互に投げ、的玉に近い鉄球がポイントになるゲーム〕に耽っていて　距離を測ったりカロー〔相手の鉄球に自分の玉を命中させて弾き出し、その場所を自分が占めてポイントを得る技のこと〕を決めたりばかりしている。的玉を投げよ　果てしなく、二つの玉はセラファン・コラント

ロックの痩せ豚の金玉みたいに後を追いかけるだろう。主が「降誕」におでましになるときに、ドゥランはおまえの手を取って導くであろう。

　すると同じ瞬間にもうひとつの演説が、椰子の木に囲まれた夜のなかで、彼に答える。その男は少しずつ感情を爆発させていった、笑い喝采し応援し注釈する群衆の前で、見えるのは男のシルエットと稲妻のような仕草だけだったが声を張り上げていた。あいつらは本国にうっとりしてるんだろ、けれどわれわれは何を製造してるって言うんだおまえは自分の両手で何を作ってるんだ（男はほとんど自分のシャツを引きちぎらんばかりだ）おまえにシャツをくれるのは本国じゃないぞ、そうさ、本国はおまえにシャツを売るんだ、じゃあどの金で払う、おまえに家族手当や、それにアエムジェ〔AMG（無償医療サービス）のこと〕の券や、買い物するためにおまえがお願いするあれやこれやの援助をくれるのは本国じゃないぞ（男は芝居がかかった仕草でぱっとズボンを脱ぐ）おまえにズボンを送ってくれるのはもしかすると本国じゃないぞ、違う、前と後ろにポケットのついてるズボン、それに革、腰を結わえる革バンドをおまえはどこでこしらえている（男は道路沿いの砂のうえで踊る）おまえにバターやトマトやサラダ菜を送ってよこすのは本国じゃないぞそういうものをどこで見るんだモノマグや合板造りのストアのほかに、おまえに自動車やバイクや区間のある自転車競走や飛行機の通行を送ってよこすのは本国じゃないぞ、そいつは本国だおまえのパパ・ママ・里親だ、ネクタイそいつは本国だ背広そいつは本国だ（誰も予測しないいまに男は突然パンツを剥ぎ取る）それにでかい卵を寝かすためのプチバトー〔フランスの子ども用衣料品メーカー「プチバトー」のことを指すと思われる〕猊下そいつは本国だ（男は着ていたもの全部を激しく振り回しながら踊る）そいつは本国だ（男は夜の影のなかで笑いながら逃げまどう娘たちを追いかける）そいつは本国だと男は泡を吹きながら口ごもるそいつは本国だ。

# （一九七四）

だから最近、葉のない木の三本の苗の下で、泥とゴミにまみれた二筋の水の流れのなかで、島というすっかりむしり取られたただひとつの台地、泥に埋まった踏み分け道の上でそしてその道を通って〈否定者〉、原初の〈逃亡奴隷〉、たぶん最初の一人ではないけれどたしかにもっとも屈強で気難しいその男が、邦を知り伴侶をさらうために降りてきた。

何をするために、と彼らは言う――ばらばらになりながら――過去どんな過去、〈否定者〉どんな否定者、誰が来て誰が生まれた、それは同じ男だ、それは何だ何の邦だ、白人の混血のインディオの、いやただ人々の邦。

そうね、と――通りがかりに――ペトロニーズが言う（彼女はルテチア〔パリの古称〕に住んでいる）わたしは確かにどうやってこの穴で生きてゆけばいいのかわからない。将来も劇場も文化も知識も職歴もないあの穴で。

そうさ、と一人のベレム、現代版のベレムが言う、前を見なければいけないよ、あんたは今日の諸問題のことを言ってるんだろう、違うかい？

つまり泥土でも赤い肉厚の草にもふんだんに配給される水でもなくて灰色と凝灰岩に埋もれた踏み分け道にアーケードやバンガローやスーパーマーケットやヘリポートが植え付けられる。みんなが問う――「それじゃあ、なにをやればいい？」もしかするとやがて消えてゆくあの三人、メデリュス・シラシエ・ドゥランは言わずもがな、われわれも三人とともに、逝きし日々が埋もれていても明日は決して立ち上がることのない漠たる土地の黄色い明かりのなかで。みんなが叫ぶ――「じゃあそれはどういう意味だ？　はっきりしてくれ、はっきりとわかるように話してくれ、みんなのために話してくれ」、誰もその奥底をはっきりさせられないしその動きを止めることもできないこの揺れ動く苦しみのなかで。失われた踏み分け道はやはり失われていた。

一、展望

最初の強制移住者たち――鎖

焼き畑

一六三五　結びつき――紐
一七八八　ロングエの始祖
一八四八　戸籍の割り当て
一九三九　ドゥラン・メデリュス・シラシエ
一九四五　ギャランの死
　　　　　パパ・ロングエの死
一九四六　終焉――綱
一九五九　他の者たちと同じ死者たち
一九六〇　レザルド川が涸れる
一九七二　工場の最後の幽霊

二、源泉

ドゥラン、真ん丸でとてもお喋り、弾けるように陽気。仕事を探している。〈高み〉からの声を見出す。

シラシエ、背が高く痩せていて、目は黄色く、派手に叫ぶ。手には山刀。仕事を探している。いつも探している。

メデリュス、注意深くて、スパルタ風の革サンダルを履いていて、酒は飲まず、なんだか神秘的。仕事を探している。終わることなく大地を夢みている。

エピファーヌ、もう何にも心を動かされない。彷徨う、あるいはこの地の言い回しでは、漂ってる。こいつの道は何？

子どものセレスタン、われわれの記憶の隠された顔。黙り込む。知識はしっかりと。もちろんセレスタン・コラントロックという大の男の父親じゃあない。

セレスタン・コラントロックの息子、六年生に受け入れられて移行学級の五年生にそれから四年生の調整を経て実践の三年生〔フランスの学制では中等教育は「六年生」から始まり、五年生、四年生と進級してゆく〕そして人生へ、でもどんな人生。

銃殺になった三人。戻ってきた三人。三百年前から虐殺されて。たぶんモノマグの包装のなかで死ぬことになるだろう。でなければたぶん、できれば五〇四ナンバーの、落ちては甦ったタクシーから落ちることになる。

ロメ。

ムシュー・ラネック、元々の悲痛な形で消えてしまった。良心の死。ラネック家の人々は今ではお墨付きをくれる人文主義者だ。普遍愛好家。ラネック氏を悼もう。

（そして女だけれど、誰が辱められ捨てられた女のことを考えるのか？）

三、標識

ムシュー・レスプリ、この人も順応した。技術者、参事官になり、使節団や調査団のメンバーを迎え入れている。こんな決まり文句を創り出している――「みなさん、三日以内でみなさんは状況の正確で決定的なイメージを得ることができます」レスプリ氏を賞賛しよう。

ベレム（でなければブレム？）は太陽で丸くなり、本来の色は鮮やかな赤。誰もが忘れてしまったのは彼がランド地方〔フランス南西部の地方名〕出身だということ。しかも実はそんなことはみんな全然知らなかった。彼はRの音を発音さえしない〔クレオール語ではRの発音が脱落する傾向がある〕。民話の専門家になった。「地元の伝統」を救ったという評判。

ムシュー・ケベック。「あなたはサバトが何なのかを知っていますか？　騒音、大騒ぎ、サバトのことを？」と彼は言う。「あなたはペリシテ人とは何なのか知っていますか？」と彼は言う。「ドゥルゼール、あなたはペリシテ人です〔「ペリシテ人」には「教養のない俗物」という意味がある〕」と彼は言う。

ムシュー・シャダン、捻じ曲げられた民族と同じくらい死んだように固まって、世界のドラマのなかに（動きもしないままに）消え去り、おのれの叫びを叫ぶこともなかった。

オディベール、われわれ一人ひとりのなかにいるゾンビ。われわれの記憶のなかの彷徨う顔。われわれは彼のあとを追いかけ、彼を殺そうとするが、彼は平気の平左だ。永遠に逃げ去る。われわれは彼が、この前の乾季に、われわれのしかめっ面を通過するのを見ただろうか？

四、尺度

**高みの森**、原初の隠れ処、道もなく、涸れることもなく。四元素、真夜中の薄紫。アコマ、黒檀、マホガニー、アカジュー。つねに刈り込まれ、つねに佇む。

**丘**、セメントのアーケードをいただき、無感覚に増殖して――そこではなにもかもが消費され、**もう気づかれることのない**あの悲劇の静かな月並みさだけが太陽のもとで震えている。

**サトウキビ**、マングースと蛇のための形のない闘技場。踏み分け道を怖がることはない、逃亡奴隷たちが子どもをさらってゆくことはない。「農業用地」を恐れろ。(**アルシー＝シュル＝オーブの方には、**二、三のラム製造所＝製糖所の名残がのこっている。)

**マングローブ**、マングローブの定めは蟹たちを育むこと。けれどもいかんせん「工業地帯」は白い瓦礫に不意打ちされたあの花咲く水に設置されるしかなかった。レザルド川の骸骨の上には段ボールや石膏の屑が。

**サボテン**、風吹く稜線にざらつく歯を晒しながら、時間の花粉を食い止め、正午には光が灯る。誰もそれを摘み取ることはない。在りし日に消えてゆく。

**塩田**。何をこしらえるかあるいはたぶん創り出すかを探し求めているのなら、最南端で小石から小石へとそぞろ歩いてみればいい、〈悪魔のテーブル〉の大岩にまで悲しい泡が届いているのが見えるだろう。

**浜辺**、焼け付く正午に、いまや実も結ばないハマベブドウを横切るように、砂のなかに「観光用地」の最初のスローガンが出現するのを見て、ただただ驚いている。

五、テレビ

〈そうです、と——訪問の最後に——海外領土担当大臣が言った、この地の文化的アイデンティティを明らかにすることがわれわれにかかっているのは間違いありません。文化的アイデンティティについてきちんと考えられてはいないのです。それはわれわれの憲法の字面にはなくても少なくともその精神のなかに書き込まれている権利であり、政府の持続的な関心事項なのです。

そうです、と——訪問の最後に——大臣が別の大臣について言った、それにわたしの同僚はグアドループ人ですよ、なにしろあちらに土地を買ったんですから。

そうです、と——訪問の最後に——農業団体の派遣団が言った、ここは地上の楽園です。もちろんいろいろな問題はありますよ、でもフランス人はフランス人です、ブルターニュ人であろうとアルザス人であろうとアンティル人であろうと。

そうです、と――訪問の最後に――人民に選ばれた議員さんたちが言った、この共通の歴史を否定することはできません、この共通の歴史を否定してはなりません、誰がこの共通の歴史を否定できるでしょうか、どうやってこの共通の歴史を否定するというのでしょう、なにと共通ですって、〈連合〉〈共同体〉〔一九四六年にフランス本国と植民地とを合わせて形成された〈フランス連合〉と、一九五八年にその後継として創設された〈フランス共同体〉のことを指す〕とですよ。

そうです、と――契約の終わりに――編集長が言った、この地やその住民について、ジョゼフィーヌ、シェルシエール、ラ・シュルターヌ〔マルティニックの農園経営者の娘として生まれたエメ・デュ・ビュック・デュ・リヴェリのこと。伝説では、十九世紀の初めにオスマン帝国のスルタンの母となったとされる〕、デスナンビュック〔フランスの航海家、冒険家のピエール・ブラン・デスナンビュック（一五八五―一六三七）。アンティル諸島の植民地化に大きな役割を果たした〕、ラバ神父について今までこれほど語られたことはありません。世界の目はわれわれに釘付けですよ。

そうです、と――訪問の最後に――観光副大臣が言った、島の住民なしに、あるいは島の住民に反して観光産業を発展させることができないのは明らかです。しかも、自然景観を保護したり保存したりするという正当な配慮は、雇用の可能性の源泉を無視するものとなってはなりません。

そうです、と軍事連携作戦担当の司令官は率直に言った、海外の破壊的侵略者の集団（赤）と防衛集団（青）が存在するでしょう。本国で行われているように、住民は青軍と協力して侵略者たちの移動の情報を提供することになると考えます。）

（一九四四、一九六〇、一九七三）

（彼はおまえに話していた。）

「土地の水を共同体に集めること。川の水、泉の水。朝食にはザリガニ、金曜日の食事には黒い魚。共同体のための大きな網をいくつか。水浴用の穴。〈復活の泉〉」

「水の流れの周りに家々を集めること。ドアや窓は東方に向けて。裏口は西方に。閉じられた囲い地。釜は岩の上に。第一に、おまえは水を見つめる。第二に、おまえは昇りゆく太陽を見つめる」

「囲い地の周りに配置すること。子どもが七人いる家族、これが第一線。子どもが五人いる家族、囲い地の曲がり角に。子どもが三人の家族、これが第二線。最初に配置されるのは八番のムシュー・レ、またの名をチ＝ジョジョ、鍬と掘削棒の名人」

（彼は地図を拡げる。）

九番。ニアラップ・アゼリー。顔を背けること、ニアラップはとても美しい。感心するべき女。可愛い子どもたち。

十番。ポラック・エメラント。腰をぎゅっと縛って。いつも立っている。

十一番。バトゥ・フェフェとマン・フェフェ。信仰と慈善。ムシュー・フェフェ、漁網の名人。

十二番。リシャール・プロクシマン、人呼んでレリッシュ、それにマン・レリッシュ。葉っぱの下に眠る富。

十三番。アタユアルプ・プリュダンス。垂れた髪。男の子は一人もいなくて娘が七人。割り振りにどれだけ相談したことか。

十四番。ウバンギ・メスマン、人呼んでピチ＝シャリ、教会と市役所でちゃんと結婚した妻とともに。

（次は、家族に子どもが五人。）（彼は地図を回す、よく見えるように。）

十五番。マキントッシュ・アルフレド、マン・キントシュと一緒に。彼はよく知っている、蛇や刺された場合のことを。

十六番。タルジャン・メロディ、ムシュー・ラファエル・タルジャンこと人呼んでタエルの母方の従姉妹。

十七番。ソリマン・バカナル、人呼んでボルダージュ。たった一人で何人の子どもを育てているのやら。

一番。マドモアゼル・エリア・マルパン。なぜならフィリベールが生活保障の金をせしめるから。

（彼はまた地図を回す。）（今度は子どもが三人の家族。）

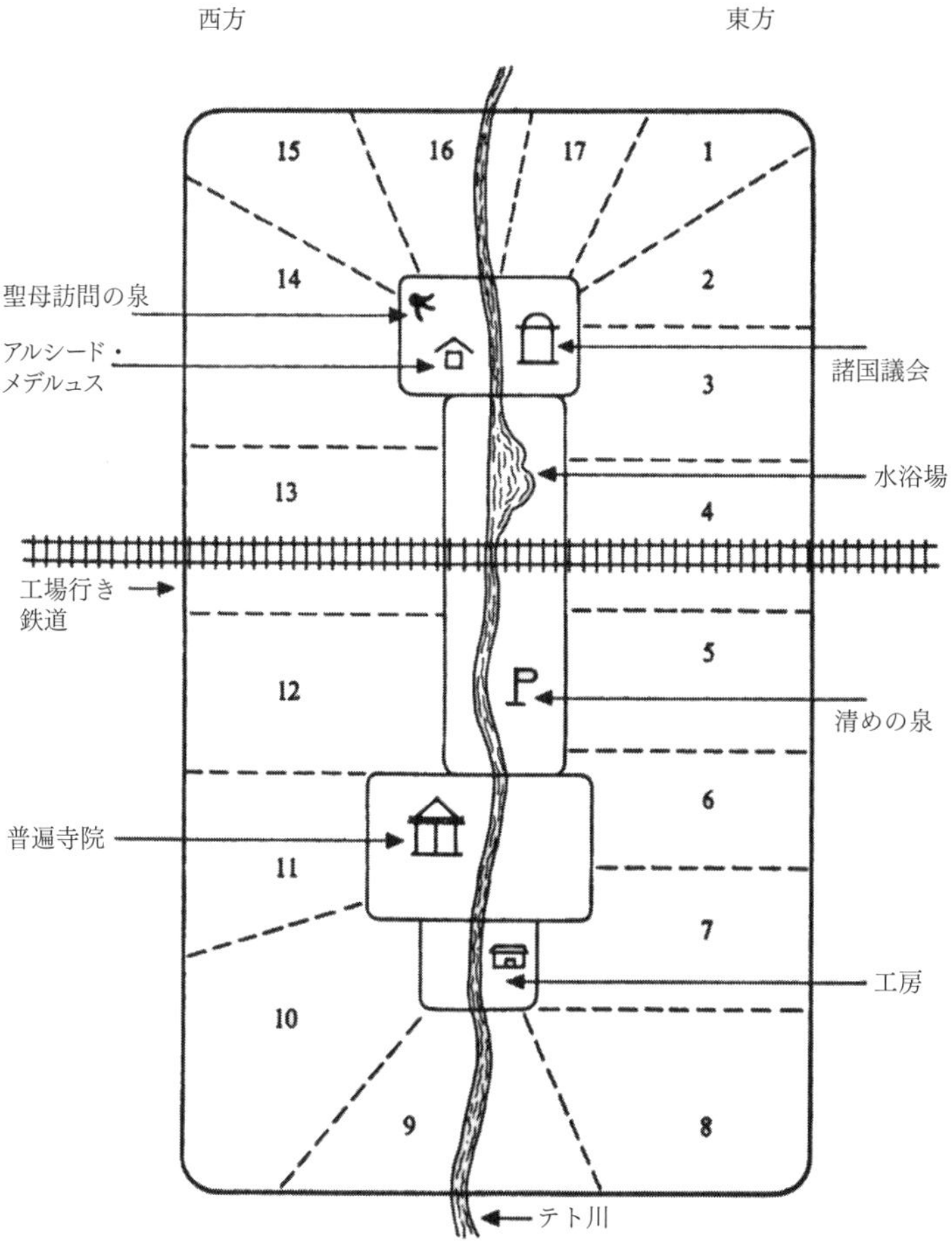
西方
東方
15
16
17
1
14
2
聖母訪問の泉
アルシード・
メデルュス
諸国議会
3
13
水浴場
4
工場行き
鉄道
5
12
清めの泉
6
普遍寺院
11
7
工房
10
9
8
テト川

土地と労働の掟！

二番。アルフォンシーヌ・マジャンタ、人呼んでシシーヌ・マジャンタ、椰子の枝三本で屋根をふいた女。

三番。セレテル・ユードルクシ。それで俺アルシード・メデリュスとしちゃあな。ユードクルクシは俺と同じで男で通るだろうユードルクシがいいと言うならね。

四番。ベリューズ・マリー・アルベール、政治をやってたムシュー・マチウ・ベリューズのおじさんで間違えない。

五番。ラブラニ・アノンシアシオン。一言も言わないでおこうぜ。ユードルクシが嫉妬するから。ラブラニはクーリ〔奴隷制廃止後に労働力として導入されたインド人やその子孫のこと〕なんだ。クーリはイカシすぎてるのさ。

六番。セラ・セレリテ、おまえがミセアと呼んでいるマリー・セラの妹で、知っての通りどこへ行ってもあのムシュー・マチウの後を駆け足で追いかけている。

七番。ココネ人呼んでココとマン・ココ。威厳がある。メデリュスがいなければココネがそこを取る。


「審議が行われる諸国議会のモニュメントを忘れないこと、黙想の泉も、水浴とザリガニのための池も、清めの泉も、普遍寺院も工房も忘れないこと。」

(彼は地図を手で思いっきり回し　おまえの目の下でいきなり止める。)


「大地は直線でできてはいないと言うこと。人が直線を作ると言うこと」

「各人がその長所に応じてと言うこと」

つまり彼は土地を、その地図の厳粛な加護のもと、各人の長所に応じて配分するということだ——最初に七人かそれ以上の子どものいる人々に呼びかけ、まずはレ夫妻、働き者の夫妻を、そして以下同様に名前のリスト、指定の場所、役割と任務、義務と儀式を読み上げ、貼り合わされ、継ぎはぎだらけで、赤土のざらざらした油染みのついた紙に図面を描き、そこには彼の事業の夢とみんなの仕事の道筋が投影されていた——彼はふたたびリストを読み上げ始め、訪問者のために詳しく説明し、それぞれの意味を明らかにし、それぞれの考察を展開するのだった——もう何年も前から　土地の開花を水の周りに集めて奔出させることができない疼きに身を縮め、そして時に土地と自分の頭に広がる旱魃に息を切らしながら。


「叫べ　叫べ。古の黒い土地。おまえの頭のなかに。大きな木蔭の数々。晴れ間」

「それがおまえの頭のなかに広がる」

「習慣を失くした邦。火に煙るサヴァンナ。深々と黒い森。抹消すること」

「在りし日を通じて耳を傾けること。そこまで空間を下ること」

「幾多の民の声まで。一気に集った民の」


つまりあの歪んだ静かな死の顛末から　望むらくは世界の秘密が多様な声に満ち満ちたただひとつの歌のなかで明らかになる複数の未来に至る、ひとつの道のりがあるかもしれないということだ——この道は彼を、この集まりを、彼が手にするそして彼が時に応じて何も考えることなく池の水のなかで点々と回想してゆく土地を通ってゆくということだ。

（彼はおまえに話していた。）

「直線で地図を描くこと。直線と哀憐とで。紙の上にまっすぐな地図を描くこと。けれどもまた紙から出ること。ページから遠く溢れ出すこと。土地はページのなかにはない。土地、土地のなかで剥き出しにされた」

「鍬を入れるために土地を走ること。鍬を入れるか棒で掘り起こすか。サンマルタン芋とココディ芋。黄色芋と紫芋。大粒トウモロコシと花トウモロコシ。周囲の土地全体に」

「土地の果てまで行くこと。鉛筆のあとは犂で描くこと。丘を登って降りること。こんなに小さな土地を駆け回ること。おまえの頭のなかに土地を入れること」

つまりこの耕すべき土地の背後にも、下の方にも遠くにも無限の高みにも、ドゥランことギャルサン・ドゥランがこれまで安定して儲かる仕事の元を探しに行ったどんな方面にも、理解するために引きこもったり、高みのマホガニーの木のように眠って快楽を得たりするための空間はなかったということだ——なぜなら縺れ絡まったあの高みに至るまで空間は荒らされて涸れ果てていたからだ——土地のこのメロドラマのなかで揺れ動くみんなが感じていたのは　自分たちが自分の皮膚という境界に閉じ込められているということだったから、後背地と呼ばれるものの有益な闇のなかで、おのれの土地と自分とが一体化するあの隠れた場所にまで、土地の上で輝く灯火のように膨張してゆくという　人にとってのあの無二の歓び、そんな歓びが自分たちには拒まれているから。

（彼はおまえに話し、世界を説明していた。）

「おまえを運ぶための水上レール。けれどもそれは〈工場〉のウィンチに向かっている。車両が通過する時、震えること。十字架のようにおまえを貫くレール。世界の幾多の民よ、わたしの声を聞いてほしい」

「水を打つことのできない人々。
手の平で水を打つことさえできない。
世界の幾多の民、そこにあるもの。
そこにあるもの、歪められて。
片隅で忘れ去られた人々。
けれど彼らは地に水をもたらす。
世界の幾多の民、打ち建てること。
それは復活の水浴。
汗でおまえは水晶をつくる。
普遍的思考のための水晶。
おまえはあそこまでレールを辿る。
けれどもそれは〈工場〉へ赴くため」

つまり彼のなかでは　彼がシラシエと決行した南部の乾いた土地へのあの小旅行の熱が蠢いていたと

いうことで、そこで彼は空気のなかに、雷に打たれた鳥の群れみたいにばらばらになって潰走して終わったある殺人容疑者、信仰も法律も知らぬボーソルあるいはボーシャン（シラシエも彼も、その男をあちらの土地に運んでゆくことさえできなかった）の、それから、帰らぬ旅へと海に出立し隣人に自身の像を刻印しようとするゾンビのようにみんなの心のなかで航海している幽霊オディベールの、根無しの航跡を追った――やつは陸を離れようとするけれどそれは亡霊になって戻ってくるためだ、――この思い出は彼のなかでは何の救いにもならず、彼はそのわけのわからない圧力を受け、その震えを身体に感じていたということだ。

（彼は繰り返す、暗唱するまで知り尽くした聖典のように、そして今度はその最初のヴァージョンをだ。）

サ・キ・パ・サ・ミンム・バトゥドゥロ。
パ・ミンム・バトゥドゥロ・エピ・ランマン・ヨ。
世界の幾多の民、サ・キ・ニ・ヨ
サ・キ・ニ・ヨ、デナティレ。
トゥ・ミコニ・アン・トゥ・チコワン。
メ・ヨ・カ・フェー・ドゥロ・バ・ラ・テー。
世界の幾多の民、打ち建てること。
エピ・ラスウェー・ウ・ア・フェー・水晶。
普遍的思考のための水晶。

ウ・カ・シュイヴ・ライユラ・タン・キ・ウ・ペ
メ・アン・トゥトゥマニエー、セ・ラ・リジヌ・ウ・カ・アレ

つまり彼はここの運命と世界の運命とでも呼ぶしかないものとのあいだのあの道を探っていたということ、彼は世界の総体に周囲の幾多の悲惨の重みなき重さを付け加えていると思っていたということでその軽さが語られることを聞く者は誰一人いないだろうし（――「十三歳にもならないうちからバナナ園で働いているマダム・アガタのことを誰も聞きはしないことを見よ」――）、世界に積み重なった悲惨の上にこんなに軽い息吹が置かれるのを聞く者は誰一人いないだろう――つまりチリ杏子の枝にぶら下げられたラジオからおまえは世界の各地に出来することを推し量るということで、ラジオで喋っている男が何も語ってはいないにしてもそうなのだ。つまりおまえはトランジスタを見つめてこう言うんだ、あんたは何にも語っちゃいないだろうでも俺はおまえの息吹のなかにあんたが言っていないことを感じる、それは燃え上がってから世界全体の不幸のなかに消えてゆくのさ。

「ひとつ、パピウスは内妻を殺した、何年もの貧困と忍従の果てに腹はすっかり空っぽになっていたそして二つ、フォシヨンは家の壁のひとかけらのために鉄棒で弟を叩きのめしたそして三つ、シュクーヌは生みの母を護るために一太刀で父親の頭をかち割ったそして六千、ヴィノロは三メートル余計に飛んだ雛鶏のために隣人の両腕をすぱっと切り落としたそして一千万、シェリュバンは聖霊降臨祭の夜に一言悪態をついたからと相棒の体に剃刀で線を描いたそして無限大、シャルルカンは幌付き四〇四型〔プジョー社のピックアップ・トラック〕で友達の腹を轢いた、一回は前進しながら一回はバックしながらなぜだかわからないままなぜだかわからないまま」

つまり彼は符号と選んだ事由とでリストを作っていたということだ、小屋の地面に身体を結びつけ、喉に風の鉄環を結びつけ、周囲に三十の呪詛や止められない渇きや苦しみよりも怖いものになる死を毎晩吐き散らしているすべての人々のために――そうやってこの人たちは周囲を探り、探しても見えずもう見ようともせず何でもいいから切るもの断つものナイフに剃刀に山刀にしがみつく何でもいいから索をロープを断ち切るものをそして彼らは濁った水に顔を打ち付ける、――猛り狂うように自分の根っこを引っこ抜こうとし、おそらく不意打ちにされた多くの逃亡奴隷たちにされたのと同じように腕を次々に引っ張り上げる仕草を飽きもせず繰り返している人々――彼らは茫然と立ち上がる、――少なくとも木を地面を動物を切り刻もうとする狂気だけは鎮めるためにやみくもになにかを叩いている人々のために。

(彼はおまえに止めどなく話していた。)


「アルシード・ロメ。

三回手を叩くあいだに彼がどれだけウサギを捕まえたのかを見るように。

彼が夜中にどんなフロマジェの木の下も通ってゆくことを見るように。

彼がテト川を足もつけずに渡ることを見るように。

彼がこれから起こることは言わずに起こったことを知っていることを見るように。

パパ・ロングエが挨拶した以上彼が自惚れ者ではないことを見るように。

パパ・ロングエがこう言ったことを見るように――ロメは聖櫃である、彼があらたな指令を知らないことは実に残念だ。

ムシュー・ロメを尊敬するように、彼は組合の名簿に名前を書いたのだ」


つまりこのロメは高みから砂浜に至る踏み分け道を見失ってはいなかった――向こうの邦からここまでの海上の道さえ忘れてはいなかった――ばかりか地に根を張ったということだ――蛇の脂を収穫したり、カエルの粉を集めたり、満月の夜に煮た草を濾したり、雄ヤギの革で豚の革を縫ったり、教会の獣脂蝋燭をフロマジェの刺の上で転がしたりしても無駄である――ロメはカンボワズール〔呪医ないし呪術師のこと〕よりも強いから――彼はおまえに　おまえの父は誰でおまえの父の父は誰でと言う具合に七代前まで訊くのだったが、誰一人として答えることはできなかったし誰一人これが自分の子孫でこれがその子孫でという風にはこの地が食べ物と豊饒に変わる時に至るまで答えることはできなかった。


「なぜならおまえは土地を怖がっているから。なぜならどうして働くのか？　という調子だから」

在りし日以来の記憶。

あまりに険しい土地。手を突っ込むこと。

おまえは施しものを受ける手を選ぶ。

そうではなくみずから鍬をもつことだ。


（それから、祈りを朗誦する――）

パス・ウ・ペー・テア。パス・プーキ・働くのか。

セ・テー・アン・テト・デピ・ランタン

テーア・トロ・レド。ランマン・プロンジェウ・プレフェレ・ランマン・ロンジェ。メ・ロンジェ・ウ・プー・ウエ。

つまり彼がこうして各人の長所を委細に考えたうえで区画を割り振ったのは碁盤目を分配したり引き離したり特権を与えたりするためではなくてかくも長くにわたって土地に生えさせることができるもの、川で漁ることができるもの、炉で鍛えることができるものへの欲望さえ失ってしまっている多くの人々の四散した身体をテト川の周りに集める勇気を持つためだった。

（なぜなら、と彼は言った。）

「プチ＝プレ閉鎖。ロン＝プレ閉鎖。スードン閉鎖。プチ＝ブール閉鎖。グラン＝ブール閉鎖。カーズ＝ピロット閉鎖」
「死んだ煙。水のなかに落ちた土地。砂にまで昇った水。土地のなかになだれ込んだ砂」
「ラ・パラン閉鎖。ラ・メダーユ閉鎖。フォン・マサクル閉鎖。レ・トロワ・ロッシュ閉鎖。オ＝デクペ閉鎖。フォン・ジャン・リーブル閉鎖。フォン・マビ閉鎖［すべてマルティニックの地名］」

つまりこういうことだ――道々の曲がり角に打ち捨てられた鉄屑の幽霊たちと、リベットの錆びた悲痛なボイラー、ばらばらになったウィンチ、地面に落ちて腐った金属板、踏み分け道に沿って散らばるバナナ用のビニール袋の青い群れが、まるでたっぷりあるゴミの層が下塗りになっているようで　その上に薄いガラスで封鎖されたセメントの新たな山、交通渋滞を産むコンクリートの立方体、溢れるパーキング、何層にも階を重ねたタワー、海岸の高台の四角いホテル、チチリ魚よりも積み重なったSOやMIやDOやVAGやDEやRAGやSIやDAMやCAやMAGやREMやNOやPAMといった会社が集まって、それに書記やら植字工やらトラクターのリーダーやらのスペシャリストや専門家といった技術者が同じような海岸という海岸にあらたに降り立って、それからいくつもの本部がやってきてそこではそこではそこでは

　技術者は冷静に長々と説明するメデリュスさんこれは法律ですよあなたにはどうにもできませんこの土地全体が収用されたんですSOMIVAGは合同会社ですわたしたちは観光業の振興のために働いていますつまりみんなの利益のためにということです誰もが住宅をもつことになるでしょうわたしたちは施設を整備しているのですそうでしょう常識的に考えてくださいもう六年前になりますがあなたは逮捕されたあなたは牢屋で過ごしたわけですあなたはこの国際的領域の道を立ち上げることはできませんさて外の領土とは何のことでしょうかアンティル諸島＝ギュイヤンヌ開発会社SOMIVAG〔アンティル諸島＝ギュイヤンヌ開発会社（Société de Mise en Valeur des Antilles-Guyane）の略称〕の本部は本国にありますわたしは本国出身で単に現場を仕切っているだけですあの憲兵隊の方々がわたしのもとに来てくれましたが仕方なく憲兵隊に訴えなければならないようにはしないでくださいよね――ちくしょう薄汚い本国黒人のこんな茶番一切を考えたならこいつの寝ぐらを吹っ飛ばしてやるしかないなそうすりゃあ諸国議会の決定でどうなるか思い知るだろう俺には俺で大事な計画があるんだ。

　一面の草が見るからに草取り機を待っていた――牛が食むサヴァンナでも南部のヤギのいる薄緑の平地でも川がゆるゆる流れゆく深い海でもない草――結び目や斑点になってもうどこの曲がり角も葉擦

れを聞かせてくれない圧し潰された邦じゅうを走る草——彼は言う、「草っていうのは地面の髪の毛だ——切れば切るほど生えてくる」——「ゼブ・セ・シヴェ・ラ・テー」——けれども草にはすでに散歩道の砂利やヴィラの横腹に刻まれた階段の花崗岩がしるされていた——そしてこの失われた風景の上に灰色の雨が膨らんでゆく、闇の布地以上にすべてを包み込み、一滴一滴が沈みゆく太陽のように落ちてゆく、無限の後背世界に。

（彼は機械のように単語という単語を全速力で切り刻んでいた。）

「卵、誰が卵のことを考えるのか、議員殿はプエルトリコつまり金持ちの港〔プエルトリコはスペイン語で「豊かな港」の意であることから〕のみたいに法律を通すべきだと言い放っている、メリケン人たちが月にいる、おまえときたらバナナ畑の上を飛行機が毒を撒いてゆくあの時以来死んでいるなんてものじゃあない二匹のザリガニを追ってテト川を走り続けているそこでプエルトリコの卵のことを考えなければならない卵を割ればいくつもの道いくつもの道が出てくるどこを通ってゆけばいいのかおまえは知らないおまえはまっすぐ行く両目を開き丘の高みから貧しき人々の港まで道という道を走ってゆく子ども時代みたいに」

つまり彼はこれらの道に沿って蒼白さを増してゆくエピファーヌを追っていったのだ、ムシュー・オッスの修理工事を通ってそこで彼はしばらくのあいだ働いたというよりも右往左往しながらどれかの鉄板を叩いたりどれかのタイヤを転がしたりしたあとにどれかわからない方向にまた出ていったわけで、父親のムシュー・パナマ＝スエズが彼の通っていった跡を追いかけたけれど、それは周りにこう言って回る楽しみだけのためだった誰でもいいからわたしがこしらえたあの止まることなく走っている坊主の性根がわかるやつはいないかわたしは自分を鞭打つために鞭を作った彼は十字路で腕をゴルゴタの丘でのように広げ頭は破滅の底のようにして立ち止まりこう叫ぶ誰かあの坊主を追いかけるためにどの道に向かって出発するのがいいのか教えてくれる人はいないかと、彼は四つの方向と順番に身体を向ける絶え間なく吠え軋り声を上げ跳びはね消えてゆく車の渦のさなかで独楽みたいになって。

エピファーヌは成り行きから泥の踏み分け道でセレスタンに出会い長々と海を説明したのだった——青い筋がいくつもある緑の池に白い波頭が渦巻いているんだ——セレスタンは言う、海とやらを見たことは一度もないな、——エピファーヌは彼を東風がひゅうひゅうと通り過ぎるロッシュ・カレの高みに連れていった——「ほらあそこに見えるのはカリブ海、砂と匂いのない平面だ、あそこに見えるのは大西洋で腐った魚と岩礁だ」——どの地点からも二十キロ以内の海、——そして二人はどの道からもまったく姿を消したのだった、セレスタンは頭をエンジンでいっぱいにして父親のセラファンの元へ帰り、エピファーヌは、ますますぽかんと口を開けて日光に目を真ん丸にして地面に溶け込んでしまったのだった——いつか彼が奇蹟的にも水に満たされた最後の池のほとりで言葉も失っているのを再び見出すためにはおそらく人々が開いたあのすべての街道あのアスファルト芝生に囲まれたあの砂利敷きの地面が地平線を侵略しおおせるしかないし、この思いもよらない谷間で見つかるはずの大きな杏子の実の最後のひとつを彼がそこにいたならばシャツの切れ端で巻くことになるだろう。

丘の高みから風上の方に目を向けみんなは二本マストのヨール船のレースを追いかけていた、水の上を滑るようにして、船をもちこたえさせたり立てなおしたりするために力いっぱい体重をかけて、乗組員たちは水平線上に横になっている、モノマグ号がすでにブイを回っていたけれど、シェル二号、SOMIVAG号、リカー五一号がすぐ後に迫っていた、泡立つ海で勝負となるだろう、海辺では賭けが弾けていて、どれだけかもわからない銭が手から手に渡る、男がひとり服を着たまま腰まで水に浸かり波止場の支柱にしがみついてひたすら叫んでいるＳＯＭＩＶＡＧが最強だＳＯＭＩＶＡＧが最強だＳＯＭＩＶＡＧが最強だＳＯＭＩＶＡＧが最強だ、けれども丘の高みから聞こえるのはもちろんがなり立てる声だけそしてたぶん時々銃声のように弾ける帆のはためきだけだったＳＯＭＩＶＡＧ号がモノマグ号を追い上げていた

　アグとアグの勝負だと波止場の群衆のなかの誰かが言った、だけどＳＯＭＩのほうがモノよりもいい具合だと別の誰かが言った〔ＳＯＭＩＶＡＧとＭＯＮＯＭＡＧの勝負になっているので〕。

　周囲には埃を降りかけた泥だまり、ゴミの山の周りで紐のように巻かれているテト川、諸国議会の真正面に開通したアスファルト道路、道の反対側には練り上げられた骨組みでできた図面のようなヴィラの数々がとっ散らかった〈清めの泉〉と張り合っている——永遠に引き離された二つの世界、一方の閉じられた狂気はもう一方のありふれた配置のなかに流れ込むことはないし、鉄筋や梁で密かに埋められた数知れない発明品が、言語のない垣根の数々の、玄関の平らなステップの、三色のペンキを塗られたいかにも色褪せた正面壁の、周囲の精神が蒼白い幾何学となってどこであれ復活の望みもなく死んでゆく集合住宅地区の、きっぱりとした貧しい自己満足を変えに来ることもありえない。

（彼は全速力で一連の資料を拡げる　そのなかにはときに燃えてしまった手紙が脆い炭になって混じっていて、彼は議会の灰まみれの文書をおまえのそばに平らに広げる。）

「教皇猊下へのメッセージ、返事あり。ほらアメリカの大統領へ、返事あり。フランス共和国大統領へのメッセージにも返事あり。モハメド・アリへ。ルーサー・キング夫人へ。フルシチョフ氏の後任ブレ

ジネフ氏へ。まさにわれらが友好国たる国際連合の事務局長へ」
（彼は世界のあらゆる事務局から受け取った手紙を並べてみせるのだった。）

つまり彼はこの世界の大物たちと交流があるということ（ヴィシー政権の占領時代の終わり頃に、いまだ世界の自由の戦いの分派について語られていた折に、近隣の地区の、そこだと風邪をひく恐れがあるというムービン・プラムの木々の下や昔話の集まりがある庭で、何度となく朗々とこう語っていたのは彼ではなかったか――「ドゴール将軍だが、その軍事政策には賛成だけれど、その政治政策には反対だ」）、だからこの世界の大物たちは彼の計画を理解していたということ、彼は大物たちを通じて宇宙に染み込んでいたいと高き息吹と調和し共鳴していたということ、大物たちが彼に返信したこと、彼は少なくともそんなお墨付きを少なくとも示すことができたということだ少なくとも――

つまり少なくとも言いたいことというだけでなくて笑いたいことはオトゥーヌがナポレオンみたいに心臓のところに手を当てて声を締め上げげながら吠えでなければ文字通り声をたたき出しでなければ芝居がかったため息を発しでなければ内緒話みたいに声を潜めて言っていたわけだ俺はフランス人に生まれた俺はゼウスの雷に賭けてフランス人として死にたい、けれども誰も笑わされることはなくみんなは口にチャックをして彼を見つめ、目を四角くした、もう誰も他所からオトゥーヌを訪ねる者はなく彼は閉じこもって腐っていった、フェトナとアポカルはコンクリートと会社とが混ざるなかで時代遅れになったかのように消えていくのだった、天使の窯は閉ざされパンは電気仕込みになりオトゥーヌはその時代を終え時代も彼に歩調を合わせてついていく。

「こうしているところからやってくるあらゆる種類の人々。あらゆる種類がおまえに質問する。開発を要求する。写真を撮ったり録音したりする。あらゆる種類の白人観光客。定住した人々ももちろん」

「おまえの代わりに知っている人々ももちろん。おまえの明日のために語る人々。おまえが理解できないことを説明する人々。おまえの手で書く人々。おまえの昼と夜とを読み解く人々」

到着者訪問者定着者の行列について彼はおまえに遠回しに説明してよく見えるようにしてくれた――一人目は正確で、簡素で、物知り。見るからに鋭い理解力。諸問題にたっぷりと触れる。ややこしい事柄を一筆で削除する。彼は国際的友愛の掟を手にしている。場所を空けてください。

もう一人は単刀直入だ。彼はすべてが自分に合っていることを望む。彼の設定を抜きにして、何を理解できるだろうか？　世界で起こることは彼を通じて起こる。彼の前にはファインダーみたいに物事の鍵がある。彼が他人だとは思わないでほしい、ありがたいことに彼はあなたが同類であると打ち明けてくれる。

さらにもう一人は自分のために取っておこうとしている。何を取っておく？　入口を。まずは迎え入れてもらわなければならないでしょう？　それは難しいのでしょう？　わたしは迎え入れてもらったわけでしょう？　おわかりのように、彼はその通りだと言った。

もう一人は、実際家。具体的なことを変革すること。本当の問題を、そのままはっきりと。わたしはよき指導者です。なぜってわたしは仕事をしているから。ヨーロッパに良いことはここにとっても良いことです。

ほらほらあんた、あの連中と関わっちゃだめだよ。浜辺、海、太陽。つき合ったり、議論しちゃだめだ。どうでもいいのさ、二年の予定でここにいるんだから。

俺のほうは、問題なんて知らないね。それに俺はここで結婚してる、って言うかほとんどそうなのさ。

おまえ、俺のこと人種主義者だと思うかい？　彼女の何がいちばん好きかって、それは彼女の肌なのさ。着いたときに驚くこと？　女の美しさ、住人の親切さ。古きフランスの最後の花だ。

頭のなかでぶんぶんうなる談義、彼はそれをそのまま聞く術を知っていたが、それを測量技師みたいに切り刻み、現場の始まるところではヒューマニズムが練り上げた「わたしたちはみな同じ」を、偽装した同化推進者たちの「不遍によって自由に」を、彼自身もうっとりと身を浸している理想というやつの快感を、そして土地に沿ってゆきつつ極めつけの同化推進者たちの、まるで何も植えない開墾地のような「実際は彼らはとても親切」を、さらに土地区画の終わるところ、地面が地面に落ちてゆくところで、断固たる同化推進者たちの「支払うのはやっぱりフランス」を、役人が偉そうにしているようすがであるそんな言葉を示すのだった。

「もちろん頭のなかにいる白人も。川の水のように。水は何回流れることか。どんなウィンチも止めることはない」

「身体をなくしてそこにとどまる者たち。彼らは雨のように貫かれる。彼らは蛸のようにひっくり返される。ランビ貝のように叩かれる。もちろん出立した者たちも」

つまり――身体だけでなく頭でも出立した者たち、その影がこの地を踏みしだいて乾いた唾みたいな痕跡を残した者たち。

（彼は疲れも知らずにおまえに土地区画の境界を示していた。彼は分配していた、集めるために。）

けれども彼の声は砂でいっぱいだった。彼は乾いた物質の山でザリガニの池を覆っている埃の締め付けを身の回りに感じていた。そこには雨が止めどなく降り注いでいた。

というのもＳＯＭＩＶＡＧが同じように疲れも知らずにその線を引き、砂利を敷き詰めていたからだ。さまざまな目印でありふれたものになり、不毛な耕作で近代化された土地は、縮んでいった。もっと秘められた足取りで彼は残っている飴玉ほどの地面に彼のモニュメント群の梁やパイプを移動させてそれを小屋の近くに積み上げそこでは何もかも失い役割もなくなったモニュメントが門の前の土手に失墜したシンボルの山を築いていた。

彼は死の観念のなかに佇んでいた、たしかにそれは彼の死ではなく、つまり彼の身体の死でも彼の息が途絶えることでもなく、周囲の麻痺、色褪せた緑のなかでのにこやかな消滅だ。死とは結び直されもする一本線の中断ではなくゆっくりと霧散してゆくひとつの色のようなものだった。彼は泉を見つめる、泉からは珍しい泥が滲み出していた。

彼は諸国議会をふたたび見る、かつては道路の反対側の土手の上で柵に囲まれ、敷地は丸く閉じられていたので中には一人の人間くらいの幅だけれども必要以上に高い開口部から入るしかなく、内側での議論はまるで薄暗がりによってその場で覆面を施された共謀者の一味から立ち昇ってゆく、ようだった――彼はあの夜の〈議会〉でプリュダンス・アクワルプが叫ぶのを聞いていた、わたしはこの丘で生まれたプリュダンス、わたしはこの丘で育った、わたしは誰かがもってきた土くれではないと。彼は〈寺院〉をふたたび見る、その骨組みは壁も窓も支え切るものではなくて、空に向かって真っすぐにごろごろした材木の巣を織り上げたものだった――祭壇は、雲で縁どられたこの建造物の端で、固め方の甘い赤土の上にぐらつきそうなそのつっかえ棒を置いていた。〈清めの泉〉と呼んでいた銅の蛇口を取りつけた亜鉛メッキの配管をふたたび見る。

（彼はおまえに話していた。）

しかし彼の顔は死んでいた。ひとりの〈否定者〉、奴隷船の悪臭芬々たる腹から降ろされるやいなやプランテーションへの荷車の轍を追うことを拒否した〈否定者〉が残していった、あの秘密の道を、近隣の生活のなかで彼一人がふたたび見出していた。他の多くの者たちも知らず知らずのうちに登っていった〈高み〉への道だ。他の多くの者たちは、即座に人殺し山賊貧乏人として知れ渡った。だから彼もまた自分がついにその道を見つけたことを知らなかった。だからその道は彼のなかに彼がそこに倒れ込む木蔭なすいくつもの渓谷を開いていた。だから彼を知らない周囲の人々は心のなかで言っていた、メデリュスは狂っちまったあいつの言っていることはわからない。

彼はおまえに話していた。地面は彼の顔のなかで彼の心臓ほどに縮んでいった。「ニアラップ・アゼリーはお似合いの男をみつけた。彼女は八人から十二人の子持ちになるだろう、可愛い子どもたちの親に。ポラック・エメラントはどこかわからないところへと出立した。バトゥ・フェフェはＢＵＭＩＤＯＭ〔海外県移住局の略称。マルティニックなどの海外県から本国への移住を促進するために作られた行政機関〕を選んで、本国にいながら、帰るつもりだと手紙を書いている。マドモアゼル・エリアは社会保険事務所の前に陣取っている、手当ての支給のときにフィリベールを押しとどめるために。以下同様に続く」ソリマン・バカナルはバナナ農園で働いている、三カ月前からバナナ園はストライキ中で、憲兵隊が上ってくる。ラブラニ・アノンシアシオンは高みにいる育ての母の家に行ってしまった、彼女の娘にはすでに二人の子どもがいる。ユードルクシは家の裏の庭に掘削棒を突き立てる、ただしこれはただの強がり。

人々は言っていた——メデリュスは狂っちまった。彼は見えないものをくっきりと理解していた、彼は分譲地に立ち並ぶヴィラのあいだの坂道を未知の将来が転がってゆくのを見ていた、彼はなすがままになることの甘い満足の、地震以上に縮み上がるほど怖い幾多の暴力が滲み込んだ静かな諦めを頭のなかに残してゆく未知の在りし日の、死を感じていた。彼にはそういうことがわかっていて、たぶんそれをおまえにわからせようとしていた。というのも、おまえが「でもあなたは何を見ているのですか、ムシュー・メデリュス？」と訊くと、彼はしばらくそのまま答えずに（あれほど果敢な話し手だった彼なのに）、そしてとうとうほとんど歌いかけるように言うのだ、まるでそれまで打ち明け話を喉のところで押しとどめようとしていたかのように——東の方に目を向けてなんとか動いている粗鉱採掘場（ココネまたの名をココがそこで時折少しばかりの仕事を見つけていた）が切り開かれている丘の中腹あたりの、最後のアカシア林の向こう側に黄色と赤のトラクター（たぶん知っている限りではもっともでかいトラクターで、ムシュー・オッスのテレビで荷揚げされるのを見たことがあるのと同じやつ）が雷のような騒音をたてながら行き来し、あの農地改革の夢をすべて蹴散らして、三本の黒檀の大木を引っこ抜こうとしているのを見ている。

## （一九四七）

シラシエの変身の第一歩は松明越しでのオディベールの幻だった。シラシエはカルバッシエ広場でサイコロに興じる連中を軽蔑の眼差しで見つめている。太鼓が弾ける音が市場の方で二回ばかり鳴り響く。シラシエはその場で跳びあがる、何年も前に聞いたあの同じ弾ける音を聞いたような気がして。そこで赤くなった両目を松明の向こうの夜の穴に向けた。すると何かが動くのが見え、全身が頭のなかで叫んだ――オディベール。彼はこの夜に倒れた。

彼は家に武器をとりに戻り、ふたたび降りてきた。何人かの賢い人たちは考えた――シラシエがまた闘うんだ。二人か三人が隠れることもなく彼を追いかけた。彼はサイコロ遊びの集まりに戻り、カウンターのランプの黒い煙が広がる背後で好機を窺った。けれども彼の別の部分は身じろぎもせず、サイコロ遊びのテーブルのひとつを見つめている。遊びに興じる人々の注意はサイコロだけに集中している。テーブルの胴元は不安を感じていたが、それをおくびにも出さなかった。

そのテーブルで勝ちを占めていた男はクーリで、ムシュー・レスプリの車の運転手だった。男は五ゲームか六ゲーム前から勝っていて、他のプレイヤーたちは集中しながら、彼にこうささやいている――転がして、転がしてミュシュー。彼らはこの囁きをオーケストラが奏でるチャチャとプチボワをバックに聞いていた〔チャチャはマラカス、プチボワはリズムを鳴らす木のスティック〕。

市場の近くで太鼓の乾いた合図が二回鳴った。シラシラシエは乾いた地面のようにひび割れた。シラシエシエの二つの部分が離れ離れに彷徨い出た。彼はいきなり在りし日のあの午後の太陽と暑さをふたたび見出した、そして会計係オディベールでしかありえない影を追ってボートンがとつぜん荒れ狂うのを見た、一方でみんなはナンフォルが倒れた廊下に駆け寄っていたのだった。彼はボートンを取り押さえる、なぜだかわからないまま。

誰がナンフォルを殺したのか？　世の中にはいつだって自分の隣人や兄弟を殺す輩がいる、それで得する連中に指図されれば。それにそんな連中は大金を払う必要さえない。ちょっとした微笑で十分な場合だってある。いつだって誰かが別の誰かを屈服させたり殺したりする。世の中の道にはいつだって邦に帰ることができない流れ者がいる（そいつは絶壁の下を航行し、泡立つ高潮のなかを漕ぎ、大波に挑む）港が開いているというのに――なぜなら自分の行為が無益であること、彷徨が無益であること、帰還が無益であることに直面することを恐れているから。

いつだって別の誰かから自分の力を引っこ抜いてくるような輩がいる。そいつは世界を漂流する。同時に休むことなく邦のなかを、住人一人ひとりの頭のなかを彷徨っていることも知らないまま。

シラシエはボートンを取り押さえようと奮闘する。廊下の影たちに溢れた眩さのほうへ身を乗り出す。ふたたび起き上がるとねっとりとした暑さに打ち据えられた広場、駆り出された憲兵たち、自分の傍らにある何かの沸騰が見え、そこではまだボートンが暴れている。

シラシエはふたたび起き上がり、ムシュー・レスプリの運転手ネガを見ると、ネガはサイコロをたぶん十四回ほどランプの火にかざしてから、念入りにそれを投じようとしている。シラシエはネガの腕の方へ手を伸ばした。

誰がナンフォルを殺した？　伸びてゆく煙があのオーケストラのリズムで振動しているように見える。メリーゴーランドのオーナーは音楽家たちに給料をはずんでいた。煙のなかに、太陽の光か松明の閃光で白くなったひとつの顔が震えていた。オディベールだ。

　シラシエは叫んだ。そしてネガの腕を火の粉が舞う上のほうで掴んだ。テーブルの胴元は賭け金をかっさらった。プレイヤーの誰一人として異を挟みはしなかった、誰一人としてしり込みしなかった。シラシエはネガにそんなに腕を伸ばすなと叫ぶ。この廊下をそんな風に走るな。ドミノ札をテーブルの真ん中に叩きつけろ。おまえの五フラン札は選挙紙幣だと彼は叫ぶ。ネガは一言もいわない。注意深く見守っている。シラシエを目で追っていた人々はテーブルの方へ向かった。

　沸騰そのものだった。テーブルと台が吹っ飛んだ。密集した一群がただちに動く輪になって周りを塞いだ。群衆というやつは闘鶏場の本能をもっている。狭い空間の内側に奇蹟のような選抜が働いてネガとシラシエが面と向かい合っていた。クーリ・ア・プラン・フェー〔クレオール語で「クーリのやつ、やばいぜ」くらいの意味〕と誰かの声がした。シラシエは武器を振り回すことはできなかった。

　二つの狂気（ネガは恐ろしい決意とともに猛り狂っていた）が拮抗しあい消耗しあっているうちに、やがて群衆が人間生け垣を解き始めた。警察官アルフォンス・チガンバが闘いの場所に乱入したのだ。一体どうしたって言うんだ、と彼は叫ぶ。

　シラシエは中断して、人々のなかに身を投じた。彼はどこかで何かを拾い上げる。そしてネガのところに戻ってくる。武器を交えての最後の応酬だ（ネガは剃刀をもっている）。舗石の上に血が流れた。二人の戦士は群衆のなかに消えた。おまえらのことは見たぞ、とチガンバが叫ぶ。彼の前には人垣が立ち塞がっている。

　シラシエは集落の通りという通りを走った。何本かの電柱の黄色い微かな光はどちらかというと彼の逃走を助けている。本当は彼は逃げているのではなく、急いで武器の隠し場所を探している。武器は脇の下に抱えている。右手首を切られたので左手で支えている。

彼が住んでいる集落の一角は半ば田園にはみ出している——覆いのない排水溝はそこまで来てゴミの筋になって死んでいて、家々の裏庭は燻る葉叢の洞窟のような様子で、数少ないランプは険しい夜のなかでひっそりと震えている。シラシエは走る。

彼は隠し場所を考えた。それから道具をしまった。そこからそそくさと遠ざかった、遠くから追いかけられるのを恐れたかのように。けれども彼は一人だ。彼は急いで木箱づくりの小屋、なんだか毎日家を建て直しているかのような小屋に向かった。女が血を見て夜のさなかに叫びだした。手の甲で彼は叫びを押しやった。女は彼の手首に布を巻いた。

彼は気心の知れた仲間にそうするように、女の肩に手をまわした。そして、病院に行けばたぶん薬だってあると言った。チガンバに見つかるかもしれないなとも言った。彼は家を出た。チガンバが犯罪の対象と呼ぶものを探すことの無益さについて二言三言付け加えたかったのだろう。

けれども自分が確かにそれを言おうと望んだのかどうか彼にはわかりようがない。なぜならシラシエのもう一方の片割れは相変わらず煙の裂け目を縫って群衆のなかを走っているのだから。たぶんシラシエのこの片割れは誰かが倒れるのを妨げ、逃げてゆくひとつの影を二つの風の合間で叩いているのだ。

こうして分割されたシラシエ（つまり、シラシエのすばしこい半分）は病院へと急いだが、そこにはきっと、自分のやっつけ方から見てネガがすでにいるに違いないと彼は思った。遠くでは聖人の日のお祭り騒ぎがざわざわと輪のように広がっている。悲しい通りはレタン＝セック〔マルティニック北部の活火山、プレ山の頂上近くにあるカルデラの名称で、「乾いた池」という意味〕以上に死んでいた。

病院の通りの角を曲がろうとしたとき、誰かがそっと彼を呼んだ。それはラガン＝レテルだった。おまえもラガンと同じくらい飲むじゃないかと言えそうなものだが、彼の方はいつもラガン＝レテルを軽蔑していた。だいたい財宝だの甕などというものは信じていなかった。地面の底には別のものを見ていた。けれども彼は立ち止まり、朽ちかけた壁のどこかの窪みの方にラガンを連れて行き、およそ何にも面していない階段を登りきったところに二人して座った。ラガンはラム酒の大瓶の口を開けた。いつも一本もっているのだ。シラシエはこうしてラガンがレテルと呼ばれているのはたぶん想像の賜物だ〔「レテル（l'Éther）」は「エーテル」の意〕。二人は黙って飲み始めた。

彼は遠くのどよめきに耳を傾けた、それは平たい海水が桟橋に突き当たるように沈黙に突き当たっているようだった。その沈黙は水の上、桟橋の上を漂っていた。それからラガンが、物語もトレモロもなしに、静かに話した。彼は金も銀も自分にはどうでもいいと言う。探しているのは富じゃない。地面にはあまりに多くの深みがある。シラシエは知っていた。

シラシエはこうして理解した、誰もが離れ離れに生きている、それが生きることなら。それぞれ離れ離れに、無一物で。ラガンは地面を掘る。けれどもドゥランもまた下の方の池に降りてゆこうとする。シラシエといえば凍りついた影が溢れる太陽の光の隙間に一本の通路を探している。しかし彼はそれがなぜなのかを説明できない。誰もがひとつの痕跡を辿っている。そんな痕跡全部を集めても一本の道にはならない。

まるで捕まえるべきもの、ひとつの財宝があって、けれども手を差し伸べても決して捕まえることができないかのように。（たぶん父親の場所なのだろうが、父親はかつてないほどに存在感を増している。）〈否定者〉の行程、けれども〈否定者〉は頭のなかでも胸のなかでも萎びてしまった。もう漠然とした痛みでしかない。）ネガは車の運転の仕方を知らない。（シラシエはこう言うべきだった――ネガは人殺しじゃない、本当に。）シラシエはラガンにどうやって車を運転するのかを教えた。二人は曲がり角でスリップした。

ラム酒みたいなもんさ、とラガンが言う。おまえにあれがいいこれがいいと奨める小難しいやつらがいるだろう。なら瓶に小匙一杯の雨水を入れるんだ。それを封印させる。あれやこれやを区別する。刺すようなラム。拡がるラム。焦げたラム。水っぽいラム。どんなラム酒もラム酒に変わりはない、とラガンは言う。ないなあ、と彼は言う。ラム酒の管は終わりさ、と彼は言う。

集落の夜に、無限の彼方の星のようにそこに座って、シラシエは世界全体の震えで震えはじめた。幾多の民と幾多の空間を見た。彼には決して理解できないだろうもの全てを。思いもよらない貧困の数々を。骸骨になった死者たちが歩いてゆくのを。山々と岸辺のあいだに散らばった世界の惨禍の全てを。

シラシエはパパ・ロングエを見た。この年老いた孤高の農夫の住む高みの小屋は夜のなかの穴のようだった。彼はラガンに言った。彼はラガンに言った、読み書きができなくても、おまえにたくさんのことを教えることのできる人たちがいるんだ、と。あの人がいま来たなら、俺に半分教えてくれる。だって俺は二つに分かれていて、一人はここでラム酒を飲んでいるけれど、もう一人下の方にいるのは生か死かを賭けてサイコロを転がしてるんだから。

パパ・ロングエは空間についてどう話せばいいのか知っている、と彼は言う。空間について話すには、自分をいくつにも分けなくちゃいけない、と彼は言う。シラシエはいくつもの地所に生える草のうえに広がる岩山の面のようにゆっくり伸びてゆく。彼にとっては実験というわけだ。彼は周囲を忘れる。将来を忘れる。祭りの大きな輪みたいに世界のなかに落ちる。ラガンは遠くからそれを追う。

シラシエはラガンに、パパ・ロングエは世界に向けて話す術を知っていると言った。おまえが世界のために話すなら、おまえの声は周囲の声のかけらなんだ。周囲の声全部じゃない、わかるだろう、そうじゃなくて砕けたかけらひとつ、それがいつか集まるんだ。パパ・ロングエは記憶を保っている、と彼は言った。

ラガンは彼に、地面は深すぎると言う。おまえは広がってゆくことはできないよ、と彼は言う。シラシエはびっくりして激しく跳びあがった。そいつが俺たちのありようなのさ、と彼は言う。誰かが誰かについて何か言わなければならない。誰かが誰かを指さして告げ口しなければならない。誰かが誰かの腕を取って投票させなければならない。誰かが心にモニュメントを打ち立てて誰かの死を引き寄せなければならない。ラガンは自分はどの誰かでもないと叫んだ。

シラシエはラガンに、パパ・ロングエは自分が頭をさかさまにして死んだことの下手人を自称する男を示した、と言った。不幸な人々から金を巻き上げるカンボワズールだ。ラガンは、不幸な人々は一グラムの金ももっていない、と言う。シラシエは、その自称何某は雌鶏か豚を巻き上げる、と言った。ラガンは、不幸な人々は豚ももっていない、と言う。もってるさ、とシラシエは言う。でもあいつらが不幸であることに変わりはない。自分たちは食べることができない豚さ。セラファン・コラントロックならできる、と彼は言った。

シラシエはこうして空間と知り合いになる。彼がいつもそうだったあの高速の迂回、いたるところに飛んでゆく風のような旋回と迂回といったやり方ではなくて、この時には周りの土地をしっかりと掴んで雨に結びつく一本の呪いのイチジクの木さながらに。彼はジェルボーの兵舎から盗み、そのかどで何カ月もの牢獄暮らしを喰らったあのシトロエン十一馬力のことを忘れていた。七分半のあいだ彼が自分自身の死に繋ぎとめた、ムシュー・レスプリの死のレースのことを。（みんなを駆り立てて、つづら折りの道やこれからできる自動車道でスピードの馬鹿騒ぎを開催させたり、そのあとに捻じれた鉄屑やばらばらになった死体の周りに蜂の巣をつついたみたいに熱狂しながら鈴なりになって群れさせたりする、死の強迫観念のことを。）

シラシエは空間を理解する。少しずつまばらになってゆく緑の苦しみや、眼をかすめるバナナのうねりや、巨大な機械で抉られてゆく斜面だけではなく、土地のあらゆる可能性、遠くで海へと開けているあらゆる可能性をも。彼はひとつの場所を探しているのではない、彼自身が止めどなく広がってゆくのだ。

シラシエは音を聞いた。祝祭のうなるような音を越えて、夜のなかにくっきりとひとつの言葉を。寝に上ってゆく何人かの人たち、その静かな声がトタンや木組みを、バルコニーの鉄柵を叩いている。彼らの切れ切れになった声は、何を言っているのか？　シラシエは彼らのほうへ進んでゆく。彼は聞く。

あの人は旅立った、年老いた通告者は。あの人は顔に昨日の葉叢を引き寄せた。もう何も同じ色にはならないだろう。たしかに昨日の葉は隠し場所で乾き始めなければならない。蟻のように昨日のかけらをかき回して生きてゆくことはできない。それにしても何という不幸。何という不幸。パパ・ロングエは旅立った、たしかに旅立った。

シラシエは、広場に残っていた自分の片割れとは二度と相まみえることがないだろうと悟った。そいつは人々の頭に入ってゆく新手のゾンビになるだろうと。海への終身刑を言い渡された者に。俺の二つの部分は同時に、俺のいるはずの場所へと旅立てばよかったのに、と彼は言う。彼は一息に心を閉ざし、石のように空間を飛んだ。どんなラム酒もラム酒に変わりはない、と彼はラガンに言う。もう誰に言われても説明するまい。ムシュー・ドゥランに言われてもムシュー・メデリュスに言われても。新型クライスラーに言われても。何もわからずに彼を見つめている、あのハーブで体を洗う女に言われても。

彼は階段の上に立ち上がり、通りに飛び降りた。俺は甕の底にいる、とラガンが言う。シラシエは病院に向かった。勝手知ったる手術室区画にまっすぐ歩いていった。何度となく怪我をしたことがあったから。入り口から漏れる光があった。シラシエは扉を押した。ネガが一人で腰掛に座っていた。

二人は目を見合わせた。ネガは血まみれのごつごつした包帯で固く巻かれていた。シラシエはその隣に座った。二人して待った。小さな分館のどこかでかすかに電気のうなる音がしている。二人して待った。シラシエが水も飲まない石か木の状態に移行したのは三度目だ。

俺がクーリだからさ、とネガが言う。いやいやそうじゃない、とシラシエが言う。遠くで病人が叫んだ。ネガとシラシエはお互いの傷を比べ合う。電球の光がときおり弱まる。またときおり祝祭が空間に滲み出して二人のところまで滑ってくる。ときどき混ざり合う二つのリズム。

シラシエはそっとよしなしごとを話す。ネガはことを理解する。シラシエは言った、踏みしだかれ引き裂かれた女は身体に言葉を仕込んだのさ、おまえが身体を掘り返せばおまえの言葉がへその緒と一緒に出てくる。ネガは言った――そいつは地面じゃない。違うさ、それは辱められ棄てられた女だ、とシラシエが言う。土と一緒に言葉を食べ一日ごとに人生を食べ夜を食べるんだ。ネガが言った、だって俺がクーリだから。

違う、とシラシエが言う、だけどおまえムシュー・レスプリの車を運転してるだろ。ってことはムシュー・レスプリを、ってことだ、とネガが言う。違うな、とシラシエが言う、ちょっと違うな――そいつはムシュー・レスプリでありムシュー・レスプリの車ってことだ。俺は運転ができる、とネガが言う。誰一人運転なんかできやしない、とシラシエが言う。

二人はどれだけのあいだ座っていただろう。血の滲みた包帯は茶色くなっていった。シラシエは自治体になり街になってゆく集落の通りという通りを走る。葦で壁を編んだ小屋から三階建ての家々まで。集落の周りには農園。農園の周りには緑の裾野。裾野の周りには海。

シラシエは、よく考えてみると職能とともに消えていった幾多の工房が空間のなかに見えると言った。

何の空間だい、とネガが言う。シラシエは仕事の空間だと言う。そこには革としてなめすための皮がある。靴のための革、蹄鉄を打つ職人たち、馬やラバ、鞍や鐙の職人、支柱のついた大きな家具を作る細工職人や家具職人、色の抜けた籠を編む籠職人、カナリやココ＝ネーグル〔いずれも土鍋の種類〕を作る陶工、樽にたがを嵌めるための火、糸や紐を製造する撚り合わせ、音楽用の板金工房、タピオカ蔵、その他どれだけのものが消え失せたのか。

ネガはもう聞いていない。まどろんでいる。シラシエは消滅した職能から離れた。それでもやってみるよ、と彼は言う。どこにいるんだ、と彼は離れていった自分の片割れに向かって叫ぶ。こいつはスピードだな、と彼は考える。激しいざわめきを聞いて腰掛の上で跳びあがる。彼はネガの体を押した。

看護にあたっている修道女が遠くで病人たちを起こしている。〈我らの父よ〉がその口から弾け出て、横たわる人たちの唇のあいだで息絶える。容赦ないその声にリズムを与えられた〈叩くように区切られた〉ざわめきが近づいてきて、〈神を信じます〉の終わりあたりで修道女は診療所のドアを勢いよく開けた。彼女は知っていた。

ネガは、あいつらはとっくに死んでてもいいくらいだ、と言った。修道女は、それでもたいした損失にはならなかったでしょうね、と言った。彼女は病人たちに向かって響き渡る声でアーメンを叫んだ。彼女はネガに、お行儀を教えてあげるから身体を調べさせてもらいますよ、と言った。硝酸銀で手当てをしましょう、と言った。そしてネガの上半身の布を剥ぎ取った。ネガの方にかがみ込んで容赦なくじかに治療した。ときおり彼の顔を見上げる。彼は彼女を挑戦的な目で見つめる。

シラシエは手首を差し出しながら、なかを調べてもいいと言った。彼女は両親がいない、孤児院で育てられた娘だった。二人と同じくらいきつい気性だった。わたしは森の奥で生まれた、と彼女は言った。そのクレオール語は突風のように険しくて愛想がなかった。こんなに朝早くに、彼女は修道女の頭巾を被っていない。ただ白い縁なし帽を黒い肌の上に包帯のように被っている。禿げ頭みたいだ。彼女はシラシエを手荒に扱った。彼は見とれている。彼は、こんな具合だったなら俺も神父さんになれたかもな、と言った。傷を縫ってくれたのかどうかも彼らにはわからなかった。あんたたちご苦労さまなことね、と彼女は言った。さあ、〈我らの神よ〉、〈こんにちは〉、〈神を信じます〉〔それぞれカトリックの祈祷の言葉。〈こんにちは〉は〈こんにちは、マリア〉（アヴェ・マリア）の出だし〕を唱えなさい。二人はテンポよく唱えた。彼女は、思いもよらなかったと言った。二人は祈りの言葉を知っていたのだ。彼女は三回繰り返すよう命じた。二人は繰り返した。

彼女は二人に跪くようにと言った。二人は跪いた。その目は反抗でぎらついていた。ああ、主よ、主よ、と彼女は言った。シラシエは言った、あんたの道具で（彼はあんたの道具と言った）俺たちをちょいとばかり切ればもっと手当てを楽しめるぜ。ああ、主よ、と彼女は言った。そのとき警察官のアルフォンス・チガンバがドアを開けた。こんにちはシスター、と彼は言った。彼女は答えることなく出ていった。ドアの向こう側の死んだような囁きは急に整然としたロザリオの祈りとなって燃え上がった。信仰には蘇生の力がある。

チガンバは言った、さあ続きだ。彼は鉛筆の尖った先端を舐めて、調書を作成する準備をした。シラシエは、俺たちは準備ができてる、と言った。何の準備だ、とチガンバは訊いた。シラシエは監獄行きの準備はできていると言った。彼は、広場で自由にしているシラシエの半分がいる、とも言った。半分だって、とチガンバが言う。半分、とシラシエが言う。彼は言う、あんたの眼の前にいるのはもう半分さ。

チガンバが言う、でもそもそも何でまた？　あんたたちのあいだで何があったんだ？　シラシエは、もう事件は片付いている、と言った。片付いてるってどういうことだ、とチガンバが言う。俺たちのあいだで片付いている、とシラシエは言う。ネガはぐるぐる巻きの包帯の下で深呼吸をしている。向こう側から叫び声が噴出した。チガンバは跳びあがった。シスターが運のいいやつにお行儀を教えてるのさ、とシララシエが言う。

だが何のせいでそうなるんだ、とチガンバが言う。どうして闘う。いつも殴り合いだ。おまえは誰かを殺そうと思うわけだ。ところがその後は友だちになる。死に損ないとお友だちか。相変わらず人殺しだ。シラシエは言う、巡査殿、あんただってそうだろう。シラシエやネガというよりあんたの方さ。あんたはオディベールみたいなものさ。

チガンバはシラシエに跳びかかった。言ったとおりだろう、とシラシエが言う。チガンバはすんでのところで思いとどまる。こんなことは馬鹿げてる、とチガンバが言う。俺たちは備えができてる、とシラシエが言う。何の備えだ、とチガンバが言う。監獄の備えさ、とシラシエが言う。彼らは朝の静寂のなかに出ていった。暑さの薄靄がもう道に漂っている。彼らは急ぐことなく歩いてゆく。

彼らは憲兵隊本部の前を通りがかる。厩舎の奥に大きな馬の尻が光っているのが見えた。チガンバは、おまえらは運がいい、憲兵連中は寝ている、と言う。シラシエが言う、チガンバの嘘つき。どっちにしても監獄入りにするんだろう、とも言う。市役所の裏の監獄に。彼は、監獄には三つの独房がある、と言う。ひとつは工具やスコップのため。あとの二つは受刑者用さ。

彼は言う、ひとつは俺用でもうひとつはネガってわけだ。だっていま監獄には誰もいないからな。あんたよりも俺の方がよく知ってるのさ、と彼は言う。おまえら二人ともいかれた野郎だな、とチガンバが言う。野郎の半分さ、とシラシエが言う。

チガンバは二人をそれぞれひとつの監房に閉じ込めた。パレル判事がおまえらを丸裸にしに来る、と彼は言う。何を喰おう、とネガが言う。チガンバは笑った。そしていかつい掛け金を押した。夜を喰うのさ、と彼は言う。シラシエは叫んだ——マオギの言うことにゃあシャスポー銃は七〇、ムスクトン銃は三九〔シャスポー銃が一八七〇年の普仏戦争の時に、ムスクトン銃が一九三九年の第二次世界大戦の時に使われたことを示唆している〕だ。チガンバは何のことかわからずにその場に釘付けになった。シラシエは叫んだ——あんたの飯はうまいぜ、チガンバ、ちょびっとだけでも俺にくれないか。チガンバは走り去った。

シラシエの独房は完全に密閉されていたが、ドアの下の方に一列の穴があって、そこから外のセメントの断片を見分けることができた。朝陽がそこから溢れてくる。シラシエは床に横になり、穴に顔を押し付けた。残っている自分の一部分が穴を通って流れてゆく。彼はそれを取り戻そうとはしなかった。通りと市役所はすでに騒音と慌ただしさに満ちていたが、そのときシラシエは、独房へ続く階段の近くに、衣服としゃがみ込む誰かの身体の断片が見えるのに気が付いた。扉の下の二つの穴に眼鏡よろしく目を合わせた。セラファン・コラントロックの息子セレスタンだとわかった。少年は横ざまにかがみ込んで耳で何かを探っているようだ。シラシエはそっと彼を呼んだ。

シラシエは彼に、十一歳にもなってまだ左手をしゃぶっているな、と言った。セレスタンは口の前で左手に右手を当てた。シラシエは彼に隠し場所に行くように言った。一日の終わりごとに戻ってくるようにとも。人々に見られないためだ。シラシエは彼にどうすればいいのかを言った。穴のひとつに口を貼りつけていた。何も見えないまま話した。話し終わるや同じ穴から覗いた。セレスタンが静かに立ち去ってゆく。

この日のあいだじゅうシラシエはもうひとつの幻を見た。市役所の看守が二人に三切れのパンの実をもってきた。シラシエは唐辛子が欲しいと言った。看守は黄色い唐辛子をもってきた。もっとかっとなるぞ、と彼は言った。シラシエは彼に、あんたは唐辛子なしで食べるのかい、と訊いた。いいや、と看守は言った。そうだろう、とシラシエは言った。

それから午後の恐ろしい暑さに息が詰まった。彼は湯気のなかを風船のように漂った。右手首に結えた一本の縄のじんじんと焼けるような痛みで地面に係留されながら。

シラシエはどこかの新しい邦を見た。何年後なのかもわからないどこかの邦。誰もが髪の毛をまっすぐに撫でつけたおバカな娘たちが到着者のために踊っている。彼はだれもが何かをしている振りをしているうわべの邦を見た。抜け目のない連中はいつにも増して抜け目ない。上の方の人々の召使だ。下の方の人々を見下している。彼はみんなが飛行機の足下では親切なのを見た。みんなが喧嘩しているのを見た。銭がお行儀のいいやつらだけに濾過されているのを見た。誰もがおやつを食べているのを見た。馬鹿喰いのおやつ。顔という顔が脱色されているのを見た。折れた背中を見た。万歳三唱を聞いた。この邦はどこなんだ、と彼は言った。

シラシエは言った、俺はもうひとつの片割れを失くしたい。彼は叫んだ、行っちまえってんだ、俺はシラシエなしでいたい。そのとき彼は蛇が自分の方に降りてくるのを見た。暑さにとぐろを巻いている。暑さをほどいている。目の場所も口の場所もない。ただただ長い長い長い体しかない。おまえが〈敵〉だな、とシラシエは言った。そして何も考えずにじっとしていた。

蛇は彼を焼け付く風で巻いた。彼の息を詰まらせた。彼を溺れさせ、宙にもち上げた。そして彼から身を引き剥がしてまだ残っている彼の半分を持ち去っていった。蛇は彼が体を失くして地面に落ちるがままにした。おまえが〈敵〉だな、と彼は言った。蛇は天井から蒸発するように姿を消し、重荷を持ち去っていった。

誰がナンフォルを殺した？　おまえは叩き、切り、刻みたがってる。いいや、おまえはオディベールを殺そうと思っている。旅立って戻ってきたオディベールを。オディベールがナンフォルを殺した。いつだって結び目をつくる誰かがいる。いつだって歪める誰かがいる。おまえはここにとどまるんだ。おまえはその両手で何も作り上げはしない。おまえは魔法の弾を撃てると信じている。おまえは隣人の頭に狙いを定める。でも肩を引き裂くだけだ。ボートンは廊下でおまえを見た。

　シラシエは言った、俺に触るな。触ったら死ぬぞ。その両眼は赤くなった。俺は二つの単語を学ぶつもりだ、と彼は言った。言葉の群れが俺の前を行進した。地面の言葉、岩の言葉、紙の言葉が見える。ランミゼーという言葉がやってきて大きくなった。たったひとつの大きな言葉。ランミゼーは変容した。ランミゼーはランマン・ロンジェ〔ランミゼーはクレオール語で「貧困」の意。ランマン・ロンジェは「差し伸べた手」の意〕となった。シラシエは言葉を積み重ねる。

　彼の前にはひとつの穴があるだけだった。全てが消えゆく白い穴。彼は在りし日々がその穴に落ちるのを見た。そんな日々は消えてしまった。彼は何かわからないものが落ちるのを見た、それは消えてしまった。彼はもうそれを考えなかった。森より新しいシラシエ。誰一人シラシエに説明を強いることはないだろう。セレスタン・コラントロックの体がいくつもの穴を塞いでいる。

　シラシエは、セレスタンに感謝すると言った。セレスタンに包みを扉にぴったり立てかけておくように言った。セレスタンに自分は秘密の男だと言った。誰一人それを知ることはできないだろうと言った。指を扇のように穴に通した。そうやって扉に遮られながら、穴が作ってくれる手袋みたいなものを通して、彼はそっと山刀の刃を研ぎ澄ます。

言葉

語彙集――知らない単語に違和感をもったりすべてを理解することを望んだりしている他所の読者のために。しかしまた、おそらくわれわれのために、われわれ自身のためにも、自分のなかにありながら意味がわからなくなっている幾多の言葉のリストを作り、あるいはさらに進んで、われわれに宿るこの言語の文法を定めるために。ここの読者は未来である。

注記――型通りのこの語彙集のなかでも、食べ物の重要性がおわかりだろう。

**アババ**（ababa）――驚きや愚鈍さのために茫然としていること。

**豆のアクラ**（acra poi）――〔フランス語なら〕ベニエ、あるいは〔クレオール語に従えば〕ふつうはマリナードという料理で、生地にグリーンピース（あるいはインゲン豆）が入っている〔アクラは小麦粉やスパイスを混ぜた生地でつくる揚げ物〕。

**バクア帽**（bakoua）——さまざまな形をした藁帽子。

**カロージュ**（calloges）——ウサギや雌鶏を飼う檻。子どもたちの固定観念（子どもたちの仕事）は、動物や家禽たちにおいしい草をたっぷり食べさせること。

**シャトゥルー**（chatrou）——中型の蛸で、ソースで煮たり蒸し煮にしたりする。

**クイ**（coui）——ヒョウタンを二つに割り、中身を抜いて乾かしたもので、家庭用器具として用いられる。

**ダシヌ**（dachine）——中国キャベツ？〔直訳するとこうなるが、キャベツとはことなる根菜〕好きな人、嫌いな人がいる。われわれは大好きだ。

**動物**——ベート・ロング〔長い生き物の意〕ないし〈敵〉（蛇のこと）、ランビ貝、マングース、チチリ〔稚魚のこと〕、サルド〔鰹に似た魚〕、クリルー〔鰺に似た魚〕、バラルー〔サヨリに似た魚〕。

**フェロス**（féroce）——キャッサバ粉、干しタラ、アヴォカド、唐辛子、油を混ぜて潰した料理。

**植物**——アカシア、カイミットの木、黒檀の木、呪いイチジク、火炎樹、パンの実、グリセリア、イカコ、レピニないしエピニの木、バシニャック・マンゴー、アブラヤシ、ポワドゥ〔直訳すると「甘豆」〕、シテール・プラム、ムービン・プラム、チリ・プラム、ケネットの木、等々。

**フロマジェ**（fromagier）——魔力があるとされる大木。切ると叫ぶと言われている。これまでずいぶん叫んできた。

**白グレープ（ならびにパイユテ）**（grappe blanche［et : pailleté］）——ラム酒の種類。

**ランビ貝**（lambi）——大型の巻貝。われわれはその味を高く評価している。息を吹き込むことはもうない〔かつては法螺貝のように吹いて合図をするのに使われていた〕。

**レケテ**（léquetter〔動詞〕）——頭から真っ逆さまに飛び込む。

**ロジ・フリ**（losi fri）——タラの切り身に唐辛子のきいた衣をつけて揚げたもの。

**マビ**（mabi）——マビの木の皮をスパイスで漬け込んで作る、発酵飲料。

**マニクー**（manicou）——オポッサム〔南米などに生息する小型有袋類〕。夜の道路で〔ライトで〕目をくらませる。それから長くて硬い尻尾をもってひっくり返す。知る人ぞ知る珍味。

**マン・カイ・チュエ**（man kaï tchoué' ï）——「あいつを殺してやる」（クレオール語にありがちな、いい加減な綴り）。

**マントゥ**（mantou）——マングローブに生息する、毛でおおわれた蟹。急速に絶滅しつつある。

**マトゥトゥ**（matoutou）——米と蟹を用いた料理〔一種の蟹飯〕。

**ミガン**（migan）——パンの実の調理法のひとつ。

**ピリボ**（pilibo : bonbon.）——飴。

**ピット**（pitt）——一種の闘技場で、普通の家サイズだったり大きなお屋敷サイズだったりする。闘鶏がおこなわれる。

**セルビ**（serbi）——もっとも人気のあるサイコロ遊び。アメリカで言うクラップスに相当する。

**スースカイ**（souscaille）——青い果実（大抵は青マンゴー）の唐辛子をきかせたサラダ。

**トレイ**（tray）——縁が斜めになったお盆。かつては商品を運んだり子どもを寝かせたりするのに使われた。

**ヴズー**（vezou）——サトウキビの糖蜜で、乾燥させれば砂糖になり、蒸留すればラム酒になる。水とライムを加えて飲んだり、キャッサバ粉と混ぜて食べたりする。

**ヴィデ**（vidé）——選挙の勝利を祝うための行列。歌とスローガンを声にしながら松明を掲げて練り歩く。いまや寂しものになったカーニヴァルのこれまた寂しいヴィデも存在する。

**ゾンビ**（zombi）――転生した死者。身近であると同時に恐れられている。

## レスプリ氏の表現

**イシュ・ベト・ロン・パ・コネット・ラ・ポ・ベト・ロン**（Yiche bett' long pas con-nett' la po bett' long'）――蛇の子は蛇の脱皮を（蛇の皮を）知らない。

**パウ・ニ・デ・フォク・ウ・ニ・ヨンヌ**（Pou' ou ni dé fok ou ni ion-n'）――二つをもつにはまず一つをもっていなければならない。

**ヨ・バ・ヌ・アン・ザン**（Yo ba nou an zin）――われわれは亜鉛（釣り針、餌）をもらった。

**ドゥロ・ココ・トゥナン**（Dlo coco tounin）――ヤシの実の汁が回る（驚きないし興奮で）。

**セ・アン・ラ・ショ・レ・レ**（Cé an la cho lè lè）――これは薄すぎる石灰だ（痛くもかゆくもない）。

**アン・ヌ・メデリュス。バ・ヌ・ムヴマン。ジャダン＝ア・パ・カ・アタンヌ**（An nou Médéluce. Ba co'ou mouvman. Jadin-a pa ka atan'n）――さあ、メデリュス。急ぐんだ、畑は待ってはくれない。

**パパ・レグバ、バン＝ムワン・チタック・プー・シャイエ・ア・カーユ**（Papa Legba, ban-moin titac pou chayé a caille）――パパ・レグバ、家に持って帰るものをちょっとだけください。

**マン・ラシェ・バヨン＝ムワン・バヨン＝ムワン・ラシェ・プー・シ・モワ**（Man raché bayon-moin Bayon-moin raché pou si moi）――俺の手形をもぎ取ったぞ。六カ月分の俺の手形を。

**ペトロニーズ・ニ・トゥットゥ・アジャン・イェ**（Pétronise ni toutt' lagen'ye）――ペトロニーズは必要なお金はもっている。

**クーリ＝ア・プラン・フェー**（Couli-a pren fè）――クーリのやつ、やばいぜ（お終いだ）。
**ランミゼー**（Lanmisè）――貧困。
**ランマン・ロンジェ**（Lanmin longé）――差し伸べた手。

# 訳者あとがき

本書はエドゥアール・グリッサンが一九七五年に世に問うた小説 *Malemort* の全訳です。訳出の底本にはガリマール社版（Gallimard, 1997）を用い、初版（Seuil, 1975）を適宜参照しました。タイトルとなっている"malemort"という単語はやや古い言葉で、最近使われるのを見ることはあまりありませんが、「悪しき死」、「事故や暴力などが原因の非業の死」というような意味です。翻訳書のタイトルに用いた「憤死」という日本語は「憤りのうちに死ぬ」という意味なので原語そのものの意味とは多少ずれるかもしれません。けれども、本書全篇が作者グリッサンの静かな憤りに貫かれていることもあり、あえてこの語を日本語タイトルにしました。

仏領マルティニック出身の原著者エドゥアール・グリッサン Édouard Glissant（一九二八―二〇一一）は、カリブ海フランス語圏を代表する詩人、小説家、思想家であり、これまでにすでに多くの作品が日本語に訳されています。小説作品の邦訳としては『レザルド川』（恒川邦夫訳、現代企画室、二〇〇三）、『第四世紀』（管啓次郎訳、インスクリプト、二〇一九）、『痕跡』（中村隆之訳、水声社、二〇一六）が、評論や講演記録などの邦訳には『〈関係〉の詩学』（管啓次郎訳、インスクリプト、二〇〇〇）、『全‐世界論』（恒川邦夫訳、みすず書房、二〇〇〇）、『多様なるものの詩学序説』（小野正嗣訳、以文社、二〇〇七)、『フォークナー、ミシシッピー』(中村隆之訳、インスクリプト、二〇一二)、『ラマンタンの入江』(立花英裕、工藤晋、廣田郷士訳、水声社、二〇一九)があります。グリッサンの代表的な評論集のひとつである大著『カリブ海序説』(*Discours antillais*, Seuil, 1981)の翻訳も近々出版される予定となっています。また、日本語によるグリッサンの全体像の紹介としては、中村隆之『エドゥアール・グリッサン〈全-世界〉のヴィジョン』(岩波書店、二〇一六)が刊行されており、この本では詩人としてのグリッサンについても十分なページが充てられています。本書『憤死』は、グリッサンの小説作品としては『レザルド川』(*La Lézarde*, 1958)、『第四世紀』(*Le Quatrième siècle*, 1964)に続く第三作目で、この後に四作目の小説『痕跡』(*La Case du commandeur*, 1981)が書かれています。

*

『憤死』は「小説」としてはかなり異例な、もしかすると異様な書物です(原著書の表紙に「ROMAN(長編小説)」と表示されてはいますが)。たぶん、本書で初めてグリッサンの著作に触れる読者は、冒頭から面食らうのではないでしょうか。全体は十三の章(というか「日付」)に分けて書かれていますが、最初の章でひたすら描かれる、誰かの遺体を山から下に降ろす行程からして、いったい誰の遺体なのか、遺体運び屋とされるドゥランとはいったい何者なのかといったことはさっぱりわからないまま、読者はいきなり奔流のような文章の中に放り込まれてしまいます。各章で繰り返し登場してくるドゥラン、メデリュス、シラシエという三人の主要なキャラクターにしても、それぞれが具体的にどのような人物なのか(あるいはある種の狂言回しにすぎないのか)はどうにもはっきりしません(三人が職探しをしている、というあたりはやがてわかってきますが)。また、時間の流れも、各「章」でテーマとなっている時間の尺度や日付がまちまちで、一本の線で辿ってゆくことはできません。もっとも古い日付の設定が一七八八年、もっとも新しいのが一九七四年ですが、最初の章は一九四〇年、最終章は一九四七年とされています。たとえば二番目の章（一九四一年となっています）で五歳の子どもとして登場する人物（セレスタン）が、十章目（一九六二年―一九七三年）では私設カーレースのレーサーとしてちらっと登場するかと思うと、最終章（一九四七年）ではなぜか牢屋にシラシエを訪ねる少年として再登場するといった具合です。また、これは邦訳ではあまりピンと来ないかもしれませんが、原著書では句読点（カンマやピリオド）が一切ないまま延々と続く部分が多くあり、普通なら文頭で大文字になるところも小文字のままだったりするなど、かなり独特な書き方が見られます（翻訳者泣かせこのうえなし、です）。そんなことも含めて、本書をある種の実験的小説、ないし小説の実験として読むことも可能なのかもしれません。たしかに、本書に結びついているローカルな文脈やグリッサンの思想や彼の他の作品群などをいったん度外視してみても、非常に刺激的で「面白い」作品として読むことはできるように思います。私も最初に本書を読んだとき、「クレオール化」、「多様なるもの」、「不透明性」といった、グリッサンを語るときによく引き合いにされるコンセプト以前に、文章のもたらす不思議な躍動感、エネルギー、そしてそこから染み出してくる憤りに圧倒されたことを思い出します。

とはいえ、その感覚は、ある種の廃墟を前にした時の戦慄にも似ているような気がします。では、その廃墟とはいったい何なのか。

それを考えるうえで、この作品に先立つ二つの小説を少しばかり覗いてみることも役に立つかもしれません。

＊

実際、本書とそれに先立つ二篇の小説は一種の連作という風に読むことができます。たとえば、前二作と『憤死』は、舞台がグリッサンの出身地である同じマルティニック島であるだけでなく、共通する作中人物を複数登場させています。『レザルド川』は、一九四六年に植民地マルティニックがフランスの海外県となる前夜の政治的高揚を背景として、マチウとタエルという若者を中心に物語が展開していますが、『第四世紀』ではこのマチウと、山に住む老人パパ・ロングエとの対話から物語が紡ぎだされてゆきます。逃亡奴隷の末裔であるパパ・ロングエと、奴隷として農園に残ったベリューズの家系の末裔である若いマチウ・ベリューズ、その二つの家系の一五〇年に渉る交錯する歴史（ならざる歴史）が小説を起動させています。『憤死』にも同じマチウやパパ・ロングエへの言及が見られますし、前二作の双方、あるいは片方に登場する人物の名前――パレル判事、奴隷監督ギャラン、ボザンボ、シャルルカン等々――も、多くは通りがかりに言及されるという体ですが、複数姿を見せています。ちなみに、『憤死』の中心的登場人物の一人であるメデリュスは『第四世紀』の最後の方で、そのファーストネーム（アルシード）でほんの少し顔を出しています。

これらの人物のなかでももっとも重要な存在は、各作品で扱われ方は異なりますが、パパ・ロングエでしょう。『第四世紀』邦訳の帯に「記憶を創造し、歴史を奪い返す想像力の冒険」という言葉を読むことができますが、この「冒険」へと読者をいざなう鍵となるのが「記憶の創造者」パパ・ロングエなのです。アフリカから奴隷としてカリブ海に移送され、十九世紀中葉の奴隷解放、戦後の海外県化を経た後にも、（経済的にも文化的にも）周縁化され、みずからの歴史をもつことをできずにいるマルティニックの多くの人々。そうした人々が共通の「われわれ」を想像／創造する道、あるいはしようとしてきた踏み分け道を示唆するのが、この老いた作中人物であると言ってもいいかもしれません。

しかし、『憤死』の場合、パパ・ロングエの存在以上に、パパ・ロングエの死が重みをもっていることも否めません。前作『第四世紀』ではパパ・ロングエが若きマチウ・べリューズに語る長い時間の道のりが「歴史の奪還」として提示されていますが、その最終章である第十三章ではパパ・ロングエの死が訪れます（一九四五年の出来事という設定です）。そして、『憤死』ではもはや生きたパパ・ロングエは登場しません。「山」に住む幻視者亡き今、奪還すべきだった歴史も、観光開発や大型スーパーの進出、フランスへの同化を刷り込む教育などで徐々に覆い隠され、人々はサイコロや賭けレースや無意味な暴力や新興宗教で時間を費消し、『レザルド川』の当初ではいくばくかの希望を帯びていた政治もイカサマ選挙の劇場と化し、農園のストライキは武力で鎮圧されます。マルティニックの独立運動に思いを寄せていたグリッサンにとっての、戦後の、そしてパパ・ロングエ後の島の状況はこうして、ある種の廃墟の様相で描き出されます。最初の章で山から降ろされる死体が、マルティニック社会そのものの死を象徴していると言う研究者もいます。また、グリッサンはかつて、「マルティニックには歴史は存在せず、諸々の場面が存在するだけだ」という趣旨の発言をしていますが、『憤死』の十三の章もそうした「場面」の集積のように見えます。そんななかで、パパ・ロングエの記憶は誰に継承されるのでしょうか。ここでは、『憤死』最終章で、シラシエの口からパパ・ロングエの名前が発せられていることだけ言っておきましょう。「廃墟」と言いましたが、瓦礫のなかに眠っているのは絶望だけではありません。パパ・ロングエの名前に限らず、ときおり見え隠れする希望の種にも、読者の皆さんは出会うことでしょう。一九八一年の『カリブ海序説』の序章で、この大部の評論集の出発点のひとつとして『憤死』が挙げられていることも付け加えておきます。

『憤死』には日本ではあまりなじみのない地元の言葉や文物、地理や産物などが多く出てきます。現地で話されているクレオール語も含めて、主なものについては巻末の語彙集にまとめられていますが、本訳書では読者の便を考えて適宜訳注で補っています。また、訳文のなかで句読点を用いずにところどころに一文字分の空白を挟んでいる部分がありますが、これは原著書で句読点に相当するものや文頭を示す大文字がないまま続いている部分です。フランス語原文では単語のあいだの空白は保たれている一方、日本語でびっしり文字を並べたのではさすがに読解困難になるので、いろいろ考えた挙句このような処理にしてみました。この点に限らず、かなり特異な書かれ方をしている作品なので、その特異さと日本語での理解可能性の折り合いをどこらへんでつけるかが、翻訳者としての悩みどころのひとつでした。ただしこれがうまくいったかどうかは読者の皆さんのご判断に任せるほかありません。

＊

本書の翻訳の企画が持ち上がってからだいぶ時間がたってしまいました。過去のメールを調べてみると、二〇一五年に翻訳の進捗状況を問い合わせるものが来ていることがわかり、慄然としています。『憤死』を日本語に訳す作業は、これまで自分が翻訳してきたもののなかでももっとも困難な仕事のひとつだったことも確かで、原文の前に佇んだまま身動きのできなかった期間が長かったことも思い起こされます。それでも本訳書が何とか日の目を見ることができたのは、水声社編集部の神社美江さんの根気強いフォローのおかげです。どうもありがとうございました。
翻訳を終えた今、マルティニックという小さな場所、ローカルな文脈から発信された濃密な言葉たちが、時空を超えて皆さんの胸に響き渡ることを願ってやみません。

星埜守之

二〇二〇年六月六日　東京

## 著者・訳者について──

**エドゥアール・グリッサン**（Édouard Glissant）　一九二八年、マルティニックのブゾダンに生まれ、二〇一一年、パリに没した。作家。カリブ海文化圏を代表するフランス語の書き手ならびに来たるべき世界を構想した思想家として、没後も依然として世界的注目を浴びている。主な著書に、『レザルド川』（一九五八。現代企画室、二〇〇三）、『第四世紀』（一九六四。インスクリプト、二〇一九）、『痕跡』（一九八一。水声社、二〇一六）、『マアゴニー』（一九八七。水声社近刊）、『ラマンタンの入江』（一九七五。水声社、二〇一九）、『〈関係〉の詩学』（一九九〇。インスクリプト、二〇〇〇）などがある。

＊

**星埜守之**（ほしのもりゆき）　一九五八年、米国ペンシルヴァニア州に生まれる。東京大学大学院人文科学研究科博士課程中退。現在、東京大学教授。専攻、二十世紀フランス文学、フランス語圏文学。主な著訳書に、『ジャン＝ピエール・デュプレー』（水声社、二〇一〇）、パトリック・シャモワゾー『テキサコ』（平凡社、一九九七）、ジョナサン・リテル『慈しみの女神たち』（共訳、集英社、二〇一一）などがある。

装幀——宗利淳一

# 憤死

二〇二〇年八月一五日第一版第一刷印刷　二〇二〇年八月二五日第一版第一刷発行

著者――エドゥアール・グリッサン

訳者――星埜守之

発行者――鈴木宏

発行所――株式会社水声社

東京都文京区小石川二―七―五　郵便番号一一二―〇〇〇二

電話〇三―三八一八―六〇四〇　FAX〇三―三八一八―二四三七

［編集部］横浜市港北区新吉田東一―七七―一七　郵便番号二二三―〇〇五八

電話〇四五―七一七―五三五六　FAX〇四五―七一七―五三五七

郵便振替〇〇一八〇―四―六五四一〇〇

URL : http://www.suiseisha.net

印刷・製本――ディグ

ISBN978-4-8010-488-7

フィクションの楽しみ

ある感傷的な小説　アラン・ロブ＝グリエ　二五〇〇円
もどってきた鏡　アラン・ロブ＝グリエ　二八〇〇円
ステュディオ　フィリップ・ソレルス　二五〇〇円
環　ジャック・ルーボー　四〇〇〇円
パリの片隅を実況中継する試み　ジョルジュ・ペレック　一八〇〇円
傭兵隊長　ジョルジュ・ペレック　二五〇〇円
眠る男　ジョルジュ・ペレック　二二〇〇円
煙滅　ジョルジュ・ペレック　三二〇〇円
美術愛好家の陳列室　ジョルジュ・ペレック　一五〇〇円
人生使用法　ジョルジュ・ペレック　五〇〇〇円
家出の道筋　ジョルジュ・ペレック　二五〇〇円
Wあるいは子供の頃の思い出　ジョルジュ・ペレック　二八〇〇円
ぼくは思い出す　ジョルジュ・ペレック　二八〇〇円
秘められた生　パスカル・キニャール　四八〇〇円
骨の山　アントワーヌ・ヴォロディーヌ　二二〇〇円
1914　ジャン・エシュノーズ　二〇〇〇円
エクリプス　エリック・ファーユ　二五〇〇円
長崎　エリック・ファーユ　一八〇〇円
わたしは灯台守　エリック・ファーユ　二五〇〇円
家族手帳　パトリック・モディアノ　二五〇〇円
地平線　パトリック・モディアノ　一八〇〇円
あなたがこの辺りで迷わないように　パトリック・モディアノ　二〇〇〇円
『失われた時を求めて』殺人事件　アンヌ・ガレタ

二二〇〇円
デルフィーヌの友情　デルフィーヌ・ド・ヴィガン　二三〇〇円
モンテスキューの孤独　シャードルト・ジャヴァン　二八〇〇円
涙の通り路　アブドゥラマン・アリ・ワベリ　二五〇〇円
トランジット　アブドゥラマン・アリ・ワベリ　二五〇〇円
バルバラ　アブドゥラマン・アリ・ワベリ　二〇〇〇円
ハイチ女へのハレルヤ　ルネ・ドゥペストル　二八〇〇円
赤外線　ナンシー・ヒューストン　二八〇〇円
草原讃歌　ナンシー・ヒューストン　二八〇〇円
リトル・ボーイ　マリーナ・ペレサグア　二五〇〇円
ポイント・オメガ　ドン・デリーロ　一八〇〇円
暮れなずむ女　ドリス・レッシング　二五〇〇円
生存者の回想　ドリス・レッシング　二二〇〇円

シカスタ　ドリス・レッシング　三八〇〇円
これは小説ではない　デイヴィッド・マークソン　二八〇〇円
ライオンの皮をまとって　マイケル・オンダーチェ　二八〇〇円
神の息に吹かれる羽根　シークリット・ヌーネス　二二〇〇円
ミッツ　シークリット・ヌーネス　一八〇〇円
メルラーナ街の混沌たる殺人事件　カルロ・エミーリオ・ガッダ　三五〇〇円
連邦区マドリード　J・J・アルマス・マルセロ　三五〇〇円
石蹴り遊び　フリオ・コルタサル　四〇〇〇円
モレルの発明　A・ビオイ＝カサーレス　一五〇〇円
テラ・ノストラ　カルロス・フエンテス　六〇〇〇円
古書収集家　グスタボ・ファベロン＝パトリアウ　二八〇〇円
欠落ある写本　カマル・アブドゥッラ　三〇〇〇円

［価格税別］